中公文庫

完全版

若き日と文学と

辻　邦生
北　杜夫

中央公論新社

完全版　若き日と文学と　目次

I　若き日と文学と　9

II　ぼくたちを作ってきたもの　227

完全版　若き日と文学と

I

若き日と文学と

まえがき

北　杜夫

昭和四十四年の夏、たまたま辻邦生と私は、フランスからオーストリアのほうへ汽車旅行をした。短期間ではあったが、久方ぶりに充実した旅を味わえた気がした。

辻と私とは、旧制高校からの友人である。友人というより、彼は初めから私にとって文学の先輩であった。

この旅の途中、汽車の食堂で、国籍はカナダ、父親がベルギー人、母親がオーストリア人、奥さんがデンマーク人、という中年の紳士と同席した。彼は、人生なかんずく女性に絶望し、できれば職をやめて隠退して、似たような趣味、というより自分と人生観を同じくする人間だけを集めたクラブでもつくり、ごく限られた人間とだけ付き合って余生を送りたい、という意を述べた。洗練された感覚の持主のようで、ユーモアも十分に解し、その底にかなりの人生体験から生まれた確固とした厭世観を漂わした男であった。

そういうごく一刻《ひととき》の、妙に記憶に残る人間との会話もあったが、この旅行中、辻と私は久方ぶりの再会のせいもあって、ずいぶんと二人きりで話しづめに話しつづけて過した。

前述の紳士のような興味ぶかい人間との出会いは実際には稀であるから、私たちは汽車に乗ると、他人に邪魔されぬよう、コンパートメントの座席にわざと満員のようにトランクを投げ出しておき、なおかつ、はいってきそうな人間が来ると、私が奇声を上げたりする。すると、乗客らは怪しげな東洋人を敬遠して、他の部屋へ行ってしまうのであった。

こうして二人だけの水入らずの状態で私たちは、尽きぬとりとめない会話を交したが、なにかの拍子に、両人で生涯にぜひとも共著を出そうという話も出た。外国ではゴンクール兄弟をはじめ、共著の例がかなりあるが、日本にはない。辻は純文学作家だが、スパイ小説の腹案があるという。その卓抜な筋書に、私流のドタバタナンセンスを加えたら、エンターテーメントとしておもしろいものができるのではないか、という夢物語であった。

しかしこの実現は、今のところ困難である。

それでも、そのときの夢想は、二人の頭の片隅に残っていたらしく、その年の秋に帰国した辻が、二人の好きなトーマス・マンの没後十五年を記念して、対談をやらぬか、と言ってきた。

私はこれまで、いわゆるしかつめらしい「文学対談」というものをやったことがない。しかし、たまたま躁期であったためと、対象が崇拝するマンのことであったことから、柄にもなく承知をした。承知したどころか、その夜、私は頭にねじり鉢巻をして、文学の先輩である辻の言葉に無理矢理に難クセをつけようとまでした。これが、昭和四十五年一月号の『展望』に載った「トーマス・マンを語る」である。

私たちの腹案としては、そのあとマン作品の少し精密な各論をやって、二人なりのもうちょっとまとまった「マン対談」を本にするつもりであった。

ところがその後、たちまち私は鬱状態となり、まともな話はとてもできそうになかった。そのおり、出版社から、若い人向けにもっと現実的な一般的な対談を加えて本にしたいと言われたとき、そのほうがずっと楽であるがゆえに、私はつい承諾をし、二日にわたって、辻と長い無駄話をした。

無駄話といっても、辻の理論的な頭脳は、私の出たとこ勝負の、半分酔っぱらった出鱈目な会話を、見事に補足し、若い読者をかなり導くに足るものとなっていると思う。あからさまに言うなれば、この対談集は、ときに真剣な重要な話から、軽い冗談までを含み、しかも遠慮のない古い友人同士の間柄から、ごくざっくばらんのものとなった。

ときには難解めいた話もあろうが、辻邦生と私との極端な資質の差異から、かえって一つの気楽に読める漫才ともなっているのではなかろうか。愚かな私は、漫才師の脇役として、相手にピシャリと扇子でぶたれる役を引き受けたわけで、しかもそれを適役としみじみ思うのだ。
ともあれ、ゲラ刷りを読み直し、私がいかにも酔っぱらって醜態を演じているのを恥かしいと思うとともに、ともかく先輩でありすぐれた作家である辻との二人の本ができあがることに、私は身にあまる光栄と嬉しさを感ずる。

昭和四十五年五月

若き日を回想しながら

信州の幻影と幻滅

辻　君と初めて会ったのは、昭和二十年の五月ぐらいだったかな？

北　終戦の年の六月だ。

辻　君は日にちまで憶えているはずだね。ぼくは忘れちゃった。

北　これだけは、生命《いのち》からがらだったから、奇蹟的に憶えてる。ぼくの家が焼けたのが五月二十五日で、行くところがなくなっちゃって、六月何日かに松本高校の思誠寮に転がりこんだんだ。

辻　君が来るまえに、すでに、斎藤茂吉の息子が来るという話は伝わっていた。

北　それは、くだらん話だ。なんというくだらぬ寮なんだ。

辻　とにかくそういうふうにして思い出していかないと、思い出せないんだよ。

北　辻と出会えたのは、あれは偶然でしょ。おたがいに松高の生徒だったにしろ、ああいう戦局のさなかでは、辻が寮にいたこと自体、特殊事情だった。

辻　つまり、ぼくが落っこったから。

北　幸いにも落第してくれたから、寮にいたわけでしょ。そうじゃなければ、勤労動員に行っていたはずだから。それからぼくも、自分の家も動員先の工場も焼けてしまったために早く……。ほんとはね、正式入寮じゃなくて、証明書偽造して寮に入ったんだ。でもまあ、だからこそ、そばにいて話す機会もあったわけね。

辻　終戦直前の八月に、大町市の工場に動員されても、そこに君が来て……。

北　あ、この世にはこんな人間いる、なんて、ぼく、たまげていたんだ。尊敬してね。見方によっては、〈人生の因縁〉とよく言われるものは、あとのこじつけだ。しかし、なにやら〈因縁〉とか〈星のめぐり合わせ〉という言葉を使いたくなることも、やはりあるかも知れないね。

辻　それはあるね。

北　ふつうだったら、高校出ちゃえば、生きる世界が違うから、離れてしまうけれども、おたがいに文学なんか好きであったために、文通もつづいていた。それから、辻がフランスに留学して、またふつうだったら、おたがいに切れてしまうはずなのが、なんの拍子《ひょうし》か、ぼくがマグロ調査船なんかに乗り込んで……、したらパリで出会って、旧交を温める。三度目はこのまえ、ぼくがアポロ発射を見に行った年、ヨーロッパでね。

あのときはほんとはもう、疲れていてね。ケープケネディも、ヒューストンも、ものすごく暑いんだ。だからヨーロッパ回る気力なんか、初めはなかった。おれはもう齢《とし》とって、ロンドンなんていう地球の彼方まで行けるはずがない、なんて考えてさ。でも大都会というのは、面白いでしょ。ぼく、ニューヨークでつくづくそう感じたね。初めは、あんなところ、ああくだらん、なんて思っていたら、あんな面白いところないんだ。

それでまあ、ロンドンもひと目見ておこう、なんていう気を起こして、ヨーロッパへ行ったら、またそこに、たまたま辻が二度目の留学でいた。それで、いっしょに汽車旅行なんかもしたわけだけど、これも、因縁と言えば因縁か。

辻　そうね。そういう因縁と言うか関係は、文学史なんかにも意外に多いね。たとえばヘーゲルとシェリングとヘルダーリンは、テュービンゲンの同じ神学校で親友だった。それからヴァレリーとジィドも、その間にピエル・ルゥイスを介して知り合っていた。つまり、ピエル・ルゥイスとジィドがパリのリセ（官立中学・高等学校）で友だちで、そのルゥイスがモンペリエでヴァレリーと友だちになり、その紹介でジィドとヴァレリーが友だちになる。それで、おたがい才能を尊敬していた。ヴァレリーが二十年間沈黙していて、その後いきなり詩を書いても、すぐ発表できたというのは、親友ジィドがいたからだね。

北　いきなりそういう西洋の偉人の名前を持ち出されると、ギョッとするけれど、日本の例だって、いくらもあるでしょう。小林秀雄さんのまわりの人たち、――大岡昇平さんにしろ、かなり齢とってから小説書きだした。あの仲間、友人たちは、みんな立派な仕事をしたでしょう。

若いころは、文壇に出るにも、先に文壇に出ているのと友だち付き合いしていると、そういう人のヒキとかツテとかで、少しは得かな、なんて思っていたが、しかしいいものを書く人は、時間の差はあっても、結局、出てくる。だから、偶然、学校友だち、というのもあるけれども、同じ学校にだって、いろいろなやつが、雲のようにいるわけで、そのなかでおたがいに友だちになるっていうのは、やはりなにか人間どうしが……。

辻　惹《ひ》き合うんだね。

北　こいつは、と認めたやつと友だちになるということが、むしろ本質だと思うな。

辻　それはそうだ。ただ、その〈惹き合う〉ということのなかには、何かそれぞれのもっているものを認め合うということが、まず先にあるわけでしょう。気質と言うか……。

北　キャラクターの意味？

辻　あるいは、才能と言ってもいいが、要するに、そのときはまだ実現していないけれども十年後か二十年後かに結実するような、萌芽状態の才能といったようなものがあって、そういうものが、ふしぎな感覚で惹き合うということが、まずあるんじゃないか。

北　まあともかく、ぼくらは戦争に負ける直前に知り合った。ただ、ぼくはね、あのころは落第生と病人とがごく少数、寮に残っていたわけだけど、そこへとびこんで、急にオトナの世界に来たと思ったな。

つまり、ぼくが初めて寮にたどり着いて、白線巻いた高校生が来たから、パッと挙手の礼をした。だって戦争中は、中学生は、先生に対してでも誰に対してでも、挙手の礼をしあうように訓練されていたでしょ。それを、ふしぎとも思わなかった。もう慣れていたわけだ。したら、その汚ねえ高校生、――ぼくの先輩がだ、へえっと、なにかたじたじというような感じで、それからニヤリと笑ったんだ。つまり、そんなすごい敬礼など、しなくていい世界だったんだね、高校の寮というところは。まだ戦争に負けるまえなのに。その時は、なんてだらしねえ野郎だと反射的に思ったけれど、あとで、感激もしたね。あのころはまだ、これが自由世界だなんていうふうには思いいたらなかったけれども、少くとも、敬礼を受けてニヤリと笑うなんていうのは、さすが高校生だ、オトナだと思ったよ。そのなかでも君は、最も自由精神を抱いていたらしいけれど、まわりは実際どうでした？

辻　当時、寮生は、できるだけ意識的に自由でありたかったし、自由になろうとしていたと思う。たとえば、特攻隊が沖縄で初めて、一機命中という発表があったとき、いかに戦争であっても、そういうふうな絶対に助かる見込みのないかたちで人間を戦術に使うというのは、——人格をもととした人間がそういう道具になるということは、許されないって、ぼくはぶちまくった記憶がある。それぐらいのかたちの戦争批判でしかなかったけれど。

北　ぶちまくって、反応はどうでした？

辻　それは……。だって、みんな、それに賛成するような人しか落っこちなかったもの。

北　（笑い）それ、たしかだな。けれど、そういうところに、ぼくみたいのも現われたわけだ。うぶで、かたくなな大愛国者がね。

君は立派に生きのびようとしていたけれども、ぼくは、玉砕するつもりで、死にたくてうずうずしていた。本土上陸が始まったら、ぼく、ほんとに蛸壺《たこつぼ》に爆裂弾抱いて入るつもりでいたんだよ。ただ、教練下手だったろ。それに、敵と刺しちがえに死ぬという衝動的精神には溢れていたんだけれども、反面おっかないんだ、軍隊が。

だから、前の商業高校に駐屯していた将校が、寮生が変な寮歌やら流行歌やらをがなっていると、うるさい、いま何時だと思うんだァ、なんて怒鳴って、そうするとみんなが、バッキャローって言ったろ？　あんなときはぼく、ああ痛快だ、とは思ったけれどね。でも、戦争批判なんてたまたま耳にすると、ぶったまげたな。なんたる非国民かと思ったな。

そういうところへ、ぼくみたいな単純なバカが入りこんだもんで……。でもまあ、ほんとに一年の、いや一ヵ月の相違で、人間の意識、批判精神ががらりと変えられた時代でもあったね。なぜかと言うと、他がみんな均一、統一されていたからね。中学生といったって、本も読めないし、旋盤工と同じだった。

辻　あのころは、高校に入っていた人と、中学生、それから小学生だったという人とは、相当に違う反応だよ。だいたい十七ぐらいから下の子は、やはり尽忠報国だったと思う。それは、当然だったと思う。

北　真相は知らされないし、理解能力もないしね。

辻　ぼくは、終戦の年は、二十だった。そのときにはもう、いろいろのことがわかっている。から、からくりみたいなものがあって、そういうもので得しているやつがいたり、損しているやつがいたり、ということも知っていた。それから、当時の校長が、――これは尽忠報国だが、他の教師と違って一種の一徹な気品みたいなものをもっている。そんなことも、他方では感じていた。というようなわけで、いろいろなことの全体が見えていると、自分では信じていたんだ。

もっとも、それでいて何もできなかったんだから、結局は何もわかっていなかったんだな。青春の自惚れだったと思う。

北　いろいろなものを見るということは、ちょっとは、客観的視野とか、あるいはかすかな判断力というものを人間に植えつける。その逆の意味で、盲目の幸福だったんだな、ぼくは。コドモだったからね。君はけっこう、オトナであったから、現実への適応性ももっていただろうけれど、それまでのぼくは、ほんとうにコドモだったんだよ。
でも、先輩が夜中に〈説教ストーム〉に来て、高校の寮に入って、まず何を感じたるぞや？ なんて訊《き》かれたとき、ぼくは、水道の水が出ないのが困る、なんて言ったんだから、ぼくもけっこう現実に根ざしていたんだとも思うね（笑い）。あんな幼稚なことを言った高校生は、一人もいなかったんじゃないですか。

辻　未曽有だね。そのひと言で、ぼくは君を注目するに至ったんだから。その発言たるや、ぼくと君を結ぶ最初のくさびだったわけだ。それが〈水道の水〉というのは、象徴的じゃない？

　もっともぼくは、ああいう説教ストームというものには反撥を感じていたな。ああいう形骸化したかたちで、しかも下級生の前で、妙に偉そうな顔をするのが、いやだったな。

北　でもね、あのとき、バカヤロー、それじゃ工員と同じじゃないか、なんて怒鳴った声は、どうも君のみたいな気がするんだけど。

辻　ぼくは絶対、そういうことを言うはずがない。

北　そうかね？

辻　だって、あんなに君の言葉に感銘を受けたんだもの。だから、非常にあとまで憶えているんだ。ストームのあとで、あんなに笑ったことないよ。

北　しかしあれは、厳粛であらねばならぬ状態なんでね。みんなが喚《わめ》いたり、怒鳴ったり、怒ったりしている。……じゃ君は、腕でも組んで、暗闇のなかでひそかに黙っていたか。

辻　と思うね。

北　ほんとかな？　あんがい、こいつ、もっと威《おど》かしてやろうなんて、何か言ったに違いないんだ。

辻　絶対にそれは誤解であって……。

北　じゃあ、威かされたのは、お化けの話でのことにすぎないと、ぼくも信じよう。

辻　そうだよ。ぼくは、ぼくの全体から言って、おそらくそういうことはしなかったと思うね。

北　でも、威かしてくれたほうが、よかったですよ。何でもびっくりしないと、ものの発芽ということがないものね。だから辻は、お化けの話なんかもして、威かしてくれて……。

辻　それは、あったね。

北　あれは、西寮ができたころ、辻がほんの一時期、あそこにいたでしょ？　隠然たるボスとしてさ。それで夜中、みんなで炬燵《こたつ》にあたっていると、怪談を……。

辻　はじめたね。

北　それも、ぜんぜんバカげた怪談。あれ、辻らしくないね。真っ暗な雨のしとしとしている和田峠かどこかで、殺した男の亡霊が出てきてさ。ぼく、じっと聴き耳たてていたら、いきなり、殺したのはおまえだァ、なんて、でっかい声出したりして。おれ、その瞬間、飛び上がっちまったな。

辻　たしかに、君はびっくりしてしまったようで……。ぼくは人間が飛び上がるというの、あまり見たことないけれども、君はあの時、一メートルぐらいは飛び上がったね。

北　（笑い）でも「一メートル」というのは、自然主義的手法ではないな。いくら飛び上がったって、十センチぐらいですよ。

辻　そんなこと、ないよ。ぼくは、人間て、びっくりすると、あんなに高く飛び上がるものかと思って、驚いたくらいだもの。

北　それを強いて弁護すれば、あんな他愛もない威かし方でそれほど飛び上がったというのは、ぼくが、まあノミかバッタなみであったか、あるいは感受性の豊かな人間だったか。

辻　あるいは、ぼくの話術がうまかったか。

北　それも認めてやるよ、口惜しいけど。

辻　最近のことだけど、ぼくの前の作品を読んでくれた人が、あなたは怪談が好きじゃありませんかって言うんだ。それで、ぼくの作品のなかにそんなものがありますかと訊いたら、なにやら怪談めいた妙なものがありますよと言っていた。具体的にどこを指してそう言うのかわからないけれども、だいたいぼくは、怕《こわ》がりのくせに怪談がとても好きだからね、どこかに出てくるのかな。

北　それは、ある意味でコドモ的なものもあるとともに、やっぱり人間のどろどろした怕い世界を垣間見るということかも知れないね。ぼくも、そういう趣味がある。

辻　暗闇ほど怕いものはないんだ、ぼくは。自分で頭ではわかっていても、夜が来るとむしょうに怕くなる。だから人間と人間との結びつきにも、つい、ふしぎな因縁を覚えてしまう。君と出会ったころ、よく怪談なんかしたっていうことは、二重の意味で無気味だね、いま考えてみると。

ま、それはともかく、君は、初めのうちこそおどおどしていたようだけれども……。

北　うん、そのうちにコンパやなんかで、みんなが他愛もない、バカげた歌をうたったりしているうちに……。それから、レーゼ・ドラマ（朗読劇）なんかもやったりしたでしょ。君は名優で、あのころ早くも声色《こわいろ》なんか使っていた。

辻　憶えていないな。

北　いや、やってたよ。ぼくはそのなかに、やっぱり知性というものを感じた。だって工員と変わらない段階、――と言っても、もちろん工員を軽蔑する意味ではないけれども、コドモの中学生の段階から来て、レーゼ・ドラマひとつにしろ、そんなものにいきなり触れたわけでしょう。そういうなかでぼく、少しオトナになったみたいな嬉しさを感じた。

　けれどもまた、そういうなかで、殊に最初のうちは、ひとりで松本の東に突出している王ヶ鼻なんかにひょこひょこ登って、山頂に坐って、甘っちょろい孤独感に浸ってもいたね。いまだから、あれは甘っちょろかったということがわかるけれども、そのときは、索漠たる、荒涼とした感じだった。

辻　それは、そうだろう。それは、君の作品のなかに何度も出てくるけれど、そうだったろうと思う。ぼくなんかの孤独感とは、ずいぶん違うと思う。ぼくは、あのころはすでに、かなりオトナのつもりだったし、そもそもが、とにかくひとりになりたいと自分で望んで来たのだし。むしろ、裏でカッコウが啼《な》いているとか、町を出るとすぐ牧場があるとか、そういう都会生活で味わえないような、しかもそれまでは詩の世界にだけしかなかったようなものが、現実にあるという驚きはあったけれども、いわゆる〈寂しい〉という意味の孤独感はなかった。

北　松本のカッコウの声は、なんとも抒情的で、淋しかった。もの悲しかった。ただ、ぼくが初めて松本に着いたときは、すでにカッコウの季節じゃなかった。それを聞いたのは、次の年、ぼくがもう、寮で、けっこう中ボスなんかになっていたころだった。英語で〈クックー〉と言うと、これは英国にはないらしいが、アメリカじゃ「バカモノ」という意味もあるね。やっぱり、非常に感傷的で、かつ愚か者であったなァ、あのころは。

辻　そういうぼくらの青春時代を過ごした松本っていう町、ぼくらの精神的風土としての信州と言ってもいいけれども、その郷愁を君は、作品にずいぶんいろいろ書いている。『幽霊』のなかに、非常に素晴しい描写が出てくる。けれど君は、そもそもなんで松本の高等学校を選んだの?

北　ぼくは、やっぱり幻影を抱いていたからね。戦争で死にそこなったぼくの叔父、これが、昭和十年ころの松高生だ。そのころは松高の最もいい時期で、コンパをやるにしても、浅間のジンゲル(芸者のこと)を揚げて騒いでいられた時代なんだ。その叔父が戦争に行って、ウェーキ島に閉じ込められて交信不能だ。それで、もう死んだ、なんて、みんな言っていたけど、でもまだ生きて帰れるかもしれないってかすかな希《のぞ》みも抱いていたから、叔父の部屋は残してあった。ぼくは、そこに入って行って、いろいろなものを見た。アルバムも見た。そしたらそれに、松高生の黒マントを羽織った、ポーの大《おお》鴉《がらす》みたいな野郎も写っているし、お花畑も写っている。峨々《がが》たるアルプスも写っている。それでぼくは胸を掻き立てられて、ここに行こうって決意したわけ。

ぼくがどんなに無知だったかと言うとね、その二、三人のマントの高校生が山を後ろに坐っているところが、あ、これが噂に聞くお花畑か……。だって、戦争中は、旅行ひとつできなかったでしょ？　それまでぼく、関東地方から出たこと、一度しかないんだよ。ところが実際に行ってみたら、それ、高山のお花畑じゃなかったんだ。れんげの田んぼだったんだ。でもぼく、そこへ入って行って、あの真似をして坐ろうとした。したら、びしょびしょじゃないの、下は。あそこには夢のような少女がきっといるとも思っていたのに、それがどういうわけかいないし、お花畑と思っていたれんげの田んぼは、寝そべろうにも、びしょびしょで……。だから幻想と幻滅というのを、早くも味わったね、人生の初期に。

辻　しかも君は、松本に来てから相当に飢えていたから……。初期の作品に、おにぎりの幻想なんか見るところがあるね。

北　うん、相当に飢えていたね。君は戦争批判なんていう精神もあったけど、食物を見つけるのもうまかったんじゃない？　ぼく、初めのころは、どこへ行ったら何があるのか見当もつかなかった。金は持っていたんだがなあ、相当に。家が焼けて家族バラバラになって、本土決戦で送金も不可能になるかも知れないというんで、親父がまとまった金をくれてね。いま考えると、ほかの寮生に比べて大金持だった。実際にはほとんど使わないで、郵便貯金にしてたが。二千円だったかな。とにかく、初めて二百円札というのを渡されたの。二百円って、すごかった。だって、それまで、百円札だって、古くからいるばあやが持っているのを見たきりで、手にとったこともない。そこに二百円札を十枚も渡されたんだからね。二百円札という存在、ふつうの人は知らんかったろう。
辻　知らないね。あのころは三十円だった、下宿代がひと月。
北　寮費なんか五円とか、せいぜいそんなもんじゃなかったかな。
辻　だから五円おごってくれるなんていったら、大変なものだった。
北　それが、終戦後すぐ、芋《いも》一皿が十円になっちゃった。あのインフレはすごかったけれども、負けるまえは、寮費でも何でもまだ安かったね。たまに配給で、朴歯《ほおば》の下駄なんかを生活部員が売り出すなんていうと、ぼく、寮費も払えないとかぼやいている先輩に金貸したりなんかしたことがある。ただ、裏口があって、どこそこへ行けば米の握りめしが買えるとか何とかあるらしかったけれども、ぼくにはわからんからね。相当の金持っているくせに、寮の食事だけだから、飢えてたよ。
辻　ぼくにはあのころ、まあ言うなればパトロンみたいなのがいたから……。ただ、こっちにはお金がないんだ。
北　パトロンがいたなんて、ある時期の文学者みたい、リルケみたいだ。
辻　ただ、公爵夫人じゃなかったけれどもね（笑い）。たしかに、戦争中だったのに、飢えた経験はあんがいなかったな。所詮《しょせん》は寄食者だけれど……。

北　ぼくにも、〈パトロン〉とは言えないけれども、親父の崇拝者がいてね。そこに、一週間か二週間に一度くらい行って、そのときだけは、腹いっぱい食えた。ときにはお米のごはんもね。やっぱりぼく、相当、親父の恩恵を受けている。七光り、いや十光りくらいだな。

辻　それはそうだよ。とくに信州だもの。

北　まあ、一食にせよ腹いっぱい米のめしが食えたのは、親父の七光りがなければ、いくら金を持っていてもできない時代だった。

辻　そうだったね。それから君は、最初の作品のなかでしきりと、東京の火災とか死者とかと、信州の静かな、きれいな自然とを、なにか異様なまでに対比しているね。

北　だって、火の粉の下をくぐって、やっと生きのびて、ぼくが東京を発ったときは、あたりはもう完全なる焼野が原でね、ブスブスくすぶっている灰のなかには余熱があって、そこに破れた水道管からチョロチョロ水が流れている……。それから信州の大自然のなかに行ったわけだからね。そうするとそこには、無理強いの死がない。幻想だけの死はあっても、直結した死がないという、なんてふしぎな、信じられない世界に来たんだと、つくづく思ったわけね。

でも、そのうちに、新潟なんかへ、爆雷投下しに行くB29が、上空を通りだすようになったでしょう。東京では、空襲警報鳴っても、近くでB29が焼夷弾ばらまいて、向こうでバァーと火の手が上がっても、ちっとも恐ろしくなかった。ところが何日か松本の、東京に比べればなんとも平和な土地に寝ていたら、そのB29がただ上を通過するだけで……。いちおうは田舎だけれども警報なんか鳴っちゃってさ、そのうちに爆音が聞えてくる。そのときには、恐怖感を覚えたね。あれ、ほんとに怕《こわ》かった。

それと、戦争が終ってから二年ぐらい経《た》って、ふつうの火事があったら、それを見てゾーッとしたね。火の粉の下くぐっているその時なんか、ぜんぜんゾーッとなんかしなかった。感覚の麻痺って、怕いね。

辻 だから、そういう極端な対比を見るということは、何かを生んでくれるのかも知れない。あれだけの茫々たる焼野が原、灰燼のなかから来たから、信州の自然が、よりいっそう気高く見えたんだろうね。それにまた、戦争中だったから、人はいないし、山はもとの自然に帰っている。あのころは、純粋さそのものが、信州にあった。その後、ふたたびもう見いだすことができない状態でもあったね。

北 とにかくぼくは、幻影を抱いて来て、幻滅も味わった。あとで考えれば、ぼくたち二人が好きなトーマス・マンのいちばん初めの短篇の題が、『幻滅』でしょう。

しかしそのうちに、『トニオ・クレーゲル』のなかでクレーゲルが感ずる〈滑稽と悲惨〉、――人生に何があるか？　滑稽と悲惨、滑稽と悲惨、と彼は繰り返しているけれど、あれを生身に接して感じたのは、ぼくは、やはり大学に入ってからだな。つまり、

〈滑稽と悲惨〉という見方による対比ね。これは、ほんとうは同一物でもある。ただ、あのころは、どうもまだ〈幻影と幻滅ありき〉だったな。

辻　ぼくのばあいは、文学から信州の自然に惹《ひ》かれて、松本に行った。北信では、堀辰雄の軽井沢とか追分とか、それから藤村の佐久とか小諸とか、あるいは赤彦の諏訪とか、左千夫のああいう一連の歌とか、そういうものに惹かれて行った。ぼくには、まず信州の自然の美しさが、心のなかにあった。

北　そういう幻想的感覚は、ぼくも似ていたけれども、ぼくと違うところは？

辻　君のばあいは、信州は、写真とかそういう直接的なものとしてあったわけだけれど、ぼくのばあいには、文学的風土として与えられていたということかな。それにぼくは、信州のなかでも、そういう文学に書かれた土地には行かないで、まだどの文学者も書かなかった松本に行ったということが、じゅうぶんに意味があった。あのころまでは松本には、北アルプスにしろ、三城牧場や王ヶ鼻にしろ、それを文学的に形象化したものは、ほとんどなかった。もしそういう作品が先にあったら、あとあとまでそういうものに振りまわされていただろうと思うけれども。しかも他方で、松本にはすごく西洋くさい風土があるような気がして。古くからの城下町ではあったけれども、城下町の情緒といったような感じは、ぼくは受けなかったんだ。

北　それは、辻が、西洋文学に憧れすぎていたせいじゃない？

辻　うん、可憐にも憧れていたんだな。だからあの松本の風土が、いきなり西洋文学に直結しちゃったわけだろうがね。

北　なるほど、若き日の、君にしてはあんがい可憐な憧れだね。

辻　ものすごく可憐だよ。白樺があったりしただけで、感激しちゃうような、ね。その程度のものであるわけだから、それ自体、内容はないのだけれども、ただ、西洋文学を読んでいるばあいに、たとえばトーマス・マンなんかを読んでいるばあいに、現実が、まあ仮に西洋に近いようなかたちで自分の前にあったわけだ、憧れの反映ではあったけれども。

たとえば牧場を探すといったって、まあ北海道にでも行けばあるかも知れないけれども、信州にも、白樺が生えていたり岩が露出していたりして、比較的西洋の牧場に似たような山の斜面で、羊が草を食っている。そういう西洋文学風の味つけをされた自然で養われたということは、言えると思う。それに、周囲は、戦争中だから、家族とか日常の交友関係から一挙にたち切られて、非常に抽象化されている。例のパトロンみたいなものに寄食することなども、ふだんのときならそんな関係は起こりえないけれども、あんなときだから、有る人から無い者が物をもらうということは、ごく自然だったんだな。

北　いまの世では考えられないくらいにね。ぼくも、少しは金を立替えたりしたこともあるけれども、もっと重みのある物資は、先輩なんかからもらったよ。彼が入営するなんてことになって、机でも何でも欲しけりゃやるよ、と言うんで、ぼく、焼けだされて何もないから、ありがたくもらったね。

辻　そういうことに、べつにこだわりはなかったでしょう？

北　こだわらなかった。

辻　だからそういう意味では、いわゆる日常の世界ではなかったと思う。学生生活といったって、授業があるわけじゃなし。そしてそういう非現実的なところに、おのずから抽象的な、生とか、死とか、愛とか、そういった問題が、具体性を欠いたかたちで現われてきたわけだ。

北　抽象的・観念的というのは、青年の特質で、美点でもあるけれどね。まずそこから、そもそも幻想から出発するのだから。

辻　そうなんだ。で、そういうなかでぼくは、トーマス・マンにぶつかって……。

北　それ、終戦前の寮で、もうぶつかっていたの？

辻　うん。

北　すごいね。なるほど、あのころぼくらは、ドイツ語を勉強させられた。もっとも、すごい点数をとっていたけれどね、二人とも。まあ因縁はあるな。『魔の山』の訳者、望月市恵先生に二人とも教わっていたし。

辻　ぼくらは望月さんについて、マンの『来たるべきデモクラシーの勝利について』をガリ版刷りでやったね。

北　使いふるしの答案用紙の裏にガリで刷ったテキストでね。

辻　感動的な論文だった。

北　旧制高校の寮というのも変な世界で、おれたちは魔の山におる、なんてことを言って、ぜんぜん迷妄もはなはだしいけれども、そんな雰囲気のなかでね。

辻　ぼくが最初に読んだのは、『ブデンブローク家の人々——ある家族の没落』だった。これはともかく、それまでの小説と違って、音楽的な雰囲気があったから、小説が終わるのが惜しくて……。手でページを押さえて、早く先へ行かないようにしながら読んだ。そんな小説は、その後ぼくにはあまりない。そういうような惑溺《わくでき》の仕方をしたよ。

北　辻は、もうあのころから、『魔の山』に出てくる人文主義者のゼテムブリーニみたいだったと思うな。ぼくなんか、『魔の山』が長篇では最初で、しかもそれを読んだのは、大学に入ってからだよ。『ブデンブローク家……』にしても、ようやく古本屋で成瀬無極さん訳の岩波文庫本を見つけましてね。ぼくは君と違って、大学に入るまで、トーマス・マンがどんな作品を書いているのか、全部は知らなかった。望月先生からの耳学問で、ある程度、題名ぐらいは知っていたが。ああいうときに、古本屋で「トーマス・マン」という字を見つけて、その訳本があったというのは、すごい感激だった。なにしろ、終戦後は本が手に入らない時代だったでしょう。

辻　そうだったね。

北　トーマス・マンの小説は、少しマンにいかれた人間か、決心して読まないと、軽く読めないところがある。これが、日本の若い読者から、ヘルマン・ヘッセと違って、マンをちょっと隔てているのだろう。ぼくもヘッセのほうを先に読んだが、マンで最初に惹《ひ》かれたのは、やはり『トニオ・クレーゲル』で、これも、はっきり言うと大学に入ってから熱中したと思うな。ぼくは、マンの理性的・批評家的世界とは反対でしょ。極端だから惹かれたんですよ。辻は、マン的なものと似ているからマンが好きになった……。

辻　だが、たとえば〈フモール（ユーモア）〉というものが、マンにはふんだんにある。君にもふんだんにある。その点では似ているんじゃないか。

北　あんがい、若いときマンに出会った作家は、いますね。吉行淳之介さんも、そうですね。

辻　三島由紀夫氏も、好きだと言っているね。

北　それも、どちらかと言うと近似の出会いだな。違ってるところも、すごくあるが。吉行淳之介さんのばあいは、『トニオ・クレーゲル』や初期短篇なんかとの出会い。吉行さんは英文の出だから、べつにマンの専門じゃないけれども、とてもいい感覚的な見方をしている（『三田文学』一九六九年十一月号の対談参照）。『トニオ・クレーゲル』体験というのは、相当多くの人びとがしているわけだ。それぞれの個人差はあるにしてもね。『トニオ・クレーゲル』は、マンにとって、ゲーテの『若きヴェルテルの悩み』みたいなもんだけど、ただ、もっと日本の若い読者のあいだでポピュラーになるには、ちょっと冷たすぎて、かたいところがある。だから、たいていヘッセのほうを読んじゃう。それに、向こうの小説っていうのは、人名を題名に使うことが多いでしょう。ヘッセだって、『ペーター・カーメンティント』が「青春彷徨」でなきゃ、あれほど多くは読まれなかったと思う。むかしの三笠書房のは、『トニオ・クレーゲル』を「愛の孤独」なんて題にしてある。ぼくも、『トニオ・クレーゲル』にはなにか洒落《しゃれ》た日本題名をつけてもいいと思うんだが、「愛の孤独」じゃ、いやだな。

辻　だいたいあのころは、マンばかりじゃなくドイツ文学が流行《はや》っていた。『アルト・ハイデルベルク』式のがね。『トニオ・クレーゲル』なんかも、戦前・戦中にかけて、インテリがみんな読んでいた小説で、中島敦もあの短篇のことを書いている。そういうインテリの一種のバイブルみたいな本だったから、当然、仲間はみんな読んでいたわけだ。

北　旧制高校生は、いくつかのバイブルを持っていたから、エリートめいていたけれども、いまから思うと、ちょっとバイブルに振りまわされすぎていたね。

辻　振りまわされていたよ。

北　しかしそれは、単に旧制高校生だけのことじゃなくて、日本人というのが、そうなんですよ。みんな、バイブルを持ちすぎちゃってさ。たとえば文学全集なんて、このごろ少しずつ変化してきたけれども、まだどうしてもバイブル的だな。これほどいろんなバイブルを持ったというのも、やはり、西洋文化に、明治でいきなり触れて、高校に入ったぼくみたいに、あ、とびっくりしたせいだろうから、まあ仕方ないか。

精神的思春期と文学

北　ぼくたちは、いま中年だね。それで〈若き日〉って思い出すと、やっぱり愚劣だったなァとか、視野が狭かったなァとかいう気持が、ぼくは非常に強かった。それがまた、いまや、もうちょっと老境の意識も出てきたからね、〈若き日〉って、それほど愚かばかりじゃないと……。

たしかに、愚かだったり狭かったりはしたけれども、しかしあのころ初めて、偉大なる書物にも少しは触れたり、それから乳くさいながら真剣な思考に個人個人で浸っていたわけでしょう。そういうところで萌芽したものというのは、また回帰してくるね。年が経ると、めぐりめぐって来る。それで〈雀百まで……〉なんていう言葉もあるけれども、人間というものはやっぱり、また出発した地点に立ち戻って来る。若い日の考え方というものは、あんがいその人間を一生支配するとも思うな。
たとえば三度ぐらい、初めの青春期の出発と、ある中年の時期と、それから死ぬ直前に……。つまり、青年というのは、たしかに、〈死〉という想念に、ちょっと近いわけでしょう。それから中年期に、またそこへ、ある程度立ち戻って来る。そして最後に、晩年の、ほんものの死の直前あたりに、ぼくは、なんか若い日の思考めいたものが、もっといがらっぽく回帰してくるような予感を、いまもっている。
若いころに比べれば、少しは人生体験を積んだり、まあほんとうの利巧になった人もあろうし、あるいは、小利巧になったとか鉄面皮になったりして、動脈硬化もいろいろあると思うけれども、やはり若い日の直感的なものから、ひとりの人間は、それほど越えられないということが、あるかも知れないな。

辻　それは、ほんとうだと思う。

北　精神的思春期の思考というものは、乳くさいようでいて、けっしてバカにならないと思う。

辻　それは、決定的なものだな。だからたとえば、処女作がその人の全作品を代表する、あるいは象徴化する、というのは、ほんとうだね。

北　確かにね。人によって多少の差異はあるにしても、あるいは、あとでいくら巨大な作品を生んだにしても、処女作にその〈萌芽〉って言うか〈暗示〉って言うものが含まれている。相当の作家というのは、やはり処女作みたいなものがいいですよ。井伏さんの、『山椒魚』にしろ、井伏作品のほとんどの暗示を、すでに含んでいる。

辻　志賀直哉にしても、谷崎潤一郎にしても、ああいう早く出た人の、若書きのようなものでも、その後の全作品を予測させるようなものがある。

北　あ、むずかしそうな話になってきた。もっと俗っぽい、いろいろな人の話をしようや。たとえばぼくでも、辻でも……。辻は、いったい、いつごろから本を読んでいたの？

辻　まあ、子どものころからふつうに読んでいたね。

北　文学青年だったのか。

辻　子どものころ、本を書く人になりたいと思っていた。

北　ほんと？　ぼくとは、だいぶ違うな。

辻　というのは、ぼくも、世の本好きの子どもと同じように、物語というか、少年小説にしても冒険小説にしても、あるいは講談本にしてもマンガ本にしても、とにかく読むのが好きだった。ぼくは子どものころ、赤坂に住んでいて、近所の小学校の児童図書館にある本を片っ端からむさぼり読んだ。夏休みなんかは、そこに行って読むと、日が暮れるのが惜しくってね、昼飯なんか食べないで読んだ。そうすると、こんな楽しいものが世の中にあるなら、おれもこういうものを書く人間になりたいと、つくづく思ったわけだ。

北　いままでの日本作家というのは、だいたいそういうのが、――文学少年・文学青年で出てくるのが、ふつうのコースだったかも知れない。そりゃぼくだって、本は好きだったけれども、昆虫というものにあまりにいかれちゃったから、ものも食わないで、夜もあまり寝ないで、虫いじりに没頭してたよ。

でも信じられないだろうけれど、ぼくはあんがい、変に優等生だったこともあったりしたからな。だから、神田に行くのも、受験参考書を買うのが目的でね、そのついでに自然科学とか、博物学あたりの関係の本棚の前をふらついた。でも、それよりもっと厖大に文学の書棚が別にあるでしょう。こんなもの、何のためにあるのかという気がしたよ。

辻　茂吉さんの部屋の蔵書は、文学の本ばっかりだったでしょう？

北　うん、たぶんね。でも、よくは知らない。そこには、あまり入らなかったからね。畏怖の念どころか、恐怖感をもっていたんだよ。だって、本で家が潰れそうだったでしょう、あんなにどっさりあるとね。それを読もうなんて気より、押し潰されないようにしたほうがいいという、逆な反動が起こっちゃう。

辻　それは、もっともだね。ある意味でぼくなぞは最も健全な、ノーマルなかたちでの文学少年・文学青年だった。ただ、戦争があって、すべてが一変した。突如、兵隊にとられてしまえば、それでもう死ぬということがわかったから、なんとか生きのびねばならないと、それで理科へ行ったわけだ。そうして終戦になって、それからあとは、生活しなければならなかった。そのために、いろいろな職業に無理やりつかされた。

北　それ、ぼくもちょっと知っているが、辻は、非常に端正な態度で生活に励んできたけれども、学校出たころあたりは、生活のためもあろうが、酒飲んだくれたり、無頼漢じみた様子をちょっとしていたこともあるね。それに、はっきり言うと、ぼくの文学の先輩だったし、内心では「辻」なんて呼びすてできないようなところがあるんだな。

辻　それは、君があまりに育ちがよくて……。

北　よくないさ。土百姓の出だぞ。

辻　いや、内気なところがあるからね、そのせいだと思う。

北　内気なところがあるのは認めるけれども、育ちというのは、あんまりよくねえんだよ。

辻　だって……。

北　茂吉っていうのも、あれは育ちがあんまりよくないし、いい面も悪い面も田舎者というところが生涯あったね。そこが、ぼくはわりに好きなんだけれども、茂吉は、文学的才能はあったが、そういう愚かしいところもあったたな。県知事あたりが来ると、おそれ入っちゃったりして。

辻　それはしかし、だいたいがそういう生の根源から、ものをつくるエネルギーが生まれてくるんだから。ものをつくることと素朴な生き方とは、しばしば重なることがある。あまりに文化的に生活が洗練されすぎたところからは、ほとんど何も生まれてこない。

北　そうかな。

辻　そうだよ。

北　それならヨーロッパやどこかの爛熟した文化、――たとえば、直接日本にはない〈サロン〉とかいうものは？

辻　そういうサロンからは、ほんとうの力のある文学というものは、生まれてこないよ。たとえば、ずいぶん乱暴な比較だけれども、フランス文学とロシヤ文学を比べてみると、あるいはヨーロッパ文学とアメリカ文学を比べてみると、よくわかる。なんと言っても、文明が爛熟した社会より、文明をつくりだしている途中の社会のほうが、生活力がある。二十世紀前半のアメリカ文学のほうが、よりヴァイタリティがあるし、また十九世紀ロシヤ文学のほうが、よりヴァイタリティがある。たとえばトルストイ、ドストイェフスキイを考えてみれば……。

北　ものすごい広い土地から生まれてきたという、凄まじい重たさはあるね。ただ〈ヴアイタリティ〉と言っていいかどうか……。

辻　たとえば、トルストイのああいう厖大さとか、ショーロホフの厖大な作品のもっている力というのは、フランスのどんな小説にもない。フランスの小説には、洗練された味はある。正確さはある。精緻な構成はある。非常に精密な心理描写はある。しかしながら、人生の流れのなかに、われわれ読者を投げ込んで、そうして引っ張ってゆくという、――そこに、喜びも悲しみも、すべて人生のもっている多面的な感情が織り込まれているという、ああいう厖大な作品は、生まれていない。ああいうものが生まれるには、やっぱり、全身的に働いたり、戦ったり、愛したり、築いたりする生活がなければならない。まだ実生活が、その根のところから、いろいろ養分を吸収しうるような状態でなければならない。ところが、都会化されたり、完全に人工化されたりして、洗練されきった生活からは、非常に優美な社交とか、非常に繊細な装飾芸術とか、そういったものは生まれるけれども、人間がほんとうに魂を揺さぶられるような作品は、生まれない。

北　土地と、国民性と、社会組織と、それから、それとは別に、〈天才〉というものがあるでしょ。偶然に怪しげな星の下に生まれた人間というのがね。

辻　〈天才〉というのは、――このふしぎな存在は、どこに生まれたって、それがすべてみたいなものだけれど。ただ、本来そういう潜在的な才能があっても、必要な条件がなければ、それがじゅうぶんに成熟しないうちに、発揮されないままに、消えていってしまうということもありうると思う。

北　それは、ある。殊に、いままでの世界というものは、文明やなんか、それから気温やなんかにも、かなり左右されて……。あまり暖かいところだと、人間がぼけちゃったりするからね。暑いところでは、果実はなっているし、まあ食うに困らんし。ある寒気とか氷結というものも、どうしても精神を刺激するためには必要だな。南方圏には、明るさとか軽妙なものとかはあるが、ほんとの凄まじい認識というものには、ある寒気が必要だとも、ぼくは思う。むかしは、そう暖房もなかったし。

辻　そういう、風土、環境、人種といった要素を、文学あるいは作品を形成する条件として考察した文学史や文化方法論は、いくらもある。けれどもぼくがいま言っているのは、生活が過度に洗練されたばあい、そこからは、ほんとうに精神に食い込んでくるような、力をもった作品は、やはり生まれてこないんじゃないかということなんだ。

北　まあ、いろんなのがあっていいな。重たいものから、軽妙なものまで。そうみんな精神の逞しい、魂に食い込んでくる作品ばかりだったら、この世はぜんぶ気違いになっちゃうからね。

辻　たしかにね。フランス文学もあっていいし、イギリス文学があってもいい。これは好みだけれども。

北　それは、結局は好みになる。食物でもなんでも、個人の好みでどれがうまい、これがうまいと言うわけで、真の食物の上下があるわけじゃない。

しかし、一時期のロシヤ文学が最高、とはぼくも認める。なかんずくドストイェフスキイとトルストイだけれども、ぼくはまえに、埴谷雄高さんのエッセイを読んで、――あの人はもちろん、ドストイェフスキイを最高においている人だけれども、それによると、ドストイェフスキイを10とすると、5あたりにトーマス・マンの『魔の山』がある、それからかなり下のほうに、ほかのいわゆる世界の名作が並んでいる、と言うわけね。ぼくは、まえは、あまりにもマンにいかれていて不服だったが、あの評価というのは、正しいような気がする。

ぼくは、ドストイェフスキイを、もう少したったら、また読み直そうと思うけれども、いまのところは怕《こわ》くて……。あれ、高校生のときだったから、読んで感心した程度で済んだんだけれども、いまうっかりあれを読んだら、小説なんてものを書こうという気がなくなっちゃいそうな惧《おそ》れがあるな。トルストイのほうがまだ、がっしりした構成や技巧なんかをもっていて、意識的につくられているでしょう。だから、ものすごく巨大だけれども、やはり人間わざで、完全に圧倒されて、いやあ参ったとは、逆に思わないわけ。ドストイェフスキイは、化けもののようで、怕《こわ》いよ。

辻　呑みこまれたらおしまい、という感じだね。ぼくがいま、読めるのは、せいぜい『貧しき人びと』とか『虐《しいた》げられた人びと』といった比較的初期の、いくらかヒューマニスティックな甘さのある、抒情性のある作品だけだ。

北　『貧しき人びと』というのは、またなんとも言えない抒情性と、いい意味の感傷性と、それからもう素晴しいユーモアとが、渾然《こんぜん》としているね。後期の作品は、凄まじい巨大さ、どす黒さは別にして、構成に破綻があったり、ある意味で野放図すぎたりする点もあるけれど、『貧しき人びと』は、一所懸命、何度も何度も書き直したんだろうな。

辻　そうだろうね。だからあれも、処女作にすべてが出ている。たとえば、シベリア流刑があって、その結果、彼の世界は深まったとか、いろいろ言われるけれども、――たしかにそういう要素もあるけれども、本質はすべて初めから決まっていたと思う。『貧しき人びと』には、たとえば、君の好きな貧しい大学生ポクロフスキイのエピソードがあるでしょう。大学生が死んで、息子のことをひたすら愛し誇りに思っていた単純な老人が、葬式のとき、息子の棺のあとから、雪解けの道をちょこちょこ駆けて行く。そしてポケットというポケットにねじこんだ息子の本が、ぽろぽろこぼれて泥の中に落ちる。それにも気づかずに駆けて行く。ああいうものなんか……。

北　あれを若いころ読んだとき、涙が出た。いまだってまた、中年性涙が出ちゃう。しかもあのエピソードにしろ、単なる甘さとか感傷とかにとどまらないからね。

辻　とどまらないから、すごいと思う。つまり、〈文学〉がわれわれを拘束し、われわれを動かすんだ。〈文学〉というのは、一種の夢でしょう。単なる言葉です。それ以外の何ものでもない。まあ〈観念の生みだす映像〉と言ってもいいけれども、要するに事実じゃないものですよね。そういう事実じゃないものが、われわれを拘束して、涙を出させたり、笑わせたり、それからある瞬間、すっかり人生が変わったように思わせたりするんだから、この力は、やはり、ちょっとすごいね。

北　うん。ときたま実際の地球上で、ものすごい岩山の地帯とか、巨大な砂漠とか氷河とか、そういうもので心を打たれるばあいもあるけど、そういうものは、実体があるでしょう。そこから引き出された幻想なんかに、こちらは浸るわけだけど、そういう手にとれない、手を出すと突き抜けてしまう、架空の世界が、——〈地球〉って言っても、いまの宇宙の概念で言えば、まあちっちゃな星だけれど、それに比べれば蟻《あり》みたいなちっぽけな人間のつくった、そんな実体もない、架空の、嘘の世界が、それよりもっと巨大で、人を操るっていうのは、これ、怕いね。

辻　怕い。そこまで行くとね。人間の生きているとか死ぬとかいう次元、——歴史の流れに浮かんでいる次元を突き抜けて、じかに虚無とぶつかるような地点まで出て行ってしまう。

北　やっぱり、空しさとか、虚無とか、そういうものを猛烈に感じちゃう。

辻　そういう世界をつくる文学者というのは、急速に成熟して、そうして、ふつう人が老人になって初めて、死ぬときに、一生を向こう方《がた》から振り返って見て、人生を眺めるように、非常に急速に向こう方へ出てしまって、人生を通りこしたところから後ろを見ているという、そういうところがあると思うんだよ。

北　それ、もうちょっと解読すると、芸術家というのは、人生に対する予感能力が発達しているという意味？　それとも、もうちょっとわるい意味で、現実というものを少し無視して、幻想だけ先に突っ走っちゃうという意味？

辻　いや、その幻想が非常にリアリティをもっているものだから、ふつうの人だったら体験を重ねて、じいさんにならなけりゃわからなかったものを、ある非常な速力でもって全部を体験してしまうという意味もあるな。たとえば、ドストイェフスキイが、あれほどのユーモアのある作家だということは……。

北　あのユーモアは、やはり、よい意味の狂人の、一般人以上のものだ。あんなどす黒くも野太いユーモアは、ちょっとほかにないね。ドストイェフスキイも、いたずらに図式的な思想に解釈するだけじゃだめだな。つまり、あれだけ人間の悲惨とか人生のむごたらしさというものの認識が強度だったから、〈笑い〉もそれに対応して強度に生じた人間なんだ。

辻　そういう自分の周囲に対する認識の強度と言うか、深さと言うことだけどね、若い時代には、人生を目の前に置いているから、――これから入って行こうとする人生を見ているから、たとえば、怯《おび》えもあるし、過大な想像もある。幻想もあるわけだ。ところが人生のなかへ実際に入って行って、一つ一つそういうものを確かめていくと、いままで怯えていたものはすべて、思いすごしであることがわかる。トロイのヘレンみたいな美女がいるかと思っていたのに、そんなものはいなかったり、なにかとてつもないような事件が起こると思っていたのに、平々凡々としか時間は流れていかなかったり、そういうふうにして幻滅を一つ一つ味わいながら、人生というものはだいたいこのへんだろうと見当がついてくる。そしてそれが、壮年から初老にかけてだとすると、芸術家っていうのは、非常な速度で人生を突っきって行って、どうもその向こう方に出ていってしまうんじゃないかと思うわけだ。

ただ実際問題として、ぼくはまた、こういうことも言えるんじゃないかと思う。つまり、小説家は、ものを書いているときに、自分の想像した世界が、現実の世界と比べて、なんとなく自分勝手の、任意のものなんじゃないかと感じることがあるのではないかと。現実は事実なので、なんとなくそのほうの力が強いと感ずるのではないかと。これは、政治と文学の対比とか、ノンフィクションとフィクションの対立とか、そういうふうに対立させてみると、よくわかる。たとえば、政治的実践の面での沖縄問題やヴェトナム問題に対して、文学を対立させてみるとね。まあサルトルだったら、二十億の人間が飢えているときに文学に何ができるか、というようなかたちで問題を出してくるわけね。そういうとき小説家が、現実のほうに足をとられて、机の前で書いている空想の世界が何の力ももっていないのじゃないかと疑いだしたら、これはもう、政治的行動に突っ走る以外にない。

ところがそこで、小説家にとって空想の世界・想像の世界とは何か、という問いが出てくる。ぼくは、ほんとうの〈小説家〉は〈言葉〉というものを、現実と同じだけの重さで考えうる人間だと思う。いわば、現実よりも〈言葉〉のほうが先にあって、〈人間としての現実〉は、じつは〈言葉〉がつくってゆくんだというふうな確信がある人間が、〈小説家〉なのだと思う。したがって、現実、あるいは政治、あるいはさまざまな戦争、飢饉という事実も、じつはそういうものが、〈人間としての現実〉であるためには、〈言葉〉がそれをかたちづくっていなければならぬ。〈言葉〉があって初めて、政治とか戦争とかが人間の価値として、世界のなかに入ってくる。〈世界〉という考え方そのものが、すでに、単に与えられた事実ではなく、それを総体として把握する作用の結果に生まれている。だから同じようにして想像の世界も、〈人間としての現実〉である〈小説家〉にとっては、〈言葉〉によってつくられる以上、その現実とまったく等値なものとなる。

しかもそれが、ただ頭でわかっているだけじゃなくて、ほとんど身体的にそういうふうになっている。そこから、文学的なフィクションによる〈状況〉の提示が、その時代なり現実問題なりの意識化となりうる根拠も生まれる。そうした〈状況の意識化〉が、広く深い意味で〈状況を変える〉ということにもなりうると思う。そうして想像的なものを見たならば、それがこちらに及ぼす作用たるや、幽霊を見た人が恐怖を感じるように、まったく現実と同じ迫力で、いやそれ以上の迫力で、こっちへはたらきかけてくる。涙を流させたり、顔色を青ざめさせたりする。たとえばフローベルが、エンマ・ボヴァリーの自殺するくだりを書いているときに、亜砒酸《あひさん》の味を唇に感じたという、そういう意味で、想像的なものが完全な事実として迫ってくる。〈小説家〉とは、そういうような人間だと思う……。

北　結局、その人間の〈気質〉ですよ、いちばん最初に出てきたね。生物学的に言っても人間というのは、誕生してごく間もなく、相当の会話が交せるようになっちゃったんだし、やはり『聖書』の文句のように「初めに言葉ありき」で、それからすべては出てきてはいる。けれどもごく短い年数のなかでは、たとえば君の言った政治なんていうもののほうが、より世界を動かせるということも、ある意味で事実なんだ。だから、どっちかに走る、――と言うよりも、もっと自分でもいろいろ考えて、こちらのほうが価値が上だとかなんだとか思ってしまうわけなんだろうけれども、しかしそれは、もっと本質的な個人差、その人間がどの星の下に生まれたということがあって、ある人びとはそちらでしか生きられんとか、あるいは、とにかく何か知らないうちにそちらに動かされてゆくという〈気質〉が、まず先だと思うね。

ただ、若いころは、あるいは一途な文学青年などは殊に、中学生ぐらいの気持で、政治なんか嫌いだ、実業界なんてくだらん、なんて言いがちだけれど、いままではそれが感情的にすぎ、極端すぎたね。ぼくなんかのばあいは、なまじっか動物学なんかやったり、コドモじみたロケットなんかが好きだったりするからな。これもまた別の意味で、宇宙的規模から見れば他愛もないものかも知れないけれども、――人間が生んできた相当に発達した科学も、結局は幻想の所産で、その大半は、数学の1たす1は2あたりを根拠として組み立てられたものだけれども、非情は非情でしょう。そういう〈文学〉精神と対応するものがあって、なにかぼくはバランスがとれている、救われているような気がする。辻は、むかしから文学青年だから、どっちかと言うと、科学をある意味で軽蔑したり、ある意味で極端に礼讃しちゃうような意識が、どこかに潜んでいるんじゃない？

辻　それはあるかも知れない。でも、ぼくが最初に取り組んだテーマは、詩的な精神と科学的な精神との対立というものでね。詩的精神と客観的にものを見る精神との相剋というようなことに、かなり長いことひっかかっていたんだ。理科に行ったこともあって、ぼくなりに科学的な見方を自分のなかに吸収しようとは思っていたようだね。

北　ぼくは、いたずらに齢《とし》をとって、ある意味では若いころ抱いた夢想とかなんとかかから見れば、軽蔑される人間になっているかも知れない。ただ、若いころと違って、あのころに比較して、ちょっとは事物をすべて遠くから見られるということ、客観視できるということ、それだけは成長したと言えるかも知れない。

辻　いろいろなものを比較して、そのあるべき本来のかたち・意味合い・重たさというものを、判定できるような、そういう余裕や距離が出来た、ということだね。

北　これは、へまをやると動脈硬化とも結びつきかねないのだけれども、とにかく、こちらの側のもの、これだけで世界がなりたっているんだ、というような断定の狭さも、それからその対応物、そちらの世界はだめだなんて思っていたものも、やっぱりそれなりの価値と尊厳さをもっているんだということを、ぼく、このごろ少しわかるような気がする。

文学愛好者、あるいは文学が好きという素質の人間ていうのは、なるほど、ある美点もある。ただ、それとともに、別の意味で、財界人とか政治家とかいう者だって人生を見きわめたりなんかする能力をもっているんだ。だから、おたがいが、おたがいに反撥しあっていいわけなんだ、最初のうちはね。しかし結局は融合したほうが、より完全な視野がひらけるでしょ。だからぼくは、うぶな文学青年になったけど、もう何年かまえから少しずつ反対側の世界も知らなければと、意欲しているよ。

辻　ぼくも、文学をやるまえには、会社員であり、印刷工であり、飲んだくれであったりして、そういう人生をいろいろ遍歴したいと思った時代があったわけだ。

北　〈ヘンレキ〉なんていう言葉を聞くと、若いころは、ほろりとしちゃったなあ。

辻　まあね。でもそういう遍歴が、われわれに世界を拡げてくれるという意味が、片っ方にあるわけだね。従来の文学者・文学青年は、自分の芸術至上主義的な、狭い城のなかに閉じこもっていたけれども、ぼくらの世代は、——もうちょっと若い人たちまで含めて、非常に早くから、戦争とか、飢えとか、さまざまな非日常的な生活のなかに投げ込まれていたから、そんなことじゃだめだということが、いわば本能的にわかっていて……。

北　それは、君は、知能の開花が早かったからな。ぼくは、それがずいぶんあとになったんだよ。同類の世界とか仲間とかとだけ付き合っていたんじゃいけない、まったく別のジャンルの人のことも、こいつバカだァ、なんて思わないで、少しはその話ぐらい理解しようとしてみたり、あるいはその生活を見たりすることも必要だというふうに思ってきたのは、やっぱり少し齢とってきたせいだな。ぼくも、恥かしいけど告白すると、むかしは、金を軽蔑したり、実業家と聞いただけで、あ、チンパンジー、なんて思ったりしていた。けど、大物というのは、文学者にしろ、政治家・実業家にしろ、やっぱり見事ですよ。

辻　それは、もちろん。

北　たとえば日本の政治家なんて、みんな悪口言ってきたろ。もちろん、小物はだめです。文学者の小物なんて、もっとだめです。この世にとって何にもならん。……でもまあ、何にもならんというのが、人間存在のほんとうのあり方なのかも知れんが。とにかく大物というのは、どちらの世界でも、何をやってても、一種の魅力はありますよ。

辻　ただ、いままでは、文学を形成するためには、実業界とか、政治社会とか、そういう社会的なものから離れなければ形成できなかったということがある。文学と実生活とは、本来、同じ平面で考えるべきものじゃない。だから、同一平面のものとして両立しうるとかしえないとか言っても、あまり意味がない。けれどもそのことを考えたうえでも、文学者は、従来は、実社会の外に出ていたとは言えるね。

北　それは確かだ。それは、反撥だったのですね、最初の、原初的な。

辻　たとえば志賀直哉の家長への反逆とか、その他、明治・大正の小説家のいろいろな例があるけれども、こうしたアウトサイダーとしてしか、いわゆる近代的な個性はつくれなかったという事実も、一方にあるわけだ。

北　だって文学なんていうのは、そもそも反社会的なのであってね。ただ、現在は、——ほんとに短いこのごろの期間では、けっこう文士が社会的名士なんていう存在にのし上がったような格好になっているのが、いちばんまずいな。

辻　まずいね。本来的に作品というのは、いま言ったように、実際の行動世界に働いている人たちと相補って完全なものになる。もっと積極的に言って、実際社会は文学によって初めて自分の意味や真の姿を知るんだ。だから文学の世界は、孤立してはいけないものなんだ、健康なノーマルな社会ならばね。芸術が一般の社会から孤立していること自体が、——芸術家が孤立していること自体が、社会の歪みの表現で、フランスでも、十九世紀後半には芸術家の孤立が生まれている。もっとも、そういう孤立が比較的少かったというのは、やはりフランス社会が、いろいろな面から見て、まだ非常によくバランスがとれていたということだろうが。

北　それは、バランスはとれている。サロンでは、他極の世界の人ともムダ話するもの。

辻　日本のばあいも、芸術家が反社会的だったことには、それなりの理由があったわけだ。社会が功利的で、何でもかんでも実利的な目的にばかり走っているとき、それに反対するという……。

北　殊に、明治以後はね。

辻　ただ、それは、近代日本ばかりのことでなく、ブルジョワ社会になった社会一般について言えるのじゃないか。利潤を追求するのがブルジョワ社会の原理だからね。たとえば貴族社会だったら、名誉とか、さまざまな美徳が目的だったわけだけれども。そういうブルジョワ社会に対してボードレールなどは、ものすごく反抗したわけだ。アメリカ社会に対してはエドガー・アラン・ポーなどが、反抗した。そして、そういう反抗の仕方には、その対立原理として美的なものが出てくる。つまり、そっちが金銭追求・実利追求なら、こっちは美的なものの追求だ、それによって人間性を、——人間の精神や品位を擁護するんだ、というかたちで出てきたわけだ。

北　それはおたがい、反逆から何ものかは生まれるよ。同じ文学にしても、女の話ばかり書いて、なにがこの世を動かせるかァ、という立場もあろうし、その逆もある。お金を追求してもいいし、戦争ぶっ始めても……。あ、これ、まともに受け取ってもらっても困る。自らが好戦的生物なことを人間は自覚すべきで、だから……。

まあともかく、それは、人それぞれであっていいね。でなけりゃ、この世の色どりというものはないからね。対応物があるからこそ、何かが生まれてくるんでね。

辻　それは、そうだ。ただ、さっき言った芸術の孤立化というのは、いろいろなかたちで修正されてきて、その結果、文学も、社会のなかに組み込まれたように見えるのが、現在だと言えるんじゃないかな。つまり、一般の人にとって文士が名士になったというのはね。

けれどもそのためにまた、もう一つの、文学のはたらき、——社会をたえず皮肉ったり批評したりするあの機能が、しだいしだいに麻痺してくる、とも言えるんじゃないか。

北　ぼくは、かつての、ブンシは食わねど高ヨージって思想は、小さいと思う。偉大となりうる文士っていうのは、もっと金を儲けたほうがいいと思うな。少くとも、使うぐらいの金があって、それを立派に使う文学者がふえていいと思うんだ。金稼いでも、使い方も知らん作家のほうが多いでしょ？

お金のことが出たので、少し話題を変えてみると、あのお金というもの、現実に重たいものですよ。ぼく、このあいだ、ヤップ島で石貨《ストーン・コイン》を見たけど、あの大きさ、重たさは、いまも残っているね。この天井以上でっかい。直径五メートルぐらいのが、現在残っている最大のものでね。

あれ、面白いよ。ぼくはむかし、写真なんかで見て、真っ黒いと思っていたの。よく、むかしの子どももマンガにあったでしょ。冒険ダン吉なんかが、棒かなんかをその石の穴に突きさして運んで来るのが。そんな金は、そのへんの岩、砕いてきて、いくらでもつくればいいなんて思ったけれどさ。あれは、その島には産出しない白い石なんですよ。ほかの島から運んで来る。それも、ただ大きいとかなんとかじゃなくて、それを運ぶのにいかに努力したかによって、その価値が決まる。

たとえば、カヌーに乗って船出した連中が、途中で転覆しちゃって、二人が溺れ死んだ。一人が残って、ほとんどの石は海中に没したけれども、彼が辛うじてひと摑みの石が、汽船でもって大量に運んだことがあって、これにはヤップ島人は、非常に恩義を感じたけれども、その石貨は大して値打ちがつかない。これ、わかるでしょ？

辻　わかるなあ。つまり、お金の重たさというものは、現在のように信用経済が発達しちゃって、実際に自分が払っているんだか銀行がかわりに払ってくれているんだかわからないような、——つまり、お金の実体が無くなっちゃったような時代だと、まるでわからなくなっちゃっているけれども、労働というのは本来、そういう重たさのようなものと、つねに対応的に、バランスをとってあったのかも知れないね。

それはまた、たとえばアルチュール・ランボーが、アフリカで、——まあ実際に預けておく銀行がなかったからかも知れないのだけれども、何千ターレルという金貨を胴巻きに入れて歩きまわっていたというエピソードを思い出させるね。ランボーは、金貨の重たさで足が地面にのめりこみそうだったと言うんだね。

北　詩人をやめて、アフリカへ行って、商人になってからか。

辻　なんだか奇怪な感じだよね。その重たいコインを、ホテルに置きもしないで、胴巻きに入れて歩きまわっているなんていうのは。ああいう執念みたいなものは、たしかに人間のなかにあるね。それがまた、ある時代には、一種の健全さというものになってはいたと思う。

しかし封建制経済から資本制経済へ移る間に、大きな変化が起こった。ゲーテの『ファウスト』第二部の初めで、メフィストフェレスが、ある帝国に行く。帝国では、お金がない、お金がないと言って、皇帝も、宮内大臣も、頭を抱えている。そこへメフィストフェレスがやって来て、お金をつくってあげると言って、お札をじゃんじゃん刷るんだ。そして、この札は、帝国の地下に埋蔵されている無限の富に引き換えうるものであると言って、ばらまく。そうすると、それで物資は買える、兵隊の給料は払える、宮廷では豪華なご馳走ができる、というわけで、みんなほくほくになる。どうも、ああいうメフィスト的な魔術のおかげで、ぼくらも、コインの重たさをしみじみと感ずるような生き方からだんだん遠ざかり、稀薄になってきているんじゃないか。

北　ぼくは、練金術なんていう話、大好き。中世であれだけの人が、あれだけの熱意をこめて練金術に打ち込んだというのは、象徴的だな。

辻　いむきになってね。それからぼくは、大航海時代が非常に好きだ。そのころ書かれたものを読むけれども、彼らの主たる動機たるや、やはり、〈ジパングの黄金〉でしょう。

北　そうなんですよ。みんな、金儲けしたいためですよ、ごく狭い意味で言えばね。新大陸発見なんていうよりね。しかしもっと動かされるのは、人間の無意識の本能なんだ。なにかそれに操られてゆく、そんなふしぎな生物なんですよ、人間は。ただ、その時のごく直接的な動機は、金であったことは事実だな。

とにかくまあ、文学よりも、確かに手に摑める重さというものを、貨幣というものはもっているからね。殊に、むかしの貨幣は重たい。ほんとに金《きん》であったりするからな。

辻　そういう貨幣の重たさは、彼らが生活を重厚に護る態度と見合っていたような気がする。つまり、その重い貨幣は、安楽な生活とか、暖い部屋とか、がっしりした家とか、湯気の立っているスープとかいうものに、変わってゆくわけでしょう。そして貨幣が重かっただけ、それだけ、――これはまあ、象徴的に言うわけだけれども、快適《コンファタブル》に生きることが、人間の生活の中心にがっしり据《す》えられていて、いささかも揺らいでいない。それを追求し、それを手に入れたら、断乎として護りぬく。そういうところが、われわれのなかに稀薄になっているのじゃないか。

北　「われわれ」って、どういう意味？

辻　現代人という意味だ。日本だって西洋だって、そういう意識は現在は稀薄になっていると思う。

北　じゃ、むかしに比べれば、という対応の仕方だな。それはあるね。でもまあ、現在では、むかしの知性的な虚無感というものが、目に見えるものとしては、原水爆があるからな。ふつうの大衆にとっては、あれが虚無感の安易な代用ですよ。あれのおかげで、地球破滅なんていう幻想を、無知な大衆も抱けるでしょう。無知というのは、つまりぼくみたいの存在もね。

辻　そういう生への実体感というか、重たさがなくなったことと、虚無感とは、現代文明の同じ性格の両面だという気がする。だから、現代では、真に生活をがっしり生きてゆくというのは、マイホーム主義なんかじゃ実現できないような、一つの大仕事だという気がするな。

北　それとともに、その逆に、文学というものは、ぼくの理想ではね、むかしの吟遊詩人かなんかみたいに、王さまに雇われて、台所でめし食わせてもらって、もっとあとではパトロンくらいついて、——貴族のかなんかの、公爵夫人ならなおいいけれども……、まあいいや、どっちだって。とにかく保護されてさ、あなた、ちょっとあたしの恋愛詩つくってェ、なんて言われて、そういうの、ぼく、きっと好きになるな。根が怠け者だからかな。

辻　本来的に文学のなかには、そういう要素が非常に強いね。やっぱり一種の社会外的な存在だもの。そのようなかたちで真に生きていたと言えるね。

北　少くとも歴史的にそうだったわけね、芸術家なんていう者の存在は。

辻　だから、本来的にそういった性格があるばあいに作品や芸術家の存在は、魅力がある。

北　魅力がある。けれども、まあもっと逞しい社会の寄生的な存在ではあったね。だからこそ反権力にもなりえたわけで。

寄生族というのは、ぼく好きだな。大木でいるよりも、それにまつわる変な蔓草《つるくさ》となって、養分を吸いとっているほうが、ぼくなんかの肌に合うね。最後は、その大木を枯らしたりしてね。

辻　もともと文学気質のなかには、そういうものがありそうだな。

北　やっぱり、人間というものが、卑小なものと感じられるから、やりだすんでしょ、文学じみたものをね。これは偉大だとは思うけれども、しかしある種の別世界の種族は、おれたちは強大だぞォ、なんて自信に満ち溢れているからね。そこでは、文学者の愚かさとは別の愚かさも抱いているな。

辻　うん、そのとおりだ。

北　ただ、やっぱりどうも別世界のほうが、ずっと力が強いな。それでいいと思うの。文学ならびに文学者というものは、やっぱり卑小な存在でないとね。だって、当然でしょ？

辻　当然だ。

北　文学なんていうよりもまえに、めしを食うということですな。そいつのほうが先決ですよ。人間は、だって動物ですからね。

辻　そうね。

北　……何の話をしてるんだ、ぼくたち？

でもまあ、めしの話が、こうテレずにできるのは、ぼくに関しては進歩だな。若いころは、スミレの花のことばかり考えていたからね。

トーマス・マンを語る

マンの墓に詣でて

辻　昨年（昭和四十四年）の夏、君がパリのぼくのところへ来たのは七月三十一日で、たいへん暑い日だった。非常な躁状態で現われて、これからスペインへ連れて行けと喚《わめ》く。ものすごく暑いんで、スペインに行ったら四十度を越してしまう。そんなのに付き合っちゃたまらないから、スイスへ行こう、かねがね行きたいと思っていたトーマス・マンの墓に詣《もう》でようじゃないか、とぼくが言ったら、それはいいアイデアだ、というわけで翌日の八月一日に……。

北　すごいね、日にちまで覚えてるの。

辻　TEEという特急列車に乗ってチューリヒに行き、その晩は、駅前のシュヴァイツェル・ホテルに泊まった。翌日、ホテルを出て、チューリヒ湖畔のキュスナハトという村でマンが晩年を送ったということを聞いていたので、ともかくそこまで行けばお墓もわかるだろうというわけで出かけていった。キュスナハトは、チューリヒから郊外電車に乗って二十分ばかり。

ところが、キュスナハトへ行って訊《き》いたら、墓はここにはない、湖の対岸のキルヒベルクという村だ、と言われた。キルヒベルクへ行くには、もう一度チューリヒに戻って、対岸を走っている汽車に乗るか、あるいは、ここで待って対岸に行く遊覧船で行きなさい、と言われた。

北 そうだ、思い出した。桟橋に行ったら、すぐ遊覧船が来たんだ。

辻 天気のいい日だったね。湖の水が蒼《あお》くて……。

北 おや、描写まで入った。

辻 キルヒベルクに着くと、そこは非常に静かな、急斜面にある村で、ほとんど人がいなくて、船着き場で訊いたら、すぐ丘の上の、プロテスタント教会付属の墓地に埋められているという。

北 相当な急坂だったね。急斜面を曲りくねりながら登って行く。ようやく教会が見えたと思ったら、鐘が鳴りだした。

辻 それでぼくらは、はるばる東洋からトーマス・マンを慕う人物が来たんで教会も鐘を鳴らして迎えてくれるのか、あるいは、怪しげな二人の男が現われたので、急遽、村人たちを集めるために鐘を鳴らすのか、などと言っていた。ところがじつは、結婚式をやっていたんだ。

北　そのため、外には墓番一人いない。とにかく裏手へまわった。墓が相当の数あるから、一つ一つ捜したらずいぶんの時間を食っちゃう。すると、上品なおばあさんがぼくらのすぐ後ろから来た。

辻　……お花をたずさえて。まるでそこに隠れていたように現われた。そのおばあさんは、アルテフラウという変な名前の夫人だったが、その人が、マンの墓へ連れて行ってくれた。

北　三十年間も有名な哲学者のクラーゲスの秘書を勤めてた人で、クラーゲスの墓詣でに来たわけだ。

辻　クラーゲスの墓から三メートルぐらい向こうにマンの墓があった。それは、高さ一メートル・幅一メートルの、真四角な、重い砂岩みたいな感じの石だった。

北　けばけばしいところのぜんぜんない墓なんですね。白いといっても輝くような白さではなく、落着いた白さで、ふつうに「トーマス・マン」と書いてあるだけ。生年と没年とがラテン数字の、何気ない墓ですね。

辻　ただ、非常にどっしりしていた。あまり背の高くない木立に囲まれて四角い墓があり、まわりは公園のような花ざかりだった。

北　ほんとに、花でいっぱいでしたね。

辻　墓の向こうにすぐチューリヒ湖が蒼く見えている。裏手には、それこそ『トニオ・クレーゲル』の庭みたいに、泉がひたひたと音をたてていた。君は墓の前に歩み寄って、じっと見つめている。ぼくはふと目を湖に向けていた。そのとき、君は突如として、嗚《お》咽《えつ》しはじめた。

北　それ、やめてくれ。それ、ちょっとやめろよ。

辻　君は滂《ぼう》沱《だ》としてトーマス・マンの墓に跪《ひざまず》いて……。

北　それ、ぜんぜん大げさすぎる描写だ。

辻　お墓に詣でてから、アルテフラウさんが、マンのお宅を教えてくれた。バスで行くと、村の中腹ぐらいの、ずっとなだらかに下がった、大通りに面したところに、その家があった。——まわりの家とほとんど変わりない三階建。庭に小さな子供用のプールがあり、裏手にまわると、ガレージや洗濯の乾燥室などがあった。家の中はがらんとして、いかにも、人がいないという感じだった。ただ、玄関の呼鈴を押すところに小さく名札が出ていて、「トーマス・マン」と小さな字で書いてあった。

北　豪邸を想像して行ったら、むしろ古びた、慎ましい家だった。

辻　マンが、プリンストンにしばらくいたころ借りた家は、ものすごく大きく、そのサロンは、グランド・ピアノが事務机に見えるほどだった、と書いているので、なかなか豪邸に住んでいる人だろうという印象があった。マンはもともと、ブルジョワの没落史から書き始めたので、非常に金持で、一般から隔絶しているという印象を読者に与えていることは事実だが、実際は慎ましい質素な家だった。あれが実体じゃないかという気も、その時はしたな。

北　あるところでは美食したり、立派に金を使ったりしているけどね。〈ブデンブローク〉の建物にしても、いま見ると、なあんだ、このくらいの家か、という感じを受けちゃうが、かつてのリューベックでは、超モダンな、そうとうな邸宅だったんでしょうな。

辻　それからわれわれはチューリヒに出たんだけど、いままで天気がよかったのに一天俄《にわ》かにかき曇り、嵐になった。

北　雷鳴がとどろいて、風が吹いた……。

これがどうも因縁話めくのだけど、天気がよくて、遊覧船がパッと来て、行ったでしょう。それから墓のところでクラーゲスの秘書のおばあさんに遇《あ》って、マンの墓やマンの家がパッと見つけられたでしょう。そこにこんどは、嵐が来た。雷鳴と、風と、雨もパラつきだした。クリスチャン・ブデンブロークがよく言う、ドンネルベッター（畜生め）！だよ。君は、初めの遊覧船が快適だったもので、帰りも船で帰ろうと言っていたが、嵐になったから、こりゃ大変だというわけで、急遽、電車に乗った。駆け下りて行ったね。そのおかげで、早くチューリヒに帰れた。

辻 チューリヒで案内所に行って、トーマス・マンの記念館があるはずだがと訊くと、水曜日と土曜日の二時から四時まで開いているという。ところできょうは、土曜じゃないか。時計を見たら、四時十五分前。あわててインフォメーションを飛び出したら、目の前にタクシーが待っている。ほかはいっぱい人が並んでいるのに、そこだけ一台、待ち構えているようにタクシーがいる。すぐにそれに飛び乗ってシェーンベルグ通り《ガッセ》へ行った。

北 着いたのが、閉館五分前なんだ。

辻 それから駆け上がったな、マンの書斎へ。

北 いや、書斎というより、書斎を模したものだ。

辻 その部屋には、テーブルと、まわりの本棚と、椅子、スタンド……、机の上には、死んだときのままにペン皿、ペンなどが載せられてある。その隣の部屋は小さな居間みたいなもの、そしてその隣の部屋が記念館で、『ブデンブローク家の人々』いらいの原稿や、さまざまな書評、劇評、写真、いろんな人の手紙など、トーマス・マンに関係ある資料が、ケースの中に並べてある。

北 われわれは狂気のようになった。だって、五分で閉館でしょう。血相変えて見だした。番人にチップやって、二十分はねばったが……。

辻　そんなわけで、墓に詣でて、記念館を見て、マンに久びさに会えたのだけど、思いかえしてみると、君が〈どくとるマンボウ航海〉でパリに来たのが一九五九年だから、それからちょうど十年目だ。また、マンが死んだ五五年にわれわれが『文芸首都』で「トーマス・マンに就ての対話」というのをやってから、いまは十五年目になっている。マンには、数字の因縁話がある。

北　そうそう。『人生略図』のなかに、自分の子どもは、男—女、女—男、男—女というふうに生まれている、と。数字にも因縁があって、最後には自分は母と同じ年齢の七十歳で死ぬであろう、と予言したり。

辻　たとえば、生まれたのは一八七五年、最初の小説『ブデンブローク家……』を書き終えたのが二十五歳で、一九〇〇年。結婚したのは三十歳のとき、一九〇五年。

北　六月六日。——これ、マンの誕生日だけど、マンは時の記念日に生まれるのが、いちばんふさわしいよ。とくに癪《しゃく》にさわることは、六月六日の、日曜日の、晴れあがった日。しかも正午。あれ、疑問に思うね。つまり、マン家ぐらいの旧家になると、12時3分前とか12時7分過ぎに生まれても家系図にはちゃんと「十二時ジャスト」と書いちゃう。怪《け》しからんよ、あまりにも数字がピッタリしすぎるからね。人間わざじゃない。

辻　『魔の山』が出来上がるのは、7掛ける7、四十九歳のとき、一九二四年。そして『ブデンブローク家……』いらいの『魔の山』その他の業績でもってノーベル文学賞をもらったのが、その五年後の一九二九年、五十四歳のときだ。

ところが、さっき君が言ったように、マンは、自分の死ぬのは七十歳、一九四五年であろう、と予言した。しかし彼は、死ななかった。『タイム』の記者が一九四五年の暮にやって来て、あなたは四五年に死ぬと予言なさいましたが、もうそろそろ四五年は終わりになります、どのように弁明されますか、と言ったとき、マンは、予言というのは象徴的なものであって、必ずしも言ったとおりになるとはかぎらない、しかしながらわたしは、ご覧のように、いま精神・肉体とも最低の衰弱した状態にある、だからこれは、わたしの予言が半分実現したようなものだ、ただわたしはまだやらなければならない仕事をもっているので生きているのだ、と答えた。

というのは、そのとき彼は、『ファウスト博士――一友人によって語られたドイツの作曲家アードリアン・レーヴァーキューンの生涯』を書く直前で……。

北　その話は、『ファウスト博士誕生――ある小説の小説』のなかに出てくる。

辻　七十歳のときははずれたけれども、死んだのは八十歳、一九五五年だ。

北　ああ、そうだ。八十歳の誕生記念日に大々的にパーティをやった。それからふた月と六日たった八月十二日に、死んでいるわけでしょう。しかし、この数字にあまりたぶらかされちゃいけないよ。

辻　因縁話の最後は、チューリヒの病院に運ばれたとき、エーリカ・マンという長女が病室の番号を見ると、一一一番なんだ。つまり、『ファウスト博士』のなかで彼が力を込めて書いているベートーヴェンの最後のソナタが、作品番号一一一なんですよ。エーリカは、これはという予感がした、と言うんだな。

北　〈予感〉とか〈因縁〉とか言うけどね、人間には閃いたりすることもあるが、あとになってこじつけることもあるな。

辻　多くはね。

北　それにしては偶然が重なりすぎている感じもするが、マンぐらいになると変な魔力を発揮して、死ぬ時まで数字を合わしたりしやがる。マン自身、そういうことを半分は信じているのね。しかもそれを堂々と意味づけちゃうのは、傲慢不遜《ごうまんふそん》の、かつ几帳面《きちょうめん》な、がっしりした精神ではあるが。

辻　開きなおっているからね。

マンの翻訳をめぐって

北　このへんでちょっと、トーマス・マンの文献目録《ビブリオグラフィー》を見ておこうか。かなり前の本だな、これは。全世界の翻訳が並んでいる。しかしこれでは、まだたかが知れた量だな。昭和四年ぐらいかな、日本のところを見てみよう。マンが日本に紹介されたころには……、『幸福への意志』か。北村喜八。一九二五年に訳している。『ブデンブローク家……』が出てきた。成瀬無極。岩波でなくて新潮社だ。一九三二年……、円本だな。

辻　ぼくらが読んだのは、ほとんど実吉捷郎さんの訳で、ぼくは、実吉訳でないとマンのものはほとんど読めないくらいだった。

北　あの『ヴェニスに死す』の名訳には、二人とも感激したでしょう。実吉さんていう人は、素晴しい訳者だった。いまの世代から言わせると、漢字が多すぎたりして、ちょっとふさわしくないと言うかも知れないけど、あれだけ漢字が使ってあるので、マンの、彫りつけたような固い彫刻的な文体と、一致するんだ。

辻　日本語を読んでも、原文の形容詞なんかがそのまま感ぜられるような文体だったね。

北　実吉さんは、戦後に『ブッデンブロオク家の人々』を訳した。久方ぶりにマンのものに手をつけたわけでしょうが、これは、時代を意識して柔かくしたのだと思う。しかしあれだけの名訳者だから、かえってまえの成瀬訳を意識しすぎたのだろう、成瀬さんの訳でいい訳だなと思った形容詞や副詞を、実吉さんはわざと意識して違った訳にしている。ぼくの考えでは、前にいい訳があったら盗んでいいと思う。それが、最も自信ある態度だと思う。

逆にね、成瀬さん訳では、あの小説の最初の Was《ヴァス》 ist《イスト》 das《ダス》. を「何でしたっけ」っていう少女らしい口調に訳しているけれど、あそこは、望月市恵さんの訳によると、一見直訳的に「それは何ですか」としてある。あそこは教理問答なので、この教理問答の終りが全部、Was ist das《ヴァス イスト ダス》.で終わっている。それを少女のトオニーは繰り返しているわけで、そういう意味から、わざと固い訳にしてある。

辻　あるオランダ人にいっしょに『ブデンブローク家……』を読んでもらっていたら、彼は、ぼくらがちょっと思いもかけないところで噴き出すんだよ。たとえばここは、日本語訳では……。ああ、ここだ。「一八三五年に高貴な賢明な参事官の裁下のもとに改訂出版されたばかりの教理問答そのままに……」。どこで笑ったかというと、「高貴な賢明な参事官……」という部分に当るところで、ここはアイロニーなんだな。

北　一つの言葉にしても、むずかしいね。ただやっぱり、『ヴェニスに死す』でも、むかし春陽堂文庫で「ヴェネチア客死」という題名で出たけど、これを読んだら、マンというのはなんたる悪文家かと思われちゃうな。あれではまるで、ぼくが訳したような……（笑い）。『ヴェニスに死す』はマンの最も完成された中篇だと思うけど、冒頭の句があまりに長いし、それをああいう訳で読んだら、たいていの読者は、やめたくなるんじゃないですか。

辻　それから『ワイマールのロッテ』が、「ロッテ帰りぬ」となって戦争中に出ていた。

北　『大公殿下』が、「薔薇《ばら》よ香りあらば」なんていう訳で……。

辻　ほかにも、『魔の山』が、「妖魔の山」なんて訳されて、二冊本で出ている。

北　それは、ぼくも知らない。

辻　『魔の山』は Zauberberg《ツァウベルベルク》で「ベル・ベル」と音にかけてあるわけで、英語でも、Magic Mountain で、まあやっぱり「マノヤマ」なんだな。「妖魔の山」とか「魔術の山」じゃ、だめなんだ。

北　それは微妙だ。「ツァウベルベルク」と「マジック・マウンテン」じゃ、やはりニュアンスが違う。これは、宿命。でも横文字のばあいは、日本語にするよりはまだ楽だ。マンの英訳者ロウ・ポーターも、初め『魔の山』を「エンチャーンテド・マウンテン」とし、マンから「マジック」のほうが示唆的で写実的だと言われて、直したそうだ。

辻　マンの作品にも、いろんな国の訳があるけど、「ツァウベルベルク」という言葉を自分の国で訳された言葉で言うので、可笑《おか》しなことになることがある。たとえばユーゴの人が来て、「コリンヌ・アンシャンテ」（魔法にかけられた丘）という小説を知らないか、と言うわけだ。いまの「エンチャーンテド・マウンテン」と同じわけだ。しかし「コリンヌ・アンシャンテ」と『魔の山』とでは、たしかにずいぶん違う。ただ、『嵐が丘』が決定的な訳であるように、『魔の山』は、決定訳だと思うな。

北　『魔法の山』だと……、吉田健一さんが訳しているデュ・モーリアのなかに神秘的な短篇があったな、山の話のね。

たしかに、横文字から日本語に訳すのは、大変なことだ。みんな、ドイツ語ができるから、寄ってたかってやっている。それも、一つ一つ大変な業績ですけどね。たとえば、マン研究に功績を与えた人は佐藤晃一先生で、日本でのマン追悼の会にマンのようにきちんとした燕尾服でいらっしゃった。マン崇拝のあまり、文章までマンのエッセイに似てくるような方だ。しかしあの方は、論文も立派だし、小説の翻訳のなかでは『十戒』なんかは合う。『ファウスト博士誕生』(『ファウスト博士』の成立』)というエッセイも、いい訳をなさっている。ただ、くだけた日本語は書けない方じゃないかなとも思う。その点では、自分で軽妙な随筆も書かれる高橋義孝先生のほうが、マンの一般の小説の訳はお上手だ。

『トニオ・クレーゲル』だって、何種も訳がある。二、三年前、ぼくは、七つぐらい書き並べたことがある。ところがそのあと、三つも四つも出てきて、読む暇がないんだけど、やっぱり、ぼくが『トニオ・クレーゲル』で思い出すのは実吉さんの訳で、これは、たとえば「鴉《からす》が鳴いている――嗄《しわが》れて、佗しく、頼りなく……」と、副詞が三つぐらい並ぶ。日本語だと、前に副詞が並ぶのだけどね。ところがあの人は、「鴉が鳴いている」と書いて、そのあとに、原文にはないダッシュをつけ、副詞を並べて……。

辻　ドイツ語と同じようにしたわけね。

北　ぼくは、マンの原文を知らないころ、それを真似たりしたことがあるんだ。実吉さんの古い訳は、実に懐しい名訳だと思うけれども、もうひとつ、古い訳で『トニオ・クレーゲル』では竹山道雄先生の忘れがたい名訳がある。たとえば、トニオがリューベックを再訪して、つぎにコペンハーゲンのいたる所で、家の名前に周知の名前を見る。あの目を、あの髪を、あのブロンドを、そしてあの顔を……、と言うところ。素晴しいリズム感のある日本語だ。

辻　翻訳っていうのは、その国の言葉でしか表わせない仕方で、それぞれの読者の心のなかの琴線を掻き鳴らすと言うか、感情を呼び起こすようなことを、訳文のなかでしなければならない。だから、実際に原文にあるものをいかに等価値に置き換えても意味がないわけで、その国の独特の言葉、あるいは語法とか、あるいはさまざまなコンテクストのなかから、そういうものを呼び起こすようにしなければならない。そこのところが大切なんだね。

北　ぼくなんて、横文字が読めないから、勝手気ままなことを言っているわけだけれども、いざ訳すとなると大変だと思う。ぼくは、大学時代に、不遜にも自訳を試みたことがある。最も短い『衣裳戸棚』。これ、ぼく、好きなんだ。マンのなかではロマンティックな作品でしょう。うっかり既訳に影響されてはいけないというわけで、実吉訳を隠しちゃって、必死になって辞書を引きながら、ほんの一、二ページほどでっち上げて、比べて見たら、エヴェレストと愛宕山《あたご》ぐらいの差異があったので、やめちまったよ。

辻　といっても翻訳というのは、単に語学力だけではダメで、語学力プラス感受力といったようなものによって、真にその作品の世界を生きて、それを、こんどは日本語で表現するという、まあいわば一種の創作のような過程が必要だと、ぼくなんかは考えるな。だから、翻訳にも、なんと言うか、年季と言うか、そういうメチエの修練が相当ものを言うと思うね。

北　ぼくが〈マンボウもの〉でマンのことをやけに書くから、それじゃマンを読んでみようという若い読者もいて、『ブデンブローク家……』を開いて見たら、その最初のところでもう長ったらしくて飽きちゃって、わっ、ヤダーッ、なんて……。一体どこがよいのか、という手紙をもらったことがある。

サマセット・モームは、読者を最大限に面白がらせる技法を最高度に持っている作家でしょう。モームも、ぼくは大人向けの文豪だと思うけれども、マンとなると、ときには低級読者はおかまいなしでね。『ヴェニスに死す』は最も完成された名篇だが、あの書き出しの文章はどう？　やはりマンの心酔者じゃないと、恐れ入っちゃうのじゃないかな。グスターフ・アッシェンバハがヴェニスに着いて、美少年が現われだしたころから、面白くなるが、あの最初の一ページ半くらいのセンテンスの長さは、やっぱり翻訳者だって参るのじゃないかな。

ぼくもいろいろな作家から文章を学んだ。それも、半分は、辻の教唆によるんだ。たとえば、おれ、英語なんて読めん、と言ったら、アーネスト・ヘミングウェイは、むずかしい単語をちっとも使わないで書いている、あんたにも読めるって教えてくれたでしょ。たしかに、初期の短篇にしろ、マンと反対に、ほんとうにむずかしい単語ないね。and…, and…, でシンプルな単語をくっつけていくリズム感は、辻のおかげで感心できた。

『老人と海』の最初だけを英語と、ドイツ訳と、日本訳を比べてみたことがある。それで横文字と縦文字の翻訳の違い、難しさをあらためて感じた。日本語でいちいち、そして、そして、としていたら、これはかえってリズム感をぶちこわす。

辻　これは絶対的に翻訳不可能、という領域がある。

北　あるね。横文字どうしなら、まだ楽だろうが。ただね、日本語訳というものは、外国語ができる、しかも文学がわかるという人が、何百人も群れをなして、そのなかから選ばれてやるのだから、不可能を可能に近いくらいにやっているところもある。しかし日本文学の翻訳は、たとえばアメリカでも優秀な人はせいぜい十名ぐらい、ドイツでは著名な人で二人ぐらい、イタリアには、一人ぐらいしかいない、と聞いた。いくらよい日本文学でも、変な訳をされたら、おしまいだ。

辻　このごろは、日本文学の翻訳者に限って言えば、相当に多く出てくる可能性はあるけどね。

黒い目・青い目

辻　ところでマンみたいな人が現在生きていたら、どういうふうに感ずるだろう？　ヒッピーとか、破滅的なこういう社会状況を見て。

北　あの人は、寛容の精神の持ち主だから、ヒッピーたちにもかなりの理解をもつだろうね。ただ、こちらに理解度を示しながら、必ずあちらにその対立物をおいて思考する人だから、きちっとネクタイでも締めて説教したかな。あの人は、そうとう意識的に、自分の端正な姿勢をつくっていた人だから。

辻　そう言われているね。

北　マンの英訳は、ペンギン文庫でも、さっき名を出したロウ・ポーターという女性が訳している。二十二年間、マンの訳者だったわけだ。

辻　ぼくは、『ファウスト博士誕生』のなかで初めてその名前を知ったんだけれども。

北　彼女はもう亡くなっているが、『イン・ジ・アナザー・ランゲージ』という本が編まれている。そのなかに彼女の、マンの訳者としての追憶がある。これ、他愛もないところも多いけれども、なかなか楽しい。『ブデンブローク家の人々』も、この人が英訳して、その後初めてマンに会ったそうだ。マンが四十八歳のときだ。

辻　『魔の山』を書き上げる直前だな。
北　そのポーター女史は、それまでは写真なんかでマンの顔を当然知っていたはずなんだけれども、彼女の観念としては、なぜかわからないけれども、マンのことを、白髭を生やしたサンタ・クロースに似たおじいさんみたいな人じゃないかと思っていた、なんて書いてある。そうして現物と会ったら、サンタ・クロースより青年みたいなのが、出てきた。姿勢が正しく、胸がちょっとぺしゃんこの。立派に突き出した鼻、とは書いてある。口もとが繊細、とも書いてある。眼はブルーだった。そういう人が、背広をきちっと着こなして出てきた……。いや、きちっと優雅に着こなしているのじゃなくてね、一所懸命、セールスマンのごとく間違いなく着ているという印象を受けた、と言うの。これ、比喩的で、マンのおもかげを、あんがい言いあてていると思わない？
辻　すごーく言いあてているね。なるほどねえ、ほんとにそんな感じがするね。
北　ただ、マンは、むろん女性に優しかったろうが、女性におれのイロニーがほんとうにわかるだろうかという疑惑を抱いていたらしい。
辻　そうだっただろうね。
北　そういうことを、実際に彼女に言ったりしたらしいんだ。彼女は、その後、『魔の山』も訳したし、一所懸命がんばった。でも、向こうの翻訳者は気の毒だよ。『ブデンブローク家……』の訳代が、当時にしろ、七五〇ドルの買切りだった。これには、ポーター女史も、のちにぼやいている。
マンは、だんだんポーターを信頼して、翻訳を彼女に任してくれるようになったのだけれども、彼女が謙遜なのかどうか、彼女の言うことには、それは信頼というよりも、つぎはこのぐらいに理解してくれよ、という願望の気持が、手紙に溢れていた由だ。彼女はずっとマンの忠実な訳者だったわけだが、翻訳の心得として、彼女自身の体験上、自分が努力したのは、言葉とその精神を残す、つまり、写真ではないけれど肖像画《ポートレート》になりうるようにと真っ先に意図した、と言っている。

辻　その心掛けは、立派だな。でも、たしかに、ぼくらもそうだけれども、なにか本で読んでいると、実際の小説家とは別のイメージがつくられてくるね。実際に会ってみると、びっくりしちゃう。背のすらりとした人かと思うと、ずんぐりしたおじさんだったりして。

北　たいていは幻滅を抱くね。当然、作品のほうが美しくて、その人自体は醜いから。これは、人間であり物質だからね。ことに一部の女流作家は……。あ、女流作家というのは怖《こわ》いんですよ。うっかり、容貌魁偉だ、なんて言われると、藁人形に釘ぐらい打つ、と聞いた。女流作家の悪口、ぼく、言いたくない。殺されたくないからね。

辻　ま、いまの発言は君流のジョークだろうけど、そもそも日本の読者にとってトーマス・マンは、距離があって、とっつきにくいような、印象を与える作家なんだとも言われているようだね。しかしマンというのは、はたして、それほど大きな家に住み、お金をふんだんに使って、豪勢な生活をしていた作家かと言うと、さっきの話にもあったけど、必ずしもそうでない。

北　亡命の苦労もしているしね。

辻　同じドイツ人の受ける印象は、どうなんだろう？

北　いろんな時代があったんじゃないですか。もちろん、『ブデンブローク家……』から一種の流行作家（追記。日本のそれとは違う意）みたいなところもあったし、やっぱりずっと名士であったな。『魔の山』のあと、ノーベル賞をもらったし、『魔の山』はたちまち百版を重ねた。第一次大戦で負けたあとのインフレ時代にですよ。

辻　たしかに、非常に売れているね。

北　いよいよナチが出てきてからは、やがて亡命生活に入るでしょう。そのころはマンは、もちろんマークされていたし、一九三三年時代は、マンの本はまだ発禁にはなってなかったが、本屋で求めようという客もあんまりなかったと、何かに書いてあったな。そのうちにボン大学の名誉教授剝奪《はくだつ》、財産没収があり、マンはアメリカに行く。それからデモクラシーの闘士みたいになって、演説したり、ラジオ放送したりしているうちにアメリカが勝って、そのあとがまた微妙だね。

辻　戦後は、マンに対していろいろ批判があった。たとえば、トーマス・マンの偉大さはわかるけれども、彼は戦争中は外国に亡命していた、国内に残って苦労した人こそがほんとのドイツを知っているんだ、彼は金はあるし、桟敷《さじき》から戦争を見ていたようなもんだ、というような。マン自身も、それに対して答えてはいるけれども……。西ドイツには、戦後しばらくは、トーマス・マンは偉いが、自分は読みたくない、という人もいた。

北　映画で『ベルリン物語』というのがあったでしょう。あれはそうとうユーモラスな映画なんだけれども、戦後になって隠しておいたトーマス・マンの本を出す場面があったね。戦後、マンが最初に迎えられたのは東独のほうで、西独では、マンはドイツ人じゃないと、まだ言っていた。だからマンが西ドイツを訪れたのは、そうとうあとなんだ。

辻　死ぬ年、シュットガルトとボンに行って、両方の町でシラー生誕百五十年を記念して講演をしている。そのあと、リューベックに行って、リューベックでも式典に出、それからオランダに行って、アムステルダムとデンハーグでシラーに関して演説している。ところがそのばあいも、ドイツがオランダを占領したことについて非常に気兼ねがあったらしい。ドイツとの親和の使節として行ったという意識が、マンのなかにもあったんだね。

北　それは何年ごろ？

辻　五五年。戦後十年経っている。

北　それは、だいぶあとだな。その前に、マンがアメリカにいられなくなったという事情があるでしょう。

辻　あった。

北　北大西洋条約のときのマンの発言は、またカッコよく、重々しかった。ロシヤという国は、トルストイやドストイェフスキイを生んだ国である、政治形態とは別に、その人間たちをわたしは信ずる、という意の発言をしている。それからだんだんアメリカにいづらくなっちゃった。

辻　ロシヤに対する彼の共感は若いころからあって、それが初期短篇を書いているころから書簡のなかにしばしば出てくる。たとえば『トニオ・クレーゲル』のなかで、女流画家のリザヴェータに対して、ロシヤ文学は〈聖なる文学〉である、と言っている。技法的にもロシヤ文学から受けた影響は強い。

北　猛烈にありますね。初期短篇のユーモアは、ゴーゴリの匂いもする。最近出た本で、ホフマンの『マンとロシア文学の世界』というのがある。主にトルストイやドストイェフスキイの影響を論じている。

辻　マンの素顔は、時代時代でいろいろ評価されているね。

北　亡命のころのマンはデモクラシーの闘士だなんて、戦後日本に紹介されたけれども、ああいうのは、あんまり極端すぎて、不愉快だ。そういう人間じゃ、絶対ない。

辻　もともと自分は非政治的人間だ、と言っているしね。

北　彼の本質は、のろいんですよ。ことに、ナチが現われてアンチ・ナチを掲げたのは、兄のハインリヒや長男のクラウス、長女のエーリカのほうがずっと早い。トーマスはモタモタしていた。これが重要なことなのだ。クラウスが書いているけど、自分たちは早くからナチにマークされ、ハインリヒなんかはもっと早くからマークされていたと。長女のエーリカは反戦詩の朗読などしちゃって、ずっと政治的だったんですよ。トーマスはモタモタしていて、兄にしろ、子どもたちにしろ、歯痒《はがゆ》くてたまらなかったと思うね。

辻　そして偶然、マンが何か用事でスイスに行っていた。

北　講演旅行で、まずパリに行ったんだ。

辻　それが『パリ訪問記』か（これはひどい記憶ちがい）。

北　そして、パリからドイツにまた帰ろうと思ったんだな。

辻　いや、スイスにいた。クラウスの書いているところを見ると、いよいよ情勢が危くなった、マン家の運転手がナチのスパイだった、と言う。どの程度のスパイかわからないけど、マン家にずっといたために半分裏切って、危いぞと忠告してくれたんだから、その運転手は二重スパイみたいになっちゃったわけね。それでクラウスが、親父に、ドイツに帰ったら危いって電話したんだ。

その電話は盗聴される危険があるので、クラウスは気をもんでいる。親父はのんびりしていて、帰るといってくる。クラウスは一所懸命、ミュンヘンの気候は悪いからと言うが、親父は、ミュンヘンの春の嵐がそんなにひどいとは思わない、なんてね。クラウスは、こんどは、いまうちでは大掃除していていてゴタゴタしていますからと言うと、親父さんは、ゴタゴタしているのはいつものこと、わたしは帰る、と言う。最後にクラウスが必死になって、いま帰ると危いんです、と思いきって言った。

だからトーマス・マンというのは、兄貴や息子たちよりワンテンポ遅れている。クラウスが、父の態度は歯痒いばかりだ、熟慮また熟慮、ということを書いている。

辻　彼の小説にも、評論にも、そういう態度がよく出ているね。忍耐強く考えぬくという。

北　わたしは、自分のテーマを他の作家が先に書こうと、いっこうにかまわない、こちらはゆっくり書いても、わたしなりの別のものができるであろう、なんて自信に満ち満ちて言ってるな。

辻　あるテーマに自分が関心を示す。そして非常に長いこと考えぬく。考えぬくばかりでなく、それを温めている。それが異常なんだ。熟慮のうえに温めまた温めるという感じでね。ふつうの人だったら三年とか五年、長くても十年、せいぜい二十年どまりだが、マンは四十五年。

北　『魔の山』が十二年。

辻　『ファウスト博士』が四十五年間。というのは、一九〇二年三月十四日のヒルダ・ディステル（のちのオペラ歌手。当時ドレスデンで新進として活躍を始めていた。妹カルラの友だち）宛の手紙のなかで、ドレスデンで起こったある殺人事件を報らせてほしい、と書いている。それは恋愛の破局から起こった殺人で、男は芸術家、女性は社交界の夫人だった。その事件を新聞で知ったマンは、「あなたはこの芸術家のことも相手の社交界の夫人のこともよく知っているはずだから、この恋愛がどのように発展し、二人がどのような前歴をもち、破局はどのようなかたちで起こったか、詳しく知らせてほしい。お願いです、お願いです、お願いです」と書いている。そしてこの内容が、『ファウスト博士』の最後のシェヴェールトフェーガーの殺人に結びついているわけだ。手紙が一九〇二年で、『ファウスト博士』が一九四七年でしょう。

『ファウスト博士誕生』のなかでも、『ファウスト博士』の最初の原稿と草案をいろんな材料とともにとり出したとき、あのミュンヘン時代、『トニオ・クレーゲル』時代の空気を、『恋人たち』とか『マイヤー』という未完に終わった作品とともにまざまざと思い出して、懐しい思いに打たれたと言っている。

北　それは『ファウスト博士誕生』のなかに書いてある？

辻　書いてある。『恋人たち』というのがその作品なのか、あるいは『ファウスト博士』のテーマ、――つまり、ある非生産の状態に陥った芸術家が、悪魔に魂を売って、その代償として生産的な活動がはじめられるが、しかしそのゆえに破局に陥るという主題が、すでに『トニオ・クレーゲル』の時代にあったのか……。

北 それくらいのことは、ぼくぐらいの小説家にもあるよ。それを、あとで、物々しげに言いたてるんだ、マンというのは。

辻 (笑い)ぼくは、『書簡集』を読むまでは、その程度のことかと思った。けど、相手の女性にまで夢中になって、お願いです、お願いです、お願いです、と言うほど材料を性急に求めているのには、驚いたな。

北 ま、勝手に驚くがいいよ。

辻 君が〈マンボウ航海〉でパリに寄ったとき、ぼくが、しきりに変てこなカード見せたのを憶えているでしょ?

北 ああ、星占いのね。

辻 いや、星占いのじゃなくてさ。

北 ああ憶えてる、憶えてる。ぼくも、あんときほどぶったまげたことない。だって、いくらマンが好きだからって、『ブデンブローク家……』を一節ごとカードにつくって、その順列組合せでマンの技法なんかの研究している男なんて、こりゃちょっと日本人ばなれしている。あまりと言えば変である。あまりと言えば理知的である。あまりと言えば、ちょっと執念深い男だと、あのときは思った。あれで、ますます尊敬したな。これ、お世辞じゃないよ。

辻　あのとき片っ方では、劇的な状況が二十万とできる方法を研究していてね、星占いで。

北　ちょっと待てよ。星占いなんて、ぼく、バカにしていたら、星占いがいかに西洋を支配しているか、日本の占い師なんかの比ではなさそうだな。ぼく、躁《そう》病になると、バァーッと本屋へ行って、でたらめに本を買いこむの。『太陽学』というラテン題の英語の本があった。ちゃんとした天文学の本だと思って、買って帰ってきて、開いて、つらつら見たら、それ、星占いの本だった。あれ、ものすごく精密なものだね。巻末の記号の表を見ていると、頭痛くなる。それだけ伝統があるんだろうが。

辻　いや、西洋の、そういう一種の神秘主義というのは、たしかにあるけれどね。このばあいは、君が『どくとるマンボウ航海記』で披露した例のエチエンヌ・スーリオのほうの、あの、きわめて順列組合せ的な劇的シチュエーションの作り方なんだよ。ともかく、非常に合理的なものなんだ。君があそこで書いているように、ひとたびこの術を会得するや、小説が書けなくなるという恐れなど、いささかもなく、たちどころに二十万の作品ができる……。まあ、それがどこまで本気だったかはともかくとして、マンの作品に出てくる、あの、情緒を呼び起こすふしぎな手法が、どういうものかということは、ただ読んでいただけではわからない。あのころは、時間があり余って、ゆっくり勉強できる雰囲気だったからね、あんなことを始めたんだ。

北　やっぱりねえ、孤独ならびに閑暇というものがあると、人はいやでも勉強するようになるのだね。辻も、まえの留学のときは、このたびの留学のときの何層倍も、あのみすぼらしい部屋で、パンなんか噛って、本読んでいた模様で……。

辻　そうして結局、一つのセンテンスごとにカードをとってみた。あの第一部をカード化してみたら、相当の枚数になったよ。

北　第一部を全部、カードにしたの？

辻　うん。例の Was ist das. から始まって、全部で九章かあるでしょう。それで結局、どういうことが問題になったかと言うと、つねに作品には、一つの統一、まとまりがあるということだった。第一部の初めから終りまで、一つの事件なんだ。モチーフとしては、ゴットフリートの手紙があって、それがどうなるかという状態がずっと最後まで伏線になっている。また、一つ一つのフレーズをとってみると、マンのばあいは、その一つ一つが、そういうまとまりになっている。

北　一つ一つというのは？

辻　一行一行の文章がね。簡単に言うと、たとえば人物描写などは、ふつうのやり方だと、頭があって、肩があって、そうして胴体が、足がというふうに順々に、カメラが人物をなめていくように、写すわけだけれども、マンのばあいは違うんだ。

一例を挙げると、「頭の天辺で小さな王冠型に結い上げ、両の耳の上へ平たく鏝《こて》で捲毛をつくった赤味がかった髪の毛に、小さな雀斑《そばかす》がところどころにある、人並はずれてデリケートに白い肌の色が相応していた」*のような文章で、「……赤味がかった髪の毛に、……白い肌が相応していた」という円環的結びつきのなかに「頭の天辺の小さな王冠型」とか「鏝でつくった捲毛」とか「デリケートに白い肌」とかが挿入されているわけだ。情景描写の例だと、「細い、真直ぐな、脚に金の飾をあっさり施した円卓は、ソファの前に据えられずに、蓋の上に笛の台が載っている小さなハルモニウムと向き合って、ソファと反対の壁に置いてあった」**においては、「円卓が……ではなく、……に置かれていた」というブロックのなかに「金の飾」や「蓋の上に笛の台が載っている小さなハルモニウム」が挿入されている。このブロックは必ず円結するもので、その円結する統一力を用いて、さまざまな物体がばらばらになることを防いでいる。エピソードのばあいもそうで、必ずこうした主題中心の凝集力を用いている。もともと『ブデンブローク家……』はキーランド風の商人小説として構想されたと言っているし、ゴンクール兄弟の『ルネ・モープラン』の手法を用いてみようと思ったと言っているね。

* Ihrem rötlichen Haar, das auf der Höhe des Kopfes zu einer kleinen Krone gewunden und in breiten künstlichen Locken über die Ohren frisiert war, *entsprach* ein außerordentlich zartweißer Teint mit vereinzerten kleinen

Sommersprossen.

** Der runde Tisch mit den dünnen, geraden und leicht mit Gold ornamentierten Beinen *stand* nicht vor dem Sofa, sondern an der entgegensetzten Wand, dem kleinen Harmonium gegenüber, auf dessen Deckel ein Flötenbehälter lag.

北　そのことは、辻にまえに教化を受けたのを思い出して、ぼくもそういう目で見てきたけど、ここでもう一度、少し話してくれ。

辻　エピソードにしても描写にしても、絵巻的に並列な展開をせず、絶えず集中的に中心に向かって凝集し、ブロックになる傾向がある。そういうふうにひとまとめにしたかたちとして書いているものだから、読んでいても、つねに、立体的な塑像的印象となって感じられる。

　そうして一つの場面が終わると、カメラで言えば、パンするわけだ。ぐるっと、いや、いきなりぐるっとは回らないで、巧みな接続詞などでつなげてゆく。これも『……マンボウ航海記』のなかにも書いてあったけれども……。

北　「暖炉の火があかあかと燃えていた」という描写があって……。

辻　「なぜならば」と言って、「外は非常に寒かったから……」というふうにして、それを承《う》ける。つまり、そういうふうにしてドラマティックな一つのまとまりがあるうえに、個々の描写が、単にものの面をなめてゆくだけではなくて、つねに中心に向かって凝集するというかたちになっている。初期の短篇および長篇は、すべてそういうふうに出来ている。

北　ぼくはそれほど理論的・明解的には理解できないけれど、もっと情感的に、ある程度わかっていると思っているんだ。ただ、そういうのは技法で、よく文学者は、無意識にバァーッと書いていって、それを批評家が分析して意味づけるばあいと、作家が自分ではそう意識せずに書いていて、ふりかえってみると自己の方法論に従っているばあいとがあるでしょう。それ、どっちだと思う？

辻　修練した剣術使いが、いきなりパッと斬りつけられても、ちゃんと型にはまった見事なフォームでもって相手に斬り返す。こういうばあいには、理論があって斬り返すんじゃなくて、技が身体のなかに無意識的に蓄積されていて、そういう型になっている。と、まあ、そういうかたちでの理解があるとすれば、文学者のばあいもそうだと思う。無意識的なまでに消化されていなければいけないけれども、そういう修練がぜんぜんないということは、考えられない。

北　さっきのロシヤ文学との関係で、ぼくはゴーゴリの名をいきなり出したけれど、マンがいちばん学んだのは、もちろんドストイェフスキイやトルストイだし、それに……。あ、名前が出てこない。つづけてくれ。

辻　マンは、主題的には、たとえば自分の次男坊的なコンプレックス、あるいは人生の道化、あるいは死への誘惑など、さまざまなことがらを、一つ一つ真っ正面から扱って、そういうものを自分で書くことによって、克服していったというプロセスがある。この点はまあ、いろいろな人が指摘しているけれども。

北 何を克服しているの？

辻 自分の弱点をね。たとえば、自分は道化者であった、そうした破滅的傾向が強かった、家族のなかで。クリスチャン・ブデンブロークみたいにね。そういうところは、『道化者』という短篇がある。それから『幻滅』という短篇がある。また、『幸福への意志』もそうだし、初期作品にはつねに〈道化的な人間〉が出てくるね。それを徹底的に書くことによって、――〈道化〉の意味とか、それのもっている辛うじての人生的なプラスの面とか、あるいは道化にならざるをえなかった状況とかというものを描くことによって、自分が陥っていた〈道化〉という状況から自分が抜けだす。少くともそういうモチーフが、初期のころは、ずっと作品のなかに見てとれると言えるね。

北 ただもはや、道化に相当の自負を抱いていたね。

辻 自負を抱いたからこそ、書けたわけだけれども、しかしながらやはり、かなりの期間、そういうものにこだわっていたと思う。

北 これでもうだめだァ、なんて言う人間というのは、ますますだめになる者もおれば、そのために発憤して人間形成にプラスになるばあいもあるね。若者というのは、みんなそれぞれインフェリオリティ・コンプレックスをもっているし、もたないやつは鈍感なんだ。

マンのもっている個性、肉体、それから、若いころ、学生のときに、すでに文学志望者で、健全な市民社会の落伍者で、それからまたロシヤ文学やなんかからいろいろ吸収したでしょ。自分本来のものと、あとから学んだものと、そういうもので徐々に強固に……。あの自然主義的技法なども、やっぱりトルストイあたりから来ているかも知れない。

辻　トゥルゲーネフなんかからも学んでいる。

北　チェーホフからもだ。それからその技法が、ぼくが『ブデンブローク家……』を二、三回読みなおして、アッと驚いたのは、一つのエピソードにしろ、そのときは何気ないものが、全部あとまで尾を引いているということなんだ。一人の人物の、小さな滑稽なり真摯なりのエピソードが、あとになってバァーッと広がって、大きな意味をなす。だからあの長篇は、無駄がものすごくあるように見えて、どこも気を抜いて読めないですよ。

たとえば、……まあ何でもいいや、家系図ひとつ、取り上げてみてもね。トオニーは理想主義の学生と恋をしていたのに、嫌な商人と結婚をしたのは、一夜、家系図を見て、自分は商会のために生きようと、健気にも決意したからでしょう。あの家系図が、あとでいくらも尾を引いていくんだ。最後の、マンがいちばん書きたかったという少年のハノーが、家系図の余白に線を引いて、父親に叱られる。すると彼は、吃り吃り、「ぼくぅ、ぼくぅ、もうこれでおしまいかと思ったの」と言う。子ども心のなにげなさで、自分がいちばん年下で、あとは無いという、それだけの単純な意味から終りだと思うのだが、現実に夭折《ようせつ》して、ブデンブローク家は、跡絶《とだ》えるという結末だ。こうした伏線と言うかエピソードのつながりの見事さは、ぼくにとって驚嘆以上だった。

辻 そういうふうに、一種の事件が一つ一つ、いかにもリアリズムで書かれていながら、象徴性をもっているということは、あの作品が、単にああいうリューベックの商人の小説じゃなくて、あの時代の全体を象徴しているということにもつながっている。全体的にショーペンハウアー的なペシミズムとワグナー的な音楽的情感が浸しているからね。

ところで、初期の作品にすでにマンの〈フモール（ユーモア）〉は出ているが……。

北 すでにじゃない、最も出ている。

辻 うん、最も出ている。初期の『道化者』とか『ブデンブローク家……』のクリスチャンとか『幻滅』の主人公とかには道化的な性格の人物が描かれているが、いま言ったように、彼自身のなかにも、そうした破滅的なお道化《どけ》た要素があった。次男坊だし。トーマス・マンは怕《こわ》い顔をしているが、父親のほうはお道化た顔をしているね。

北　トーマスというのはすぐれているが、末弟のヴィクトルというのは、ちょっと変だね。ヴィクトルは『われら五人なりき』という本を書いているが、これにかなりの写真と、最後に詳しい家系図が出ている。

辻　トーマス・ブデンブロークは、誠実な、その時代の精神のペシミスティックな悩みを悩んでいる。これが自分の父親だとすれば、非常に大きくデフォルメされている感じだね。

北　もちろんデフォルメだ。ところがぼくが気づいたのは、ぼくみたいな作家が言うのは気恥かしいけど、たとえば『楡家《にれけ》の人びと』のばあいは、もちろんフィクションを使ってはいるけれども、初めの大正時代の部分はかなり事実に則《のっと》っている。マンは、デフォルメしてはいるけれど、あんがい思ったより事実を踏襲しているところがある。もちろんデフォルメはうんとしているけど、調べると、かなり原型がちゃんと実在している。

辻　『ブデンブローク家の人々』が自然主義的な細密描写をおこなった小説で、それからすぐ二年後に書かれる『トニオ・クレーゲル』は象徴的な手法を使った作品だというふうに一般には言われているけれども、ある種の部分でそっくりのフレーズで描かれているものがある。たとえば玄関の床に音がこだまするところなぞ、一字一句変わってない。

「下に見える広い、反響するその鋪床は、大きい四角の床石で畳んであった。……台所と向き合って、かなりの高さに、奇妙な、不恰好な、しかしペンキを綺麗に塗った木製の部屋が壁から突き出ていた。これは女中部屋で、一種真っ直ぐな懸け梯子で鋪床から上れるようになっていた」*（『ブデンブローク家の人々』）。「大きい、四角の床石で畳んだ、広い鋪石は、彼の足音でふたたび反響した。何の物音もしない台所と向き合って、かなりの高さに、奇妙な、不恰好な、しかしペンキを綺麗に塗った木製の部屋が壁から突き出ていた。これは女中部屋で、一種真っすぐな懸け梯子で鋪床から上れるようになっていた」**（『トニオ・クレーゲル』）。

* Die weite, hallende, Diele, drunten, war mit großen, viereckigen Steinfliesen gepflastert. (…) Ihr gegenüber, in beträchtlicher Höhe, sprangen seltsame, plumpe, aber reinlich lackierte Holzgelasse aus der Wand hervor: die Mädchenkammern, die nur durch eine Art freiliegender, gerader Stiege von der Diele aus zu erreichen waren.

** Die weite Diele mit großen, viereckigen Steinfliesen gepflastert, wiederhallte von seinen Schritten. Der Küche gegenüber, in der es still war, sprangen wie vor Alters in beträchtlicher Höhe die seltsamen, plumpen, aber reinlich lackierten Holzgelasse aus der Wand hervor, die Mägdekammern, die nur durch eine Art freiliegender Stiege vor der Diele aus zu erreichen waren.

北　その一字一句というのはぼくは気がつかなかったけど、ある情景などは繰り返し繰り返し書いているね、初期のものに。

辻　ああいう象徴性と、いま言った自然主義的な手法とのあいだには、どういうふうな結びつきがあるんだろうな。ワグナー的なライトモチーフの技法は意識的に使っているが……。

北　その返事にはならないが、マンの短篇のばあい、長い目で見ると彼の習作というところがあるんじゃないかな。彼の短篇は、いわゆる起承転結の短篇とは違うでしょう。『小男フリーデマン氏』にしろ、引き伸ばせば長篇になる。ほとんどがそうですよ。彼は一回も二回も書いて、それとは別にまた同種のものをやっている。

辻　『ブデンブローク家……』も、初めに構想したときは、トーマスとハノーの部分が中心だった。

北　そうそう。それを書くには前の時代までさかのぼらなければ意味がない、というので。

辻　だからあれは、小さな小説として構想されたというのは、ほんとうなんだね。

北　ほんとうだと思うな。作品自体は生命をもっているから、作者の意思とは独立に動くと言うけれども、マンの作法は、まさしく彼の言うとおりのところが確かにありますね、『魔の山』だって。

辻　さっきの、主題を非常に長く温めているということと関連するわけだけれども、『トニオ・クレーゲル』を書き、『大公殿下』を書き、そのあとでいよいよ『詐欺師フェリクス・クルルの告白』にとりかかる。『詐欺師フェリクス・クルル……』のあい間にヴェニスに取材して即興的作品のつもりで書いたのが、『ヴェニスに死す』になる。そしてダヴォスの体験が、——つまり、マン夫人がダヴォスの療養所に行き、マンも数週間そこで暮らした体験が、『魔の山』にふくれ上がった。そして本来の『詐欺師フェリクス・クルル……』が、あとへあとへとのばされた。これは、どういう小説作法だろう？

北　マンは、あいだに評論などを書いて、慎重に自分の思想を体系づけるでしょう。そういう態度と、小説を書くとき、半面だらしないとも言える態度があるでしょう。短篇と思ったのが、大長篇になっちゃうなんてね。

辻　どんなに意識の力、精神の力を働かして、ものを見ても、やはり見つくされないものがある。それを小説家は、おそらく魔力的な力でつかんでいるんだな。マンのことを娘のエーリカは、〈魔術師〉と呼んでいるけれども、小説家は、いわばそういう魔術師的な力でそうしたものをつかんでいる。その魔術師的な部分でつかんだものは、大きくなることを予想している。それは、小説家のなかの暗い秘密の部分でつくられている。

しかし意識の照らす範囲は限られていて、まだ小説を書き出した段階では気づかれない。ところが小説家の本能の部分は、どんどんそういう物語をつむいでいって、〈それがもっている本来の姿〉にするという、地霊の力によって導かれている。どうも、こんな経過があるんじゃないかと、ぼくは思うんだ。

北　ところがマンというのは、ごく理性的な、知性人でしょう。ドイツ文学は、もっと〈ドゥンケル〉と言うか、濁ったような、わりに私小説的でしたよ。むかしのビルドゥングス・ロマン（教養小説）にしてもね。それが、マンになって初めて、ドイツ文学に批評家的な明晰《めいせき》な分析を与えだした。これが、それまでのドイツ作家と違うんだよ。それだけの変な頭脳……、変なと言っちゃわるいけど、辻に似た頭脳とでも言いなおそうか、そんな男が、大長篇を書くのにだらしがない。

でも、そのだらしなさが、重要なんだな。マンは、身なりや外形を整えているけれども、猛烈なモヤモヤしたものとか、どろりとしたものを……。

辻　デーモン？

北　〈デーモン〉と言ってもいいね。これが、ものすごくあるんだよ。これは、べつにマン研究者じゃない小説家のぼくたちが、素人の直感を働かせてつかまえるべき部分があるよ。

辻　デモーニッシュな部分というのは、作品のいたるところに感ずる。生活のなかにも感ずる。理性的に整った生活形式の外にハミ出している部分に無気味に現われている。

北　マンは、どだい、学校で異端視され、軍隊でもそうだったでしょう。それはじゅうぶんにあったんだ。それを彼は、端正な姿でおし隠そうとしだしたわけね。だからクラウスは、父の端正な生活態度とか、服装なんていうものは、そういうどろどろした、怕《こわ》い、――〈デモーニッシュ〉と言ってもいいよ、そういうもの、そういう破滅から、自分の身を守るための仮装なんだと……。〈仮装〉とは使ってなかったかな。まあ、そういうものじゃないかと言っている。

辻　マンは、自分を含めて一般にドイツの〈小説家〉ないしは〈ディヒター〉というものは、フランスとは非常に違うんだと言っている。

北　フランスの作家というのは、優等生で、将来は大臣の地位にも結びつくというので、私はたまげた、とマンは書いている。

辻　それは、ほんとだね。

北　作品自体から言ったって、もちろん『トニオ・クレーゲル』よりもっと前に、だらしないのを主人公にしているでしょう。それから、片っ方にそれを矯正するものを置いている。これがふしぎなことに思うんだ。たとえば、マンは自然主義手法で細密描写をする。美人やなんかを一所懸命、眉毛がどうだったと書いてあっても、ちっともイメージに愬《うった》えないんだよ。

辻　そうかな？

北　ぼくはマンが好きで、丁寧に読んじゃうから。ところが、えも言われず美しい少女だった、と書いてあるのと、精密描写と、ほとんど近いと思う。ほかに比較してだよ。ところがマンが、変な男、――セムシとか、そういう変なやつを書き出すと、もっと生き生きしちゃう。

辻　ほんとだね。〈レアリテ・プリヴィレジエ réalité privilégiée〉と言って、ほかの現実よりそれだけとくに抜きん出て優先しているものがある。それに対してマンは、非常な愛着を示す。たとえば、目の縁《ふち》に青い翳《かげ》りがあるタイプの顔ね。『ブデンブローク家……』のゲルダが、そうでしょう。『トリスタン』のクレーテルヤーン夫人がそうでしょう。ハノーがそうでしょう。

北　それは、フェティシズム（呪物崇拝）だ。

辻　その〈フェティシズム〉が、たとえば、破風のある湿った風の吹く細い小路《ガッセ》とか、裏庭の噴水とか、それからクルミの木が風にざわざわ揺れるとかが、繰り返し出てくる。これが、マンのいわゆる〈ワーグナー的なライトモチーフ〉の手法になっている。こういう〈特権的な現実《レアリテ・プリヴィレジェ》〉に対する作家の関係、――つまり『ブデンブローク家……』は、いわゆる細密描写であると言いながら、その根底はそうじゃなくて、そうした〈フェティシズム〉で出来上がっている。だから読んでいると、一見、自然主義的様式にしたがって書かれているように思うけれども、読んだ感じは、初期短篇や象徴的な作品を読んだのと同じ音楽的なマン独自の世界となる。

北　それは、マンがけっこうヴァイオリンを弾《ひ》いたとかいうのでなく、彼の文章というのは、――ぼくはドイツ語はわからんけど、音楽性が大事なんだ。これは、マン自身が日本の新聞に寄稿して、私の翻訳者は音楽性を大事にしろ、と言っている。むだな形容詞や、似たような副詞がずらりと並べてある、あれはただの細密描写でなく、リズムをとっているんだよ。

辻　それは、ほんとうだ。文章のなかに含まれているリズム、これが重要だということを、翻訳のばあい往々にして忘れがちだし、出すこともむずかしいね。

北　もう一つある。マンの粘液質、――医学用語で言うと〈癲癇気質〉と言うんだ。これは、泡を吹いてぶっ倒れるわけじゃない。非常に几帳面《きちょうめん》だとか、丹念だとか、とことんまでやり抜かないと気がすまないというのが癲癇気質で、これがマンのいろんな気質のなかでいちばん重要なことで、ある対象を射当てるのにマンは、四方八方から形容詞を重ねないと気がすまない。これと、音楽性と、二つだ。

辻　もう一つ……。初期短篇や、『トニオ・クレーゲル』なんかもちろんそうだし、『ブデンブローク家……』もそうだが、ある種の抒情性についてはどう思う？

北　それは、若い世代はつねにロマンティックであるし、ドイツというのは逆の意で……。殊にマンというのは、母親が南方系、ブラジルから来た人でしょう。黒い目なんですよ。これがかなり左右していると思うね。

辻　カーチャ夫人も黒い目だね。

北　エーリカも黒い。

辻　〈黒い目・青い目〉は、彼の主題としてよく取り扱われる。

北　黒と青は、マンにとって象徴的なことなんだな。殊に黒い目と、マンは結びついている。黒い目と芸術家気質とは、――マンと夫人との二人は、これもクラウスの言だが、『トニオ・クレーゲル』の小説における最も両極端の結びつきでなく、むしろ同類の結びつきだと書いている。

辻　それは面白いところだ。エロティックなテーマとしての〈黒い目・青い目〉ということを言うけれども、関係があるかね？

北　エロティックというのは、後期の作品に出てくる。……でも、〈黒い目・青い目〉ということから、ぼくは『墓地へゆく道』を思い出したぞ。あれは、ゴーゴリの世界だよ。マンは、誇張は嫌いだと言ったけど、あの〈誇張のフモール〉は、あれは絶対、ゴーゴリだ。主人公が手を振りまわしたり、とび上がったり、喚《わめ》き散らす。

それから、あのなかに、実吉捷郎さんの訳で「青黒い目の玉め」というのが出てくる。そこを調べたら、blitzblaue《ブリッツブラウエ》 Augen《アウゲン》 とかなっているんだ。blitz って「閃光」でしょ？

これは、わからんよ。ドイツ語の俗語の罵言で、「ブリッツブラウの目玉」なんていうのがあるかも知れん。けど、マンの造語みたいな気もするね。直訳すると「青光りする目の玉め」か。これも変だから、「青黒い」ほうがいいな（後記。念のため辞書を引いたら、blitzblau はやはり「黒青の」でした。横文字できんと、かくもミジメで滑稽。これがしかし、〈フモールへの道〉につながる）。ぼくは自分の短篇のなかで真似て、「赤黒い目の玉め」と使ったことがある（笑い）。目の玉ひとつで重要なことになるよ。日本人なんて、みんな黒いから、もっと交わりあわなくちゃ。

辻　『墓地へゆく道』の、誇張的な表現のフモールは、よくわかるけれども……。

北　あれは、マンの本質とはちょっと違う。若いときに学びとった誇張されたユーモアみたいな気がする。だいたい、父親が座談の名手だったでしょう。マンにも、それが受け継がれている。マンは、初めは、いろんな本を読んで、そのユーモアの技法を使っている。あれはドストイェフスキイからゴーゴリあたりの……。だって、ゴーゴリの小説で、タバコの煙をプカプカ吹かして、その煙のなかに彼はかき失《う》せてしまったなんて、これ、すごい〈誇張のユーモア〉じゃないですか。

それから〈反復〉、とさっき言ったでしょう。これは、『神の剣』のなかで、狂信者がいて、自分としては、重要な話をしている、それなのにこっちでは、無関係な紳士が山羊《やぎ》のようにくすくす笑った、片方で主人公が真剣でバカげた会話をしていると、片方で紳士が山羊のようにくすくす笑ったと、何べんも出てくるでしょう。あれが、〈反復のユーモア〉。

辻　もう一つ、例の〈イロニー〉ね。

北　そうだ、肝腎の〈イロニー〉って言葉を忘れてた。

辻　いまのばあいは、純粋にイロニーだ。こちらでは生きるか死ぬかの大問題を話しているのに、あっちでは男が山羊のようなくすくす笑いをしているというのは。こういうイロニーは、つねに世の中にある。こういう冷静なフモールは、ある現実感覚に支えられている、真実な、大真面目なことと、まったく朝から晩までゲラゲラ笑っていることと、どちらももった人にして初めてわかるようなイロニーから生まれるのだね。

北　ただ、マンの〈イロニー〉は、知性の所産だけじゃなくて、体質的なものもあると思うな。

辻　それはそうだ。

北　そういうところは、ただ彼の本を読んで研究しても、真実のところわからないと思うんだ。マンは、おそらく素晴しい会話の名手だったと思うよ。これは、ドイツ語がわかって、身近にいて聞いてみないとわからないと思うな。

辻　そうだね。

北　だから、身近な人の思い出などが大事かも知れない。佐藤晃一先生訳の『ファウスト博士誕生』(『「ファウストゥス博士」の成立』)のなかに、アインシュタインが、天才はかくかくのもんですよ、と講義したら、マンは、そんなことはちゃんとわたしは知っていますよ、わたし自身が天才ですからね、というのがある。こんなこと言えるのは、ただびとじゃないね。あの本は、じつにユーモアのあるもので、「誕生」も名訳だが、古風に「由来記」なんてしてもいいな。

辻 そうだね。マンは科学的な天才のことを書いていて、科学的にすぐれた人というと、アインシュタインのような人を考えるが、しかしわれわれは、文学的な、あるいは芸術的な仕事をしている人間の天才については、違った概念を考える、こころみにアインシュタインの、あの円《まる》い、人を信ずるような瞳《ひとみ》を見てごらんなさい、というようなことを書いているね。文学的な天才はもっと複雑で、暗いところがある、と言うわけだ。

北 マンとアインシュタインが並んでいる写真が出ている本があるから、あとで、そのアンチョコを見せますよ。

まあ考えてみると、初期の短篇はみんないい。ところが、日本人ていうのは、物々しさが好きだから、——マンももっと堂々とした物々しさが好きだけども、あんな巨大な作品をずらりと書かれると、ちっちゃな短篇は見失われがちになる。ただ、『トニオ・クレーゲル』は、芸術についての理屈が出てくるから、ある種の人だとひっかかる、そしてまたそこで一部の人は感激しちゃうのだが……。『トリスタン』のなかでは、同じテーマがずっと砕いてあるでしょう。シュピネルというのが主人公だったかな。
辻　そう。
北　それが、早起きしてマダムから揶揄《からか》われるかなんかすると、もともと早起きの人が早起きするのはちっとも偉くない、わたしはほんとは寝坊なんだけど、それが早起きするところが良心の問題なのです、と言う。
辻　そう、そう。
北　あの最後の手紙の面白さ。あれも、ゴーゴリあたりから来たものかな。マン自身の体液のフモール以上にちょっと誇張されている。
辻　すると、マンらしいほんとうのフモールが出てくるのはどのあたりかな。
北　悠々たる態度が出だしたころですよ。
辻　『ヴェニスに死す』あたりか。
北　『ブデンブローク家……』では、もう悠々としていた。しかし晩年のマンの顔を思い出すと、『魔の山』の名が浮ぶね。初めは、彼本来のフモールのほかに、いろんなものからの影響がある。
辻　ぼくは、『魔の山』を教室でこっそり読んでいて、声を出して笑ったことがある。
北　そりゃ、辻なら、高校時代から声を出して笑うだろう。あれ、声出して笑わない人間て、おかしいと思うね。

辻　みんなの視線を浴びてギョッとしたことがあるけど、そういう種類の可笑《おか》しさがあるね。

北　高校時代、ぼくはうぶな青年だったから、『魔の山』なんて怕い小説だと思っていた。ところが時間ばかりあって、困ってて、だからぼくも一行一句読みだして、したらゲラゲラ笑い出して止まらない小説なんだね、あれは。解釈しようとして物々しげに図解されたら困る小説だよ。本質は、ゲラゲラ笑う小説だ。このゲラゲラ笑うというのは、もちろん、イローニッシュな意味で言うのだけどね。まあ、あそこにあるものも、ちょっと重々しくて、〈体液〉という言葉がピッタリするような、〈フモール〉という発音自体を表わす精神じゃないですか。

フモールとイロニー

辻　いろんな人がいろんな説明をするけど、〈フモール〉というのは、もともとどういうことなのだろう？　君自身、フモールの作家だと言われるが。

北　ぼくは、自分の言葉で解説したくないね、もっと齢《とし》とるまで。〈ユーモア〉については、辻あたりがくどくど述べるがいいよ。

辻　しかし君のものも、読んでいて実際に人が声を出して笑うんだよ。

北　おれのは、ドタバタ・ナンセンスだよ。

辻　ディケンズだって、ドタバタ・ナンセンスのところがある。

北　ま、それを弁護するとすれば、チャップリンの初期のものは、人間性のまだ生き生きした時代のものですよ。マーク・トウェインのだって、そうだ。むかしで言えば、ラブレーなんて大物がいる。近ごろ〈ブラック・ユーモア〉とか言やがるけど、これは、ある面でかすかな進歩、ある面で人間の衰退と結びつく、とぼくは思うね。

辻　生き生きとした笑いというもの……、しかも活字を見て笑うというのは、大変なことだ。

北　最近、べらぼうにマン研究の本が出ている。これ、かなり前の本だが、バーナード・N・シリングっていうアメリカ人の『ザ・コミック・スピリット』。「ボッカチオからトーマス・マン」という副題がついている。マン研究の本じゃないけど、なかなかいいことを言っている。でも、解説的になるから、やめておこうかな……。

辻　まあそう言わずに、どうぞ。

北　そのイントロダクションで、広い意味の〈ヒューモア〉というものに対する自分の理念をまず述べている。〈トラジェディ〉は、〈コメディ〉というものの対称物だが、悲劇っていうのは、偉大な人物を扱って、しかもそれに対する讃美とか尊敬をもって描いてある。簡単に言えば、喜劇は、その逆とも言える。しかしこの世の事物は、両者が含まっているもので、卑小な人間の〈コメディ〉も偉大な人間の〈トラジェディ〉も合わさって、笑いもできないし泣くこともできないというのが、人間の本質だ。そういう観点から出発して、偉大にもなりうる人間のその裏の無力さ、弱さ、愚かさを見抜く識別力のある人、それが〈コミック〉を知る人だ、と言うわけです。〈コミックを本当に知る人間〉は、人間全体を嘲笑もできないし、そうかと言って、それほどセンチにもなれない。最後に行きつくところは、寛容、——〈寛大な精神〉につながる。

そういう視点からいろんな作家を比較しているわけですが、まずトップのボッカチオは……。これ、時代別に作家たちを並べてあるようだけど、べつに作家論を展開しているわけじゃないんだ。彼の〈コミック・スピリット〉っていう視点から区別していて、それによるとボッカチオは、人間の弱さを客観的に笑った。しかも、自信ありげな態度だった。それからフィールディングという作家は、むしろ道徳家で、人間の善悪というものを主に扱った。まだ自信ありげなんだろうな。つぎに、ディケンズあたりになると、一人の人間のなかの善と悪というものを両方、公平に見て、そこから笑いが出てきたり、涙をこぼしたり……。それから、そのあとの三人の作家は、これはあまり日本人の知らない作家たちだから省略するとして、最後にマンが来る。マンの、シリング氏の表現によると「考え深いもの悲しさ」というものにつながってゆく。彼の定義する〈コミック・スピリット〉っていう見方からいくと、マンを必然的に最後に置かざるをえない、と彼は言うわけね。直訳すると、マンにおいては、そういう精神が、つぎの地点にまで達している。つまり、「何かに変わることなしには、表現できない寛容の極致……」。なんだ、これ？ 心情的にはわかるが、ぼくの頭脳ではうまく説明できないな。

それから各論で、たとえば『ブデンブローク家……』のクリスチャンとか、グリューンリヒとか、学校の教師とか、そういう者の表面の滑稽さがもっと深部まであばかれてゆく。あの、トオニーの夫になるグリューンリヒね、最初は非常に滑稽な恰好で現われてくるでしょう。そして最後に、彼自身、詐欺漢の正体を露《あら》わして、破滅してゆく。トオニーはそれに懲《こ》りちゃったから、こんどは、頭はわるそうだが善意は溢れていそうな田舎の坊さんと結婚しちゃって……。

辻　あれは、娘が坊主と……。

北　あ、ごめん、ごめん。なんたる間違いだ。

辻　結婚の相手はペルマネーデルといって、ミュンヘンの男で、商人で、実際は怠け者で、トオニーが金を持って来たので、その年金だけで食えるというので、急に、働く意欲がなくなっちゃう。ぐうたらぐうたらしていて、トオニーは非常に悩む。それでも、とにかく許したけれども、しかし最後には、変な言葉をひとこと言われたんで、飛び出してゆく。

北　そのとおりだ。でもこれ、大変なことだな。マンをあれだけ好きだったぼくが、

『ブデンブローク家……』の荒筋まで忘れてしまうなんて。だから初めに言ったでしょ、おれは夢に周公を見ざること久し、と。マンからもずいぶん遠ざかっていた。辻のカードとは比較にならぬが、『楡家の人びと』を書くまえに、『ブデンブローク家の人々』の構成を調べようと思って、各章にどういう話があって、その年代、その比重がどうなっているかを、表にまでこしらえた男が、肝腎の女主人公の結婚の相手まで忘れちゃったのだから、世もまさに末だね。黙示録ですよ。

辻 ま、そういうことは、よくあることだよ。

北 マンの『ブデンブローク家……』の世界の〈笑い〉というものは、認識の結果とはいえ、やっぱりもの悲しい。クリスチャンの道化ぶりも、初めは、滑稽そのものとして、他愛もないものとして、誇張して描かれている。読者は、笑っていればいいんだが、そのうちにクリスチャンの最後というものは、悲惨で、救いがたい人生になってくる。グリューンリヒだって、トオニーに向かって、てめえと結婚したのは金のためだ、と言うあのセリフね、そのあばかれた本来の人間性に、読者は最後には笑えなくなる。求婚時代にあれほど滑稽だった人物が、やがて悪意をむき出しにしてきて、読者は笑えなくなる。トオニーの生涯は、あれだけ可愛い女なのに……。ぼく、この女主人公がメチャに大好きだ。それが、物語がすすむにつれて、このうえなくもの悲しくなってくる。

辻 悲しくなるね、あれは。

北　それから、ほんとに最初からマンが最も描きたかったという、夭折するハノー。その学校生活が書いてあるけれども、国は違い、時代は違っても、中学ぐらいの、学校教師と生徒という関係は、やっぱりなんともユーモラスであり、ああ、そうだったなあ、なんて、日本の戦争中の厳粛な規律のことなんかも思い出したりしてたでしょ。あのなかで、だらしない教師がいたね。神さまみたいな怕い校長先生もいたね。ただ一人、生徒にもバカにされちゃう先生がいる。あの滑稽ぶりも、ハノーの死によって、もはや笑えない存在になる。そういうふうに、初めは単純な滑稽な笑いから、すべてもの悲しい世界へと沈んでゆく、とシリングは説いている。

　ただ、この人の意見とはちょっと別な気持を、ぼくはもっている。つまり、さっきはマンの冷静さとか端正な姿勢というものを、ぼくは強調したね。だからやっぱり、シリングが言うマンの〈寛容な精神〉というものとともに、あの自ら強いた端正な姿、あるいは物々しい堂々たる身振りが、ひとつの巨大な文学というものをつくっていった。国家間の政治的なものにまでかかずらわった一人の作家が、根底には非常に小市民的な、優しい気持をもっている。結局、複合物なんですよ。片側だけじゃないんですよ。双方から、厳しい世界も出てきたし、読者を笑いと涙に誘うこともできた。

辻　そうだね。……おや、もうそろそろ十時だけれども、トーマス・マンを語る北節《ぶし》は、最高潮じゃないか。

北　とんでもない。繰り返すが、夢に周公を見ざること久しが実情なんだよ。しかし話を変えて、いつか言ったように、日本人のなかにはヨーロッパが、科学的分野やいろんな分野ではなかんずくドイツが、初めは教師だったから、ヨーロッパやドイツに対する崇拝の念とともに、どこかアメリカを軽蔑する面があったんじゃない？　でも、あれだけでっかい土地の、しかもいろんな人種が集まっている国のなかから生みだされてくるものは……。

シリングの『ブデンブローク家……』論は、なにも特別の意見というわけではないが、ただ、ちょっとした表現にも作者の知性が感じられる。もちろん、だからこそ、〈ヒューモア〉っていうものについて、わざわざ一冊の本を書いているわけだな。……ああ、もうノビた。自分で言ってることが、何がなんだかわかんない。

辻　ちょっとその続きを言わしてもらうとね、望月市恵さんが『ブデンブローク家……』の新訳のあとで、マンのことを書いていて、マンの作品は、世界を上から俯瞰《ふかん》しているような視点で書いている、と言っておられる。つまり、一種の〈英知の高み〉と言うのかな。ものが理性あるいは道理に沿って動いている、あるいは道理から外れてしまっているというようなことを、上から見ている。しかも非常に高みにいるものだから、全体がよく見える。そこから見るので、道理に背いて極端になる人間、――たとえば極端にけちな男とか、やたらに嫉妬に狂う夫とかが、可笑《おか》しかったりする。道理から離れている人間が非常によくわかる立場が、マンのなかにあらかじめあって、そこから見るから、そのものの見方自体に余裕があるし、アイロニカルに見えるんじゃないか。

だいたいヨーロッパのばあいは、悲劇に比べて喜劇のほうが非常に高く評価されている伝統があるね。日本のばあいだと、喜劇っていうと、なんかひどく軽いもので、〈笑い〉なんていうのは、あまり大事にしない。ヨーロッパのばあいは、たとえばバルザックは、自分の小説の総タイトルに『人間喜劇《コメディ・ユメーヌ》』という題をつける。〈コメディ〉っていうものが人間劇の本質という考え方にもとづいているわけだ。ダンテの『神曲』っていうのも、〈ディヴィナ・コメディア（神聖喜劇）〉だし。

北　そんなこと言えば、ギリシア時代の劇の発生から、神々にしろ、自然に対する感情にしろ、偉大なものを求めるっていうことから、まず悲劇がはじまったでしょう。しかし、ギリシアにはすでに、あれだけの喜劇もあったな。

辻　喜劇があったわけだ。

北　だからギリシア人ていうのが、どのぐらい知性人だったかっていうことに、あらためて驚くが、でも、まず悲劇が、文学界においても、人間たちのあいだでつくられたっていう意味は、わかるな。

辻　悲劇のばあいだと、人間の前に、自分を越えて、自分が意志しても動かすことのできない、ある宿命が、——死でもいい、災害でもいい、肉親間の相剋でもいいけれども、そういうどうすることもできないものが、現われてくるわけでしょう。たとえばアイスキュロスでもソポクレスでも、悲劇の主人公は優れた人びと、神・王侯・英雄で、彼らと不可避な宿命との対立がテーマだね。それとの格闘が、人間に最初に起こってくるわけだね。それは、悲劇的な結末、——死とか、別れとか、あるいは憎しみとかいうかたちで、破局に来る。

これに対して喜劇では、アリストパネスになると、ソクラテスが戯曲化されるというばあいもあるけれども、だいたいは、名前の知れないような、雑魚《ざこ》みたいな人間が、描かれるわけね。モリエールの芝居にしても、そうだ。過度に欲ばりな人間が笑われるとか、過度に嫉妬深い亭主が薪《まき》ざっぽで殴られるとかいう可笑《おか》しみ・滑稽感があるわけでしょう。そういった、ふつうより過度の欲望なり性癖なりをもった人間が、ごく人間らしい基準から、下位のものとして、不合理なこととして眺められる、ある寛大さと同時に優越感をもって眺められる、ということだと思う。

主人公の行為がやむをえないという同情が悲劇にはあるが、喜劇には、そういう人間的基準のほうに共感があり、主人公の行為は背理として見られるわけで、これは当然のことだけれども、人間がもう少し成長して、すべてのものを、いま言ったような〈高み〉から見られるようになると、同じそういう事件ですら、〈喜劇〉と見られるようになる……。

北　〈高い〉、あるいは〈距離〉だね。

辻　それは、一つの、人間の精神の逞しさみたいなものを示す、あるいは、精神が非常に、そういうぐあいに成長した、というふうに言えないかしら？

北　確実に成長だね。

辻　そういうものの光と影の部分を、両方にわたって見られるまでに、ね。

北　うん。

辻　客観視……。

北　することですね。他人を知り、かつ自分も知る、ということですからね。

辻　だから結局、そういう見方が〈喜劇〉のほんとうの精神だとすれば、〈喜劇〉に達するのが、〈悲劇〉よりもあとの段階だと言うのは、当然だと思う。そこに達した作品が第一級の作品だ、というふうに言うのも、わかるような気がする。

北　だからシェイクスピアでもね、――シェイクスピアがほんとうに一人だったかどうかはわからんけど、悲劇と喜劇と両方書いているでしょう。

ここでついでに、ぼくはもう、最後の気力をふりしぼって……。マンは、『アルコールについて』というエッセイを書いているけれども、まあ文学者というのは、だいたい、だらしない連中が多かった。ごろつきみたいな者も、たくさんいた。それで、偉大な文学を、それゆえにこそ生めたなんて幻想を、すぐに文学青少年は抱きがちになるわけだが、マンは、ああいう態度を示した人だから、そのエッセイのなかで、彼らはアル中だったから、あの偉大なものを生みだしたんじゃなくて、アル中にもかかわらず、書いたんだ、と言っているね。ところがマン自身、彼、葉巻には目がないでしょ。『魔の山』のなかでも、葉巻を弁護している、主人公の口をかりてね。『タバコについて』なんていう、ニコチンの害についてのエッセイは無いんだよ。だから、やっぱりずるいですよ、どんな偉大な人でもね。結局、自分の好き、不好きで……。

辻　うん。ただ、小説家というのは、どんな謹厳な顔をし、どんな端正な挙措をしていても、あらゆるものを見ているわけだからね。ちょっとキザな言い方だけれども、天国から地獄まで見ている。マンみたいに謹厳で皮肉な人が、女の人のことを、非常によく見ているね。

北　いろいろな文学者が、いろいろな目つきで、女を眺めているだろうけれども、マンはまさか、ニターッとはしなかっただろうね。とはいえマンは、奥底にはデーモンをひそましていた人でしょう。あれ、生涯に、浮気したことがあるのかしら?

辻　埴谷雄高さんは、マンがそういう謹厳さのなかで、あらゆる精神的冒険をした、と言っていたね。でなければ、ああいうものは書けないと。

北　意識のなかにおいてじゃない。若い時代には、きっと……。しかし、例の王女さまと、童話の主人公みたいな結婚してからは、意識のなかではどんな波瀾万丈の冒険をしたかも知らんけれど、実生活ではずっと端正に過ごしてたんじゃないかな。
辻　まあ、忙しかっただろうしね。
北　なんだ、なんだ、辻、下手な弁護の仕方だね。だって、政治家だって、実業家だって、どんな忙しくたって、女の二号や三号ぐらい、つくってますよ。
辻　（笑い）まあ、まあね。たとえばマンのばあいだったら、『トニオ・クレーゲル』に出てくる。南へ行って、非常に肉欲の世界の冒険をしたとね。あれは、ぼく、事実だと思う。
北　しかし、そこらの町工場主くらいの冒険じゃないか。ぼくはどうも、マンと燦然たる〈肉欲〉とは結びつかないんだ。あ、また変なこと言いだした。じゃ、作品として奇妙な肉欲とも関係のある『魔の山』の話でもしてくれ。
辻　『魔の山』が出たとき、ハウプトマンか誰かが、ユーモリストが無限のなかを散歩する、というような表現でマンのことを言っているんだけど、それは当っているね。やっぱり無限な感じがするね、あの大作は。
北　いくらトーマス・マンが偉大でも、無限とは結びつかないよ。ぼくは、時の記念日と結びつけたいね（笑い）。ぼくのは、辻の西欧的な明解な雄弁と違ってね、禅坊主の禅問答なんですからね。

辻 それもそうだけどね、でも『魔の山』でマンが、言ってみれば十二年かかって体当りをしているのは、なんと言っても〈ヨーロッパ〉というものじゃない？

北 そうです、はい。

辻 これは、われわれにはどうしようもないね。つまり、ヨーロッパという文明、あるいはヨーロッパ文明がこれまで幾世紀間にわたって遺《のこ》してきたものの総決算を、小説のなかで果たそうとするわけだからね。

北 じゃここで、ぼくも無理してヨーロッパの高邁な話に持ってゆくと、マンの初期作品には、たとえば〈ビュルガートゥム Bürgertum〉という言葉が、大きな意味をこめて出てくるでしょう。ああいう言葉が使われる歴史的背景とか、日本で〈小市民〉という言葉を使うと、「ひ弱な大衆」ぐらいの意味にとられるけれども、その比較とかを、ちょっと解説してくれないか。

辻 〈市民性《ビュルガートゥム》〉が、とくにマンのばあいに問題意識にあるというのは、――それは、マックス・ウェーバーとか、ルカーチとか、ゴールドマンとか、いろいろな人が定義づけているけれども、ドイツに現われた一種の政治的な、あるいは社会的な後進性と関連しているからだ。

北 もちろん、ドイツはヨーロッパではかなりの間、田舎だった。

辻　一つの社会が発展して、それが封建体制というような枠を取っ払って、その結果、市民が自分たちの生活を充実させてゆくのが、歴史の一般的発展のかたちだとすると、フランスのブルジョワジーのばあいが、その典型的型だね。ところがドイツのばあいには、ナポレオンが攻めて来て、小侯連立的な封建体制が、外から壊されていった。これを評価してナポレオンを讃美した人びとがいたわけで、これがヘーゲルやゲーテだった。それに対して、あくまで外からの権力に抵抗して、ドイツ的特質をまもりながら自由をつくりだそうという人びともいた。このばあいの市民的自由は、フランス革命的要素に反対する愛国主義と一種の権力保護とがいっしょになって生まれてきた。

だから、本来ならば、封建体制を自分の力で壊していけば、ドイツの市民は、発展する手掛りを社会のなかに得られたのに、前者にとっては、壊すべき力が外のナポレオンから来たし、後者にとってはどうしても、国民的な反撥でナポレオンを排撃し、ナポレオンに含まれるフランス革命的要素をも否定しなければならなかった。そしてこのばあい、ナポレオンを排撃し否定したその力は、ユンカー的貴族権力だったわけで、だからドイツは、前者にとっても、後者にとっても、権力に護られつつ、権力を温存しつつ、しかも自由を手に入れるというようなかたちになったんだ。そうするとこの自由というのは、結局、権力に護られた自由ということになる。フランスのように、社会的に外に向かって発展する自由というのじゃなくて、個人の内面に、権力に保護された内面的な自由として、きわめて観念的なものになっていった。つまり、フランス革命以後、カント、ヘーゲル、フィヒテといった観念哲学の伝統が生まれてきたわけね。

そこでドイツ人は、プロイセンの権力機構に支えられて、その枠のなかで、非常に遅れたいろいろな工業力を回復したり、植民地争奪戦に参加したりして、発展していったわけで、マンが〈ビュルガートゥム〉と言うときにも、ハンス・ハンゼンとかハンス・カストルプというような人間に代表される非常に健康な、社会人としての市民を描きながら、じつは、フランス的な市民、——いわゆる革命を経たブルジョワジーではなくて、観念的な、内面の自由をもった、しかも外面的には秩序に対してきわめて従順な市民というかたちをとっていたんだ。

北　〈従順な〉というのは、いい言葉だな。

辻　しかし内面的には自由であるから、個人の教養とか、音楽とか、詩とかいうものに対しては、観念的で、夢想的な、ロマンティックなものがあるわけだ。ドイツの後期ロマン派の音楽なども、そういう基盤から生まれてきている。他方、プロテスタンティズムの考え方から、神の与えてくれた現世を合理的に管理するのが摂理に合った生き方だと考えられるようになる。マックス・ウェーバーなんかは、そう説明する。そこから資本主義的な合理性が生まれてくると。これなども、市民的なものの根底をかたちづくっていると言えるね。

北　〈ビュルガートゥム〉に対立する言葉は、その当時は何だったの？

辻　マンの打ち出したのは、〈キュンストラートゥム Künstlertum〉。

北　それも、ちょっと解説してよ。

辻　芸術家気質《キュンストラートゥム》の内容を？

北　そのへんは、ぼくも、辻の弟子だから、ちょっとは知っているから、それより、社会形態における〈ビュルガートゥム〉を、その当時の民衆としては、どのぐらい意識していたとか、あるいは、どういうプライドをもっていたとか、こっちはそっちより低いなんて思っていたとかいう、もっとくだけた言葉で。いまの日本で、ふつうに使う〈小市民〉と比較して。

辻　ぼくは、日本のいまの〈小市民〉という言葉に非常に似ていると思う。〈プチ・ブルジョワ〉というのは、もちろんフランスから来ている言葉で、文字どおり「小さい市民」でしょう。それは当然、〈グラン・ブルジョワ〉、つまり「大ブルジョワ」と対比されているね。

ところでフランスで〈プチ・ブルジョワ〉と言うと、ちょっと日本の〈小市民〉と違ってくる。フランスの〈プチ・ブルジョワ〉は、ルネ・クレールの映画に出てくるような、パリの周辺の、キャフェなんかで、ことこと手紙を書いているようなじいさんとか、横町で、ベレー帽かぶって、いきな恰好している年金生活者とか、一家で公園に遊山に行く親子とか、そういうイメージで存在しているんだ。

北　ルネ・クレールの『最後の億万長者』という映画、憶えてる？

辻　うん、憶えている。

北　さっき辻は、ロシャは偉大だということを、あまり言いすぎたけれども、やっぱりフランスも偉大だな。爛熟文化のしたたりかも知らんけど、それでもやっぱり、洗練されているね。

辻　洗練はむろん……。

北　ルネ・クレールの『最後の億万長者』は、ついこのあいだ、またテレビで見てね。やっぱり、ぼくのユーモアより数等上だと思ったな。ぼくが自信過剰な躁病のときにだよ。

辻　そんなこともないだろうけどさ。でも、たしかに鋭いね、あれは。〈小市民〉というのは、フランスではだいたいああいうイメージだね。

日本の〈小市民〉は、戦前はちょっと違ったニュアンスに使われていた。いまのマイホーム主義をやっているやつを〈小市民〉と称していた。左翼的なニュアンスのある人が、軽蔑して使っていた点はちょっと違うわけだけれども、〈ビュルガートゥム〉というのは、本来的に「俗人」と言ってもいいし、要するに、健全な秩序のなかに入っていられる人びとだね。

北　〈俗人〉という用語が使われるのは、これは芸術家が使用するからだな。

辻　そうだ。

北　マンのあのイロニーを、どう思う？　全般のイロニーというよりも、初期の、芸術家ならびに市民の対立というのは、マンの全生涯から比べると、もちろん、若者流のちょっと極端な対立命題であったわけでしょう？

辻　もちろん、そうだと思う。

北　それが、『魔の山』ではもう融合していって、あとにはもっと結びついて、人間全体となってゆくわけですね。しかし、さっきぼくが言った〈若者の直感〉というものに、またマンも回帰している。最後の『詐欺師フェリクス・クルルの告白』にしてもね。マンぐらいの人間でも、やはり同じ道程をたどっているとぼくは思うわけだ。

たとえば日本でも、――ぼくもその一人だったが、〈芸術家〉と〈市民〉なんていう、ああいう対立命題に感激して、おれはこっち側の人間だぞ、なんて思いこむ。しかしそんなものは、甘っちょろい文学青年の考え方だ、という意見もあっていいし、現に、マンのあれは、ちょっと古い命題だと言っている日本の文学者もいる。でも、ああいう若いころの思想というものは、狭かったり、極端だったりはするけれども、その人間の生涯全体に通ずる暗示性は強いね。

辻　そうだね。

北　それから、独断と偏見というもののほうが、強いな。いわゆる公平な意見よりも。
辻　それは、ほんとだね。
北　フロイトだって、独断と偏見に満ち満ちているから、あれだけあの学説が力強いものになったんだ。
辻　独創的な思想というものは、本来そういったものだ。ただ、いま言った、概念を対比させるということは……。
北　それは、しょうがない。〈ブルジョワジー〉と〈プロレタリアート〉だって、必然的に単純な対立命題に入るしね。しかしそこから生まれてくる何ものかが、ある人間によって、もっと人間存在の根底に触れる、もう少しマシな曲折になる。
辻　それからもう一つは、やはり西洋人の、あるいは西洋文化の考え方の、一つのかたちとして、ああいうふうに概念でものをとらえるということが、ごく自然にあるしね。たとえば〈神〉と言ったって、これは感覚的に存在するわけじゃない。実体をもっていると言うけれども、どこに触れることもできない。
北　実体がないから、無理して実体をつくりたがって、像だのなんだのを飾るんじゃないですか。回教は、また逆の意味で偶像を嫌うけれども。
辻　結局、そうなんだ。そういうふうに、擬人化してしか表現できないんだ。〈死〉だって、青い骸骨であったり、〈悪徳〉なんていうのは、青白い顔をしたニヒリストみたいな男だったり、〈誘惑〉なんていうのは、豊満な女の人が、胸をはだけた、しどけない恰好で出てくる。中世の芝居にそういう型があるでしょう。そういうように、擬人化ということが必ず観念につきまとうけれども、そういうかたちでものをつかむ、つかみ方が、ごく自然なかたちであるわけね。だからマンだって、〈レーベン（生命）〉と称するのは、軽率で元気な、はね上がる小僧であり、〈ガイスト（精神）〉というのは、やせた、喉仏の出た、みすぼらしいじいさんであるわけでしょう。これは、『墓地へゆく道』に出てくるが。つまり、ああいうふうに一つの擬人像としてつかむ、つかみ方が、マンのばあいにも生きているわけだ。

北　それはまあ、イソップいらい同じではあったけれどもね。

辻　そういうのと、日本のもののつかみ方、——非常に感性的で素朴実在的であるつかみ方とは、きわめて対照的だね。これは、善い悪いの問題じゃない。質の問題として言っているんだが。

北　マンはたとえば、ドイツのモヤモヤした文学界のなかに誕生した、最も頭脳明晰《めいせき》な、太陽の光と言ったらまずいかな、人工の照明を与えた文学者でしょう。ところが彼自身、言葉っていうものは批評的なもんだ、と言っているでしょう。ところが『来たるべきデモクラシーの勝利』のなかで、いまのゲバ学生の喜びそうなことを言っているよ。〈暴力〉というものは、その対象物である〈正義〉なんていう思想とともに、人間の根本的な原理的な存在である、とね。〈暴力〉というものは、結局は相手の肉体を屈服させ、その思想をも屈服させる。それで、その相手である〈正義〉なんていうのは、単なるイデーにすぎないんだ、と言うんだよ。しかしそういうものではあるけれども云々と言って、こんどは世界じゅうの文学者や知性人が喜びそうなことをつけ加えてるけどね。

あなたは、文学者そのものでしょう。ぼくはいま、躁病で気が違っていて、文学者じゃないね。そこで言うけど、たとえば反ナチの運動にしろ、あれだけの作家を動員してやった、亡命してからもやったでしょう。しかしこれは、大して力がなかったね。ナチを屈服させたのは、結局、アメリカの資源と機械力だよ。マンたちは、単なるポスター代りですよ。

辻　うむ。

北　いいですか、つまり、平和、あるいは見せかけの平和のなかでは、文学っていうものは、批判的な精神とか指導的なものをもつよ。しかしいざとなったら、こりゃゲバルトのほうが強いね。

辻　そういうことは、事実ある。ぼくらだって戦争中に、インドを爆撃して、いかにシェイクスピア全集を落とそうとなんら力にならん、それより爆弾を一個落とすことだ、なんていう議論があったが、そのとき、断固として反対したいと思った。おれは、シェイクスピア全集を確保したほうがはるかに人間のためになると、その当時、思ったもんだ。

北　それは、シェイクスピアを理解できる、ほんの一部の人間にしかすぎないよ。一般大衆は、もっと愚劣で、もっと力をもっているよ。

辻　にもかかわらず人間が、理性によって、理性のない世界を理性に型どってつくり上げてゆくということを、絶えず作品のなかや議論のなかで表現しているのが、トーマス・マンだ、ということは言えるでしょう。

北　それは、わかりきったことだよ。

辻　わかりきったことを作品のなかで実行することは、きわめて重要なことじゃないか。

北　そういうことを、マン自身、言ってるけどね。ぼくはいまや、文学者じゃないからね。つまり、文学を最も神聖な、――とまではゆかないけども、精神の上位なものと考えているのは、文学なんてものが好きな人間の、かそかな迷妄にすぎないと思うね。

辻　そうかな。

北　ぼくは鬱病になれば文学を擁護するよ。〈君子は豹変す〉っていうの知っていますか。

辻　そりゃそうだけど、マンが「魂が真に開花するためには、精神が完成した高い水準の社会的秩序を必要とする。そして最悪のばあいには、そうした社会を実現するために暴力革命の手段をとることもある」と言っているのは、その底にはイロニーがあると思う。

北 もちろん。しかしそういうイロニーを理解するのは、世界のなかでこれっぽっちの人間だよ。

辻 しかし、西欧文化でもいいし、あるいは世界文化でもいいけど、一つの伝統に根ざした精神は、無知で無責任な大衆のなかで最後まで貴族的な態度を保ちつづけるし、それが結局、人間が人間である証拠になるんじゃないかね。

北 ぼくは、辻ならびに大半の文学者をちょっと皮肉ったわけよ。ほんとうのぼくの内心は……。

辻 もちろん、わかるよ。

北 殊に日本の文学者は、島国だから、文学しかわからない連中が多いから、わざとそういうことを言ってみたわけだ。たとえばマンの師匠であるゲーテ、これはパナマ運河のほうに関心を抱いたからね、文学自体よりも。辻がここへくる車のなかで高層建築のことを言ってただろう？　ああいう知識が大事なんだよ。

辻 それも大事だけど、この世のことはいくら変えても、改善しても、結局は有限だと思う。文学者にとっては、やはりそれを越えるということが大事だと思う。

北 そんなことは、文学青年・文学少年だってわかることだよ。

辻　その第一歩が忘れられているのが、現代の盲点じゃないかな。

北　第一歩は忘れられているかも知れないが、第三歩ぐらいは覚えているね。第三歩あたりで停滞しているのが、日本の文学界でしょう。

辻　君の言いたいことはわかるんだけど、マンについてつねに考えなければならないことは、たとえば道化とかデーモンとか、あるいはさまざまな文学者的なデカダンス、〈破滅の文学〉的なアウトロウ的な要素、あるいはペテン師的な要素をもちながら、彼があくまで文明の使徒であり、社会の表に立って、ともかく一つのポーズをとりつづけたということ、政治、戦争のさなかでさまざまな責務を果したということだ。

北　ほーら、文学者はやっぱり……。いま、辻ならびに一般文学者を揶揄《からか》ったら、必死に弁明した。これが『来たるべきデモクラシーの勝利』ということですよ。言葉は虚しいという、東洋的なあれしきゃないみたいね。

辻　トーマス・マンは、さし迫った危機のなかで、政治的な、あるいは社会的な一つのポーズをとらなければならなかった。にもかかわらず小説家であったわけだ。朝の九時から午後の一時まで、神聖な四時間を作品に捧げた……。どんなときにもね。

北　「一時」と言うが、十二時半ぐらいだな（笑い）。それは、ちゃんと『ファウスト博士誕生』のなかに「九時から十二時半」と出てくるもの。でも、あれは怪しいから、とくに「一時」を許す。

辻　マンはそれを、〈魔法の圏〉というふうな言い方をしている。〈魔法の圏〉のなかに自分がいて、浮世のどよめきがその外にある。それを、イローニッシュに彼は理解しているわけだ。いま、ぼくが言ったような愚直なことも、君が言った高邁《こうまい》なこともさ。

北　あれッ、おれを皮肉ったな。これもイローニッシュな精神だから、とくに許す。

辻　（笑い）にもかかわらず〈魔法の圏〉の中心には、どうにもならないものがあるわけだよ、彼を永遠に衝《つ》き動かしているところの……。それが問題だと思うんだ。つまり、それは政治も含み、文学も含み、死も生も含み、喜びも含み、全部を含んで動き出したあるもの。

北　辻が必死になってべらべらしゃべりだしたときは、マンの態度に似ている。必死になってラジオ講演なんかした。ところがマンは、デモクラシーというものは善意だから弱いもんだ、ということを言っているんだ。そこでマンは、戦闘的ヒューマニズムということを言いだした。

辻　ぼくは、戦闘的無神論と言うんだよ。

北　生意気だね、どういう意味だ？

辻　ただ神を信じないとか、ただ合理主義というんじゃないんだ。意識的に自分をそういうふうに仕向けるということだよ。

北　そうなんだ。

辻　いかに人間が弱いかも知りぬいているから。

北　これは妥協しちゃいかんけど、マンは意識的に自己と作品をつくり上げた。これは、三島由紀夫のボディビルとはまた別な意味で自分をつくり上げた。三島由紀夫も偉大だよ。ボディビルだってすごいですよ。日本文壇では茶化しているが、あれは偉大なことだよ。ぼくは、トーマス・マンが意識的に自分をつくり上げたのに匹敵するぐらいな世紀の偉大な事業だと思うね。……まあ、話がとぶが、マンという人は一面、もっと単純に感激したり、喜んだりもする人らしいね。

辻　一九五五年の六月六日の誕生日に、キルヒベルクの家で、夜中に明りがついているんだね。エーリカが、まだおとうさんは起きているのかと思って部屋を覗くと、部屋のなかはからで、トーマス・マンはすでに寝室に行っている。めったに明りをつけっぱなしということはないが、世界じゅうから送られた贈物が届いて、マンはうれしくて、それを楽しんでいて、つい消燈を忘れて寝室に行ったんだろう、と書いているね。

北　マンという人は贈物を喜ぶ人じゃないかと思うな。日本の変な作家のように、変な贈物が来て、こんなの知らないというのと、ぜんぜん違う。

辻　そのお礼状を印刷したが、それに一言一言、自分でペンで書き入れないと気がすまなかったらしい。

北　ノーベル賞をもらったときに、世界の貧窮者からの攻撃に困った、と書いてあるね。

それも夫人がうまくさばいてくれた、と書いてあるな。この夫人は偉い人だが、小柄らしいぞ。もし、あのとき病気でなかったら、ぼくたちは訪れたな。

辻 そりゃそうだ。病気だと言われなければね。

北 病人を訪れるのは、失礼なことだ。いくらぼくが気が違ってても、これはやめる。

辻 フリンクラーというパリのドイツ語の本屋さんで、トーマス・マンが死んだ時にも枕もとにいたおじさんがいるんだ。そのおじさんにあとで会ったんだけれども、マン夫人は、いま病気じゃないけれども相当の高齢だから、知合い以外の人には会えない、と言っていた。

北 あの人は背のちっちゃい人なんだ。かつての王女さまも、いま見たら貧相なおばあさまだったと思うね。せめて花束をこっそり置いて来たかったな。

いささか人生論風に

生と死の淵から

北　〈死への親近感〉から始まっていって、〈生への意志〉に終わるのが、最も人間的な、とマンは言っている。たしかに、ぼくたちも若いときは〈死〉に近かった。戦争による他力的な死と関係なくね。ぼくだってやっぱり、自殺が、——自己の意志による死が、最も美しい、なんていう迷妄に囚われた時期もあった。それで、『……マンボウ青春記』なんかにも、恥を忍んで、あからさまに書いたりした。若い日のそういう意識は、ショーペンハウアーなどの哲学とは別に、わたしのばあいは間違っていた、とね。だから、若い人で死にたくなっても、とにかく三十歳っていう年齢は、ある程度、客観視精神をもてる時期でしょう、それまで生きてみろって。

ぼくのところに来る手紙のなかで、受験生で何回も落第して、死ニターイ、なんて言うのも、かなりある。それはまだいい。ただ、ある青年が……。この人は、ちゃんと大学に入って、おそらく、いまの世界の対立とか社会の矛盾ていうものをほんとに悩んでいたらしいんだが。一部の手紙には、ぼくは、ある程度、返事出していた。ただ、少し長い旅のあととか、仕事が遅れているときは、手紙の返事できぬことも多い。すると、そのうちの一人が、ほんとに自殺してしまった。

お母さまっていう方から、電話がかかってきて、じつは息子が死んだのだけれど、悲しみのあまり、ずっと整理もできなかった日記を最近読んだら、あなたに手紙を出したことがわかった。もし息子の手紙が残っていたら、返していただけないでしょうか……。ぼくは、ある程度の日数は、手紙はとっておくようにしているのだが、そのころのは、ちょうど整理してしまったところだった。念のためにと思って捜してみたのだけれど、やはりなかった。

そういう事実があってね、ぼくはべつに若者を讃美したり若者の味方になろうなんていうつもりはないが、いまやぼくも中年で、ともすると、近ごろの若い者は、なんて言いたがる齢《とし》になってきた。だが、死なれちゃ困るんだな、若者にね。受験戦争に負けたぐらいで、死んじゃうなんて言うやつは、まあ死んでもいいかも知らんけど、もっと真摯な幻想を抱いている、そういう若い人に死なれちゃ、いやだね。いまのゲバ学生も、他の若者も、まあ一部は、理想に燃えてやっている。それが、ポカーンと撲《なぐ》られて、死ないまでも、頭狂われても困る。ああいう若者たち、――機動隊員にしろ、ゲバ学生にしろ、みんな生きていてもらいたい。殊に、そういう思想的な悩みで死ぬっていうような人ほど、惜しい気がする。なかには、センチメンタルなだけで死ぬやつもいるかも知れないけど、将来まだ少しは地球をよくしようっていうような人たち、そういう純真な人のほうが、死にやすいでしょ。それを防ぐのを、辻、教師の立場からうまく言ってくれよ。現実にぼくは、いちいちそういう人生相談に返事を出せなくなってきている。この機会に、辻の知恵を借りたい。

辻　ぼくだって、そういう事実にぶつかれば、非常にショックだし、どうすることもできないと思う。たしかに、まわりを見ると、非常に多くの人たちが、そういうばあいにぶつかりながら、しかし結局、青年の死を止めることができなかったという嘆きと、同時に、そういう事件に立ち合ったときの無力感に大変なショックを受けているという話を聞くのだが。

だいたい、ぼくら自身が、マンの言ったその〈死への親近感〉と言うか、青年期に特有な、きわめて純粋な、――〈死〉というものを美しく感じ〈生〉というものがじつに醜いものだとする見方から出発して、当然の〈生〉を否定する方向へと走った時期があったわけだけれど、ぼくもやはり、三十歳くらいまで生きぬいてみろと言うよりほかはない。つまり、これまで〈醜い生〉というふうに感じられていたもののなかに、逆に生命の純粋さを発見する時が来るまで、あくまでがんばってみろってね。

北 そこまですぐ到達するのは、やっぱり知性者で、もっと卑俗な現実の重みでもいいわけなんだ、その前の段階ではね。その現実の重みさえもわからないうちに死ぬなんていうのは、ちょっと早まりすぎているな。

辻 まったくね。それからもう一つ、〈生きている〉という基本的な事実、――あらゆることは、この〈生きている〉という単純なことから始まるのだ、という事実がある。人生を疑うこともできるし、否定することもできるけれども、そのまえに、この〈生きている〉という事実が存在しているからこそ、そういうことも可能になるのだ、という事実がある。〈生〉を否定しては、その否定そのものが無意味になってしまうね。

北 ぼくも、若いときは、〈死への甘美な憧れ〉なんていう、ぜんぜんおセンチな観念に囚われたりしていた。でもいまや、ぼくの前には、また〈死〉が近づいて来た。しかしあのころに比べると、もっといがらっぽい、重たいものだね、こいつは。威張るわけじゃないけど、やっぱりむかしは生《な》まっちょろかった。いまだってまだ生まっちょろいけれども、あのころはあまりに純情すぎたっていう気持はあるね。

辻 ぼくも、そうなんだ。

北 人間には三度ぐらい〈死〉が近よるような気がする。最後は晩年で、〈機械的な死〉かも知れんけれども、こいつは、もっと無気味な姿でやって来て、きっとぼくは、恐れおののくと思うよ、その前で。

辻　それは、そうだろう。〈青春の死〉なんていうものは、元来、一つの甘美な夢のようなものでね。たしかに、そこから、憧れも生まれるし、この世の、名利とか金銭その他の、あらゆる卑近な欲望を浄化する作用も生まれると思う。そこから、たとえば、ドイツの後期ロマン派の音楽のような、グスターフ・マーラーとかリヒャルト・ワーグナーのような、非常に甘美で陶酔的な要素も生まれてきたと思う。それからまた、アウグスト・フォン・プラーテンとか……。

北　ああ、プラーテンの詩ね。あれはやっぱり〈死の讃美〉であり、どうも憧れを掻《か》き立てちゃうところが……。

辻　あるなあ。

北　あまりに美しすぎるものね。

辻　しかしそういう甘美なものは、〈死〉というものの一面でしかないのだということが、〈死の誘惑〉のなかに閉じ込められているときには、わからないんだね。

北　そうなんだ。それもね、自分の内面に、なんて言うと聞こえがよいが、むしろ虚栄のなかに閉ざされているんだ。そういう甘美なものを、過去のさまざまな偉大なる本なんかを読んで教唆されてることもあるだろうが、それも結局、そのなかで深く発酵していってこそ重みが出てくるので、わずか一個人の、殊に若い時代の一、二年間の心のなかに出来た生まっちょろいもので〈人生〉を判断するのは、困るね。

辻　これはふしぎなんだけれど、〈死〉という事実は、あくまで自然の事実なわけね。犬も死ぬし、鳥も死ぬ。そういう意味で人間も死ぬ。これは自然の、あるいは物理的の事実。ところがこの〈死ぬ〉ということを、〈死〉というかたちで認められるのは、人間だけだ。犬は〈死〉ということを知らないし、鳥も〈死〉ということを知らない。結局、人間だけが〈死〉ということを知っているという意味では〈死〉というものは、人間の精神的なレヴェルにその事実をもって来たばあいにしか現われないということだ。

北　さっき、〈笑い〉が人間の特性だって言ったけれども、〈自殺〉ができるっていうのも、人間の特性だね。これ、たとえばモルモット……、じゃない。〈死への行進〉をするの、何だっけ？

辻　ハタネズミの類。

北　そう、レミングだった。あれは、単なる〈本能による死〉でしょう。それから、子どものころ夢中になった〈象の墓場〉なんて、実際にはないんだな。また、馬が自殺したっていう例は、動物学の本に出ていた。が、これは実際には、病気のせいでね、衝動死なんですよ。人間の目から見ると、いかにも自殺したように見えるけれども。

辻　人間だけしか自殺しないというのは、事実そうだと思う。つまり、〈死〉というものは、あくまで自然の、物理的の事実なんだけれども、しかし逆に〈死〉を成立させるためには、やはり動物なんじゃだめなんで、人間的な精神をもってなきゃいけない。ところが精神をもっていても、死んだとたんに精神はなくなっちゃうね。

北　それは、よく説かれているけどね。

辻　だって、そうだろう？〈物理的の死〉が来た瞬間に、精神は、なくなる。〈眠り〉だって、そうだけど。そうするとわれわれは、他人の〈物理的の死〉というのは知っているんだが、しかしながら、永遠に自分の〈死〉というものは知らないわけだ。人間は古来、〈死〉というものについていろいろ書き論じてきたけれども、少くとも誰も〈死〉というものに触れたやつはいないんだ。

北　それはそうだ。

辻　だから〈死〉というのは、必然的な事実ではあるけれども、われわれ一人一人にとってつねに永遠の可能性としてしか存在していない、ということになる。だからそこに、〈死〉というものの一種不可思議な魅力があると同時に、恐ろしさ、おぞましさみたいなものもあるのだと、そういう気がする。

北　だからこそあれだけ、〈不死〉って概念に、人間が憧れてきたわけでしょう。あれだけ、不老長寿の薬なんてものを求めたわけでしょう。で、むかしは、精神というのは心臓に宿る、――心臓が人間の中心だった。それが、頭の中に変化してきた。精神はやはり脳細胞の所産である、と、辻も思う？

辻　思うね。

北　近ごろ、〈死〉の判定は、心臓や脈搏の停止とかなんかより、脳波で、なんて言っているでしょう。あれも、もっと時代が経つと……。ま、いいや。ぼく、大した医学知識ないから、やめましょう。……どうしてこう横道にそれちゃうのかな。

辻　このばあいは、〈科学的な死〉という問題じゃなくて、われわれの、人間として開いている視野のなかに入っているところの〈死〉という問題だから、これはもう、ほんとうに観念的なものであり、永遠の可能性であるわけだ。けれども、だから、やはりその上に立ってしか論じられないという限界はあるがね。

たとえばエピクロス派の哲学者たちは、〈死〉について恐れる人たちに向かって、単純に〈死〉を恐れる必要はない、と説く。なぜならば、生きているあいだは死なないんだし、死んだ瞬間にはもう死はわからないんだから、というような言い方をする。それは、事実そうなんであってね。やはり、ギリシアのむかしから人間というのは、そういうものについては考えぬいてきてはいるが。

北　考えぬいてはきた。しかしそれでも、青年の、純粋であり単純でもある〈死への誘惑〉を防ぐには、現実的に無力なんだな。それを、もっと実際的な……。

辻　何か生きることの魅力をつくることは、できるんじゃないか、というような気はする。〈死の魅力〉に対して、〈生の甘美なる魅力〉というものをね。

北　〈生の甘美なる魅力〉は、何でもいいんだ。たとえば、うまいキャビアがあって、これをもっと食べターイ、なんて意欲でもいいと思うの。……あ、どうしてこうバカらしい、無理して言えば殊勝なこと言いだすのかな。

辻　いや、それ、殊勝なことだ。生きる歓びってのは、あんがいそうした単純なもののなかに宿っているものなんだ。

北　でも青年というのはね、キャビアなんかより、インスタントラーメンだけで飢えてもいいから、もっと精神の気高さのうちに死ニターイ、なんて決めちゃうんだなあ。敗戦時はラーメンも食べられなかったが。

辻　ぼくらも青春をかえりみると、そういう愚かな、――感性の豊かなと言ってもいいが、そういう眼で見るせいか、あらゆるものがきれいなヴェールにおおわれていた。それは、ほんとうの現実じゃなくて、嘘の世界であるのだけれども、ひたすら美しい世界ではあったね。

北　そう、ひたすら美しいものに焦がれていたから、その現実は醜かったりなんかしても、ヴェールを被せたがったね。無意識のうちにかも知らんけれども。あるいは美しいヴェールだけを取り出して、見たかったのかも知れん。でもそれは、わるいことじゃないな。

辻 それは、絶対わるいことじゃない。事実また、ぼくらがともに青春を送った松本は、そういう幻想をもちつづけさせてくれるような風土だったんじゃないか。少くとも、戦争にやられてないところだったし。

北 まあ、初めからあの世界にいても、困ったな。両方見たから、よかった。

辻 戦災にあった東京と、美しい自然に恵まれた松本と、両方見たからね。

北 それにまた、青春というものはね、すぐ偽悪か露悪かになりたがるところもある。ほんとは比較的に愉《たの》しかったりする世界でも、これは醜いんだとか、その裏側はどうだ、なんて、強いて逆の見方を始める時期じゃないか。

辻 すべて否定していこうとする時期ね。

北 極端に走りたがるということは事実だね、若者というのは。

辻 それが若者の特権でもあるが。

北 特権だがね。でもそのままの意識で初老ぐらいまで達しちゃう人間が、たまにいるのは困るね。

辻 それは絶対いけないね。やはり成熟というか、そういう両方を見たうえでの調和が望ましいね。

北 なかには、いまだに、高校時代の前近代性とか、そんな用語ばかり使う、しかも齢《とし》ばかりくったやつがいる。そんな話し方で議論ふきかけたりされると、ぼく、ゲロ吐きたくなるな。

辻　そういうの、いやだね。

北　年齢にふさわしい考え方なりなんなり、——つまり服装でも若者のスタイルと老人のスタイルとが違うように、考え方も似合う似合わないがあるよ。

辻　あるね。それからぼくも、別のところで書いたことがあるけれども、やっぱり若さというものは、一度通過しなければならないものではあるけれど、しかしそこに止まるべきではなくて、決定的に通過して、そこから訣別すべき何ものかではあるね。

北　そう。それこそ、カッコウの声やスミレの花のなかにいつまでも止まっていたら、これはバカだな。だが、それをまた思い出すということは、必要だと思う。

辻　それはそうだ。

北　老人を、ぼく、軽蔑しないよ。もはや自分が老人に近づいているからね。しかし動脈硬化だけは、困るね。

辻　困るね。

北　いまの若い者は、と老人どもは言い、若いほうは、なんだ中年、老人のバカさ加減、と、これは、いつの時代でもそうでね。それでこの世は保って、かすかな進歩があるわけだからね。

辻　それをね、現在の若者は、こういうものは現在しかないと思い、老人はつねに、むかしはよかったと思うんだな。ところがこれは、ホメロスの代から、――と言うと大げさだけれど、むかしから老人は、過去はよかったと思い、若者は、いまの老人はほんとうに困ると思ってきたんで、どうも、そういうことの連続だったんじゃないか。

北　それはおたがい、自分のほうが正しいと信じなければ、生きていけないからですよ。鈍感な人を除いてはね。つねに自分は正義であるという設定が、どうしてもつきまとうんだな。

辻　殊に青年期には、青年特有の一種の自己讃美、ナルシシズムがあるしね。

北　それがあるんだね。ま、それがあるからこそ何かが生まれるんだろうけれども、しかしそういうナルシシズムだけの限界に縛られていたら、これは惨めだね。

辻　それは超えていかなければね。〈自己への愛〉から発して〈他者への愛〉なんて言うと、ちょっと説教じみるけれども、しかしやっぱり、そういうものの発見へ道がつづいていなければ、〈自己愛〉そのものは、なんらの実りもない。人間という存在が〈自己愛〉のために否定されるんだったら、〈純粋さ〉自体も否定されることになる。自己の〈純粋さ〉をほんとうに純粋なものとして生かすためには、やはり他者への道を、どうしてもきり拓《ひら》かなければならない。だから、そういう論理的な一種の矛盾みたいなものをその場所で克服した人間だけが、マンの言うところの〈生への意志〉に、見事に歩めるわけだ。

北　それは高邁な、いちばんいい理論ではあるけれども、ぼくの現実的な、殊勝な論では、もっと人間の醜さやなんかを把握してから死んでも遅くはないと思う。たとえばエゴイズム。ほかの人間はくたばってもいい、けれどもおいらは生きて、もっと美女を抱いたり、うまいものを食ったりしてやろう、なんていう自意識でもいい。エゴイズムからだって、そういう幻想は発する。まあ個人主義まで行けば立派だが、エゴイズムがその前の段階にあると思う。せめて、そういうエゴイズムの醜さ、ふてぶてしさくらいを体得してから、死のうか生きようかを考えてもいいんじゃないか。だって、自分のエゴイズムも意識できない人間が、どうして世界をよくできるんだ……。

さっき、トイレに入っていて、むかしを思い出していて、青年期って、いまではぼく、ゾーッとする。いまのぼくの唯一の望みは、長生きしたいという、醜い願望だけなんだ。これはもう、恥も外聞もなく執念を起こしてきたよ。もうちょっとマシな仕事をしたいしね。

終戦後のあのころ、ぼくは、よく季節外れの山に単独行で登った。もちろん、小屋には番人もいないし、登山者もめったにいない。あのときは、常念の小屋に一泊した。それから、つぎの蝶ヶ岳の小屋へ行こうとしたら、すごい雨嵐になっちゃってね、それで出発が遅れてしまったんだ。で、蝶ヶ岳の無人小屋で寝ようと思って、着いたら、もう夕方に近い。しかしここでもう一晩、ひとりきりで寝るのは怕《こわ》いと思った。
辻 そういうばあいは、本能的な怕さだね。
北 それで、なんとかして徳沢まで降りようと思って、それでもう……。あのときはジャガイモを背負ってた。そいつを少し捨てた。いや、ジャガイモは捨てないな。何を捨てたんだっけな……。
　蝶ヶ岳から徳沢へ降りる道っていうのは、あのころは、徳沢近くで川を右側へ行ったり左側へ行ったりする箇所を岩に白ペンキで目印がつけてあった。ともかくぼくは、駈け下った。ゲートルが途中でほぐれたから、それをシャッとひん剝《む》いて、駈け下りて行った。暗くなっては、どこで川を渡るのかわからなくなってしまう。したら徳沢小屋に着けん……。
辻 なるほど。
北 陽《ひ》はどんどん暮れてくるし、どのくらい時間かかるのかもわからない。ものすごい勢いで駈け下っていった。岩を飛び越えたり、ビャーッと曲り角で木にしがみついて方向転換したりして……。
　で、あのとき転んで、足でも折ってごらんなさい。ぼく、死んでたね。だって往き交う人もいないのだし。そういう無鉄砲なことを、ずいぶんやったな、あのころは。でも、死ななくて、ほんとによかった。いまのエヴェレスト遠征隊よりも危険だったかも知れないのに。

辻　ぼくも、昭和二十一年、三俣蓮華の山小屋にひと月、番人したことがある。

北　それ、ぼく、話で聞いてる。たしかに、えらいだらしない松高生が、ときたま寮を抜け出して、山小屋に籠っちゃうのが、いたな。その間に、徴兵令状なんかが来て、それで退校事件なんてのも、あったな。あれは、あっぱれな世界だった。ぼくはあのころ、そんなの非国民だァ、なんて思っていたわけだけれども。

例のソルジェニチン、ああいう人は、勇気があるね。いまのソヴィエトには自由化が滔々《とうとう》と押し寄せてはいるが、それにしても勇敢なる行為だ。トーマス・マンが言ったように、あれだけの大地から生まれてきたロシヤの人間というのは、やっぱり偉大だと思うよ。ぼくにあの勇気があるかどうか。根が弱虫だからね。牢屋へ入れられるか、ばあいによっては生命にかかわると思ったら、ぼく、ものを書いても、隠しておくかな。あれだけの行為はできないかもしれない。

辻　あれは、すごいね。

北　ただ、ぼくもね、酔っぱらったら、ワァーなんてやるけれども、もうちょっと小ずるい精神も覚えてきたからね。殺されたくはないと思うの。戦争中、玉砕したいなんていう幻想を起こしすぎて、もうコリゴリしている。

辻　でも、亡命するとか何かのかたちでやれるというのであれば……。つまり、他の、より理性的な世界があるということがわかることは、人を勇気づけるね。それで、亡命も抵抗も強い根拠をもちうると言える。

北 他の世界があることがわからない、というのが、ほんとの不幸だよね。辻はまだしも理論的にわかっていたからいいけれど、大東亜戦争中の中学生であったぼくは、他の世界のことは何も知らなかった。だって、アメリカ人は鬼だ、イギリス人は畜生だったわけでしょ。そういう敵につかまったら殺されると、ほんとにそう思っていたからね。

辻 だから、知るということは大事なんだな。

北 せっかく、ちょびっとだけれども、知ることができるという脳細胞を、人間は持っているんだから、なるたけ世界全般を知らなきゃね。いまは、戦争中に比べて、他の世界を知ることは簡単だ。知ったうえで行動を開始しても、遅くない。ろくすっぽ知らないで行動を開始すると、これは危ないですよ。

辻 自分は何を知っているのか、Que《ク》 sais《セ》-je《ジュ》? だね。〈自分は何を知っているのか〉という反省と、それから、人間の知識は限られているから、絶えずより知らなければならないものがあるんだということを、しょっちゅう自分に言い聞かせることをしていないと、非常な独善になるね。

北 独善というのは、権力者でも、文化人でも、同じだと思う。なまじっかの知識を持つと、おれはけっこう偉いんだ、なんて思ってね、そうなったらもう他の世界のことを勉強しなくなってしまう。もうちょっと何かを知りたいと常に思っているような、自らの限界を知る人間は、やっぱり権威となって威張っている連中なんかより信頼できるよ。逆に言えば、世界を大ざっぱに見きわめるなんて、——比喩的な意味でだけど、これはわけないことだ。高校生だって、いまは一応の自由世界だから、ある程度は見きわめられるからね。しかし……、何だっけ？　ぼくは何を言おうとしていたのかな。早く補足してくれ、知性者！

辻　何かをほんとうに知るということが、いかにむずかしいかということ、それから、ものごとを知らなければならないけれども、しかし知ったからといって、その知ったことに絶えず保留をもたせなければいけないということだね。〈保留をつける〉っていうのは、知ったことに自信をもたないとか、責任をもたないということじゃなくて、知ったことを固定化しないで、さらにより広く拡げてゆく、——流動性と言うか生命力をもたせるために、つねにもっと知るべきものがあるんだと言い聞かせる、ということでね。

北　〈流動性〉というのは、かなり高度の知性の所産だな。ぼくの若いころは、まったく流動性がなかった。

辻　そんなこと、ないよ。

北　もちろん、おっちょこちょいさはあったけれども、知性の所産としての〈流動性〉はなかった。断固としてなかった。

昼と夜の世界に生きる

北　戦争に負けるまではぼくは一途に特攻精神に燃えていて、いざ戦争に負けちゃったら、世界がひっくり返って、それからは日本人の心情的罪悪感を抱いちゃった。そしてこんどは、〈世界国家〉なんていう幻想にとびついた。これが、かなりの間つづいた。そしていまや、老人の悪賢さと動脈硬化とが、両方とも少しずつ出てきた。これは、ある程度の情報を知っているから、〈世界国家〉なんていう幻想は、ごく近い将来にはありえない、と思いかけている時期でもある。もっとも、人間ていうのは、有史いらいなんらかの幻想を抱いてきたからこそ、これだけの存在になったわけで、だから老人も幻想を捨ててはいかんでしょうがね。

辻　幻想から現実が生まれてくることもありうるからね。

北　昨年、なだ・いなだ君が『朝日ジャーナル』に、ゼンガクレンたちにユーモラスに、あんたたち、作戦下手だァ、佐藤首相の訪米を食い止めるには、海から小舟で羽田に上陸して、滑走路を奪え、なんて、まあそれに似たようなことを書いた。たまたまその前日、ぼくのおふくろが、またどこかへ旅行することになっていてね、そのときはもう大警戒態勢がしかれちゃっている。旅行者も、車で行くと、全部チェックされる。おふくろたちは、旅行会社が発行したパスを持って、バスで行ったから、とくに検査もされなかったそうだが、羽田の空港は、売店から何から全部閉めちゃってあって、機動隊ばかりがウヨウヨいて、真っ暗でよくわからない。でも、向こうを見はるかすと、海に接するあたりには車と人影がゴマンとうごめいていて、海のほうもちゃんと警戒してしまっているんだな。

日本警察庁は、世界の警察のなかでも相当のものだが、ただスパイ網は、現在のＦＢＩみたいな組織は、発達していない。それをつくろうという動きもあるらしい。こいつが、いわゆる権力から離れて出来ればいいけれど、ゲー・ペー・ウになっちゃ困るし、過去の秘密警察になっちゃかなわない。ＦＢＩの初期は、権力に支配されるだらしない奴隷だったんだ。権力と離れた秘密警察なら、まだいいな。……ぼく、スパイって好きだな、どうも。

辻　ロマンティックな限りではね。

北　むろん、いまのは００７的の話さ。いまや、文化人はもとより、芸能人までも、左派や極右翼までずらりとリストが警察庁でつくられている。第一ランク……、第二ランク……。ぼくはどこに載っているかと言うとね、落語家よりずっと下なの。ぼくが保守派で、ちょびっとした右派で、ノンポリだということは、誰でも承知しているでしょ。相手にされないのね。

ま、それはともかく、ぼくは、ある学生に、むかしの革命と、現代の革命とは、歴史的に違うんだ、もっと時間が必要だ、と言ってるんだ。あなた方、せっかくエリート・コースにいるなら、本物のエリートになって、大臣やなにかになりゃいい、それで悠々と改革すればいいでしょう、なんてね。ところが彼らは、もっと性急に革命を望んでいるものだから、わずか二、三十年の時間も待てやしない。いま即刻、革命を起こさねば、地球は亡びるゥ、ぐらいの性急な幻想を抱いている。そこがちょっと……。だって、それ、本物の思想じゃないんだよ。センチメンタリズムなんだよ。でも打ち明けると、ぼくにも、そういう学生よりもっと庶民的なバカさぶりが、いまだに残っているんだ。

辻 ある朝、目が醒《さ》めたら革命が起こっていた、ということはありえない。長い地道な活動と努力があって初めて意識の水準が革命的なものへ変貌する。そのためには十年、二十年、あるいはもっと時間がかかるかも知れないね。

北 学生があんなに分派したというのも、一つには、代々木があまりにも動脈硬化に陥ったためでしょ。どうも、政党的にはまともな左が弱すぎるんだよ、日本は。……いや、ぼくが単純だという話かな。

辻 しかし心情的にラディカルにならざるをえない状況は、たしかにある。だが、それに流されれば、権力に叩かれるだけで、主観的には何かをしたという満足があるかも知れないけれど、科学的な認識にもとづいた行動ではないから、効力はない。効力のない行動は、けっして現実を変革しえないと思うな。

北　このまえ、ぼくね、国家権力に脅かされて、急に怒りだしたの。風邪で寝ていたら、車の免許証が切れた。それでぼく、診断書を持って、ふらふらして小金井の免許場まで行った。したら、迫害されちゃってね。それでもぼく、おとなしく……。つまり、おとなしい庶民というのが、いちばん迫害されるね。黙っていると、権力はつけ上がって、威張るね。ゲバ学生は、これは相当のテキだと思うから、警官も少しはオドオドしたりしている。相手を傷つけると、世論が不利になるから、傷つけんようにって上から命令出ているけど、そのへんの庶民がオドオドしていると、警官はすぐ威張るね。

ぼくは茂吉流の単純さを承け継いでいるから、ビャーッと怒って、権力には権力だァ、目には目だァ、なんて騒動を起こそうと思ったが、一人、誰に対しても親切で人間的な警官がいたので、やめた。でもそれからは、ノンポリというのが、この世をあんがい動かしうるんじゃないかというような気持を抱きだしたんだ。なぜかと言うと、ノンポリというのは、知能は低くて、そのかわり操られやすくて、どっちへ転ぶかわからないでしょ。しかも、この数のほうがはるかに多い。ノンポリを相手にしないでいると、権力者はいつか後悔するですよ。

辻　それはそうね。

北　政治的立場の強いもの、——左でも、右でも、そのだいたいの思想ならびに勢力というものは、コンピューターにかければ、歴然とするね。岡潔氏の熱意や知性は別として、どのくらい自民党に利用価値があるかぐらいは、コンピューターにかけないまでも、だいたいわかる。ところがノンポリというのは、無色で、無勢力で、これはなかなか計りえませんよ。これがどっちにつくかということは、もっと重要ですよ。だからぼくみたいなノンポリが、ビャーッ、いよいよ赤色革命だァとか、いよいよ第二次大東亜戦争だァとか叫びだすと、これはあんがい、べ平連やなんかよりもっと影響力あるかも知れないな。もっとも、ぼくは、あくまでも陰に隠れてやるけどね。

辻　ただ、実際にそういう政治とかその他いろいろなことがあるかも知れないけれども、たとえば、そういうなかで若い人が、これから人生に入って行くというばあいね、きびしい人間関係や組織・機構のあいだに置かれて、自分の主張とか才能とかを生かせないような現実が、深刻化している。ともかくそこへ入って、働いて、結婚して、家庭をつくって、というように、自分の一生が見えているわけだけど、自分のそういう力を、あるいは人間らしさを、取り戻すためには、どうしたらいいかっていうことを、性急に考えてしまうんじゃないかな。

北　ぼくも、いままでの人生は性急すぎた。性急というのは、日本人の欠点だな。大和魂というものは、本質はもっとおおらかなものであるべきだ。中学生のぼくは、猪突猛進で、あまりと言えばバカすぎたけれども、でも生きのびてきたから、まずよかった。

そういう意識も一面では抱き、それから大宇宙の時間的のろさも知り、両方で中和がとれたらいいんだと思う、一人間の生涯でね。

辻　そういう意味の〈中和〉と言うか一種の〈ハーモニー〉というものが、たしかにあるし、それを人間は信じているんじゃないか。われわれが有効に行動しようというばあい、この直覚的につかんだ〈ハーモニー〉の感覚が、あんがいリアリティーをもっているんだ。少くとも、あせったり、性急になったりする気持に陥るのを、防いではくれる。

北　若き日の考えというのは、純粋であり、一途ではあるけれども、それだけに狭かったり、馬車馬的になりがちなんだね。ぼくは、自分自身でつくづくそれを体験した。それから、一高の寮歌に、〽治安の夢に耽《ふけ》りたる、栄華の巷《ちまた》、低く見てェ……、なんていうのがあったでしょ。あれは、旧制高校生のすべてが抱いていた意識だな。ぼくも、自負心と言うかエリート意識と言うか、そんなものを猛烈に抱いた時期もあった。それからあと……。ああ、おれはバカだったァ。やっぱり、露悪化時代があってね。自己ならびに人間の醜さを……。なにしろ戦後は、戦争はいけないものだ、人殺しは悪い、なんて、それまでの逆の反応が、もろに出てきたでしょ。

攻撃本能とか戦闘本能というものは、善意とか、仲良くしよう、流血はいかん、といったものよりも、もっと深く人類の血のなかに根ざしているものなんだということも、自覚すべきだと、ぼくは思うな。ただ平和にしましょう、なんて言うのは、その心がけはいいよ。しかしそれだけでは、現実に平和は起こらない。だから、ドイツ語のtrotzdem《トロッツデム》（にもかかわらず）ですよ。やはり、結局はその自覚だと思う。人間たちが、自分自身の血のなかに、これだけ醜いものがあるんだ、ほんとは人殺しをしたり、戦争起こしたいっていう本能が、これだけ強いんだ、っていうことをまず認識して、だからこそ、にもかかわらず、なんとか……。なんとかだよ、まあ人は殺さないですむようにしようとか、戦争は起こさないようにしたいという意志ですね。そういう人間の本来的なもの、動物本能を克服する意志、これを奮い起こして、かすかな平衡を保つ以外に、ぼくはないと思う。

辻　そうだね、ほんとに。

北　心情的平和主義者流の、わたしは平和好きですって言う、そのまえに、自分の無意識界における本能に気づいていない人は、バカなぼくよりバカであるし、無力であるし、なんらの改革も進歩も、この地球上にもたらしてくれない、と思うね。涙ほろりだけじゃ、だめだね。

辻　マンがルーヴル美術館を見たときのこと、『パリ訪問記』のなかに書いてあったね。人間は、かつて長い過去のあいだ、流血と悲惨の歴史を引きずってきたけれども、ここに来て、かくも素晴しい作品の世界をつくり、そういう高みへ行きたいという意志ももっているのを知るのは、素晴しいことだ。けれどもまた、じつは、これは、あの流血をもたらした本能と同じ本能でつくられているんじゃないか、と。

北　あれだけ血を流しながら、醜く過ごしてきながら、にもかかわらず、けっこうこういう素晴しいものも残してきたという、そういう価値観念、等価値の観念というものには、そっちはだめ、こっちが燦然《さんぜん》たりというのよりも、もっと本質的な深い認識があるね。

辻　いまの、平和があればいい、事がなければいいという、そういう姿勢・心情だけで、はたしてほんとにいいのかどうか。もちろん、交通災害や人命を損傷するものなど、ないに越したことはない。けれどもその根底にあるものが、なんら創造的《クリエーティヴ》なものをもたらさないような心情にすぎないならば、ただ事がなければよいということだけならば、人類は、はたしてユートピアに達しうるかどうか、大問題だと思うね。マン流に言えば、もともと人間は病んでいるから、精神的でありうるんだ。もしほんとうに健康な、ルソーの〈自然に帰れ〉式となり、朝早く起きてラジオ体操をして、健全に社会生活を送って無自覚的でいれば、それでいいかと言うと、これは逆に、人間を動物化させるようなものであって、人間のなかには、やはり病いを、そうして昼の世界に対して夜の世界を、肉体に対して精神を、対置する必要がある、とは言えるんじゃないか。

北　ぼくの散文原稿のなかで、少くとも活字になって残ったりしている最初のは、『文芸首都』という同人雑誌に載った「百蛾譜」などの一連の掌篇で、創作ノートに記したのは、キザだったけど「クランクハイト（病気）」という題名だった。病むからこそ人間なのであって、精神になりうる。精神そのものは、自然が病んで精神になるんだ、と。この思想は、やっぱりマンから来ているのかも知れない。

辻 そうだろうね。

北 あるいは、もっと早く、君から耳学問ぐらいで、吹き込まれたのかも知れん。

辻 いや、それは、ほんとうに、マンから来ているんでね。ということは、さらにそれ以前に、ニーチェとか、ノヴァーリスとか、ドイツ・ロマン派の伝統があるわけだけれども、これは、人間が人間を認識するというかたちの、一つの最も典型的な表われだよ。

北 ニーチェというのも、高校生は好きだったな。

辻 それはもう。ニーチェだけじゃなくて、あらゆるものが……。

北 そうだ、そうだ。あらゆるものが好きだったな。幼稚園生に似てるな。

辻は長らくヨーロッパで暮らしていたから訊《き》くのだけれども、日本では、まず義理人情とかエゴぐらいが先に立って、なぜ立派な個人主義が育たないのかな。人種のせいなのか、風土や歴史のせいなのか……。

辻 〈個人主義《インディヴィジュアリズム》〉ということね。まあ、こういうことは言えると思う。たとえば、ある信念で何かをやるとする。たとえば『罪と罰』のラスコーリニコフ的な犯罪でもいい。そしてそれが、もともと自分の生存をあくまで主張するものであったならば、たとえ世の中の何百万人が自分に対して非難の矢を向けようとも、いささかも悪びれることなく、事実について自分のやったことを主張しうるような、――刑務所に叩き込まれたって、いささかも非を悔いることなく、死刑台に上がったって最後の瞬間まで自分のやったことを主張しうるというような、そういうふてぶてしさと言うか、自己の生存を最高とするような一種の哲学ないしは態度と言うか、そういうものが、ヨーロッパにはあるね。いい例ではないけれども、ナチス・ドイツの指導者たちは、あくまで自分たちの非を認めないで、徹底的に自分の正しさを主張して死んだ。ところが日本の指導者というのはみんな、悪うございましたと懺悔して死んじゃう。もっとも、ナチみたいなことを繰り返されては、たまらないけどね。

北　ヒトラーも、かなりの頭脳者だな。『わが闘争』の全部は、まだ読んでないけれども、あれは、心理学者としても相当な者だった。大衆指導なんてことについては、そこらの心理学者以上の腕がある。それから、たとえば、何でも巧妙に利用しちゃうでしょ。ニーチェなんてのも、これをナチス讃歌に変化させちゃうしな。ヒトラーの限界というものは、負けてきてからですよ。あの人のいろんな性格のなかには、ヒステリーが相当あるんだ。ヒステリーというのは、状況が満たされていると、自分の能力以上のことができる。ところが、いよいよ完全に負けてきて、自分の意志が通らないとなると、惨めな、ヒステリー性格の悪い点ばかりが出てきたようだ。でも、のし上がってゆくころは相当の指導者、大衆扇動者と言えるんじゃない？

辻　ぼくが十歳のころに見聞したかぎりでも、相当のものだったという印象だね。

北　ヒトラーは、いよいよ敗戦まえ、弱気になって、フリードリヒ大王の奇跡を願ったらしい。フリードリヒ大王のあの奇跡は、ナチスの末期の状態よりずっとよくて起こりえたのだが、人間としては、大王のほうがより偉大みたいだな。あれは民衆を……。ぼくは、乞食も好きだけれども、人間の本を少し読んだ。王さまも好きでね。『さびしい王様』を書いたときに、王さまめいた人間の本を少し読んだ。成吉思汗《ジンギスカン》なんていう、あれだけの大虐殺ができた人間ていうのも、ちょっと古今未曽有でしょう。それからアレキサンダー大王というのは、かなりの世界征服をやったが、かなりのでかい夢をもっていたな。民族の融合ということも考えて、だからペルシアに勝ったあと、ペルシア人の女を妻にした。部下にも、勧めた。それからインドまで行って、敵の象軍を前に敵前渡河したあたり、義経の兵法以上だな。

……どうも話がそれちゃうな。何だっけ？　フリードリヒ大王だったか。で、彼は、『反マキァヴェリ論』なんて書きましたでしょう。マキァヴェリが王制を皮肉ったら、帝王というものは人民の第一の下僕《しもべ》デアール、なんて堂々と反駁《はんばく》している。彼の、あの征服は、それとはぜんぜん逆だったけれども、ともかく彼は、人民のことも考えた人ですよ。こっち側には、朕《ちん》は国家なり、なんて言ったルイ十四世がいて、これもまた堂々としていて、面白い対比だけれども。ナポレオンにしても、それに会ったゲーテが、〈偉人〉という言葉を使っている。……あれ、何の話をしようとしてたんだったけ？

辻　もう完全に酔っぱらった。

北　ヨーロッパ的な精神の話だ。

辻　ヒトラーあたりからだったかな。もとに戻してくれ。

つまり、あくまでそういう自己を主張するという、徹底的な強さをもつ必要がある。自分が何かしたことについての責任とともに、そういうどうしようもない強さといったものを、やはりわれわれはもつ必要があると思う。いつも、すまない、申しわけない、おかげさまで、という精神が、あまりにも身にしみすぎてるからね。そういうひとりひとりの自己主張に貫かれているからこそ、その間で調整しなければならないということになるわけだし、だからこそまた、その間でおたがいの権利とか義務とかを認めあうというようなことも生まれてくる。他人の領域を尊重する、——いわゆる他のプライヴァシーを真に尊重するということは、この自己を護ることとの激しさからしか生まれてこないと思う。これは逆説みたいだけれど、そうなんだ。そこから、一つの新しい社会のモラルや構成というものが出てくると思うね。とくに、世界が一つの経済機構のなかに入って、否応なくいろんな国の人たちとぶつからねばならないときには、そういう自己主張の強さとその主張に対する責任が、――それとともに相手のそういうものを認めるというフェアな精神が、必要となると思うね。現在は、自分のなかに、さまざまなかたちで他人が侵入する時代だ。そのなかで自分の領域を護ることは、人間の務めかも知れない。

　それに、われわれは、何か運動を起こすと、すぐ挫折する。そして〈挫折ムード〉とか言って、そのなかで自分の傷をなめ、視野を狭くしてしまうが……。

北　その〈挫折〉というのが、非常にセンチメンタルでね。ほんとは、反逆から挫折が起こり、さらに反逆の闘志を剝《む》き出しにしていってもいいんだけれども。

辻　最後の最後まで、ほんとに死刑台に追いつめられるまで、あくまで自分のやったことについての、自己存在の主張を、徹底的にするような人間が現われて、そういう人間のエネルギーみたいなものが文学に投影されると、日本の文学も、もうちょっとすごさを増してくるんじゃないか。

北　そういう〈ふてぶてしさ〉とかなんとかいうものは、食物にも関係があるでしょう。美食ならびに大食、草食民族ならびに肉食民族ということを、ヨーロッパに住んでいて、ごく身近な点で感じたと思うけれども？

辻　ぼくの友で、黒人歌手のジョゼフィン・ベーカーの主宰する孤児院の家庭教師に呼ばれた日本人がいるんだ。世界じゅうから孤児を集めているもんだから、日本人もいれば、ユダヤ人もフランス人もいる。そういう孤児のなかで、日本語の教育をしてやらなければいけないとベーカーは考えて、それでその友を呼んだわけなんだ。

彼の話によると、日本の子というのは、何か事件が起こると、すぐ泣いちゃう。お母さんが恋しいとか、日本が恋しいとかで。ところが、そういう悲しいことがあっても、ユダヤの子などは、涙ひとつこぼさない。むしろ、三つか四つの子どもが、すでに徹底的に自己主張をするんだって。それでその友が考えるには、ユダヤ人とかその他のいろいろ悲惨な目に遭《あ》った民族というのは、非常に強くなっちゃって、これはもう、一般的に言って日本人とは質的に違うんじゃないか……。

北　国を失ったとか、遊牧の民とかいうのは、芯《しん》が強いですね。死物狂いだからね。しかもユダヤ人というのは、聡明ではあるし、自国の歴史にプライドを抱いてるし、やはり逞しいな。

辻　人間は、やはり社会のルールは守らなきゃならないし、自分が人間であることの自意識をもたなければならない。けれどもそれと同時に、〈生きる〉ということに、凄まじい迫力で……。

北　執念で……。

辻　西洋の映画なんか見てると、バッと撃たれ、カッと目をあけたまま死ぬ、なんていう場面がよく出てくる。ところが日本の映画を見てると、死ぬときはみんな眠ってるね。それだけの違いがある、〈生〉への執念の。

北　ぼくの親父の留学当時、ドイツでの凄まじいユダヤ人排斥のことを書いた随筆がある。アメリカにおいても、ユダヤというと、これも何かにつけ差別されている。だから、なにを！　とムラムラとなって、結社を結んだり、個人個人がやはり努力もしますね。もともと才ある人種なんだろうが、それと努力とで、世界の偉大なる知能にもなるし、金持でもケタはずれにもなりうる。

辻　要するに、〈挫折ムード〉に走りやすいわれわれ日本人についてわれわれ自身がいつも考えるべきは、ほんとうに〈生命への執着〉を根底において、一度やり始めたことは貫かねばならぬということだね。それについての科学的なあるいは客観的な方法とかアプローチの仕方は、絶えず検討しなければならないけれども、やはりその底には、一度や二度、挫折しようが何しようが、そういうことには負けないで、繰り返しやりなおしていけるようなものすごいエネルギー、〈生に対する一種のふてぶてしさ〉みたいなものが、必要だと思うね。

時代のなかの人間ということ

北　辻は、ぼくの先輩の知性者だけど、一方ではあんがい純情可憐だよね。いまだから思うけど、ぼくは辻と知り合ったころ、あまりに無知だったけれど、辻の本質的な純情可憐ぶりに比べたら、まだしも悪漢の素質があるな。

辻　それはあったね。ぼく、野球で言えば、いつもストレートの球しかほうらないもの。カーブとか変化球というのは……。

北　ぼくは、力がないから、速球がつづかないんだ。

辻は優さ男で、いまだにハンサムで、中年太りもしていないけれどね、しかしあんがい、プロレスラーなみの体力があるな。このまえ、いっしょにチロルへ旅行するまで、あなたが、あんなに大食いだとは思わなかった（笑い）。ぼくは、自分のいちばんの欠点は体力がないことだ、と自覚している。もちろん、不摂生はしているし、自身で招いた酬《むく》いだけれどね。殊に食欲がない、これがいちばんいけないの。バルザックなんか、実際はどうだったか知らんけれども、映画なんかでは、もりもり食っていたな。彼がいかに美食家で、大食漢だったか、本にも書いてある。あのでぶちん、恰好はわるいけど、あれだけの食欲をもっていたから、あれだけ書けたんだなあ。

辻　それはそうだね。

北　したら優さ男の辻が、あれだけ食うもんで、ぼく、この小島国の日本人で、こんなに食いやがるのは、これは、バルザックとまでいかんけれども、ハーフ・バルザックぐらいではある、なんて内心思ったのよ。憧れと崇拝の念をもってだよ、これ。

辻　(笑い)しかしね、それは逆に言えば、ぼくみたいな野蛮人は……。

北　なんて言うのは、ちょっと理解不能だな。ぼくのほうが野蛮人だぞ。

辻　だって、そんなに食えて、どこにでも寝られて……。

北　それはそう。でも、いまの瞬間に思うのだが、ぼくのほうが、どこの山の中で寝ようが、ぶよに食われようが、もっと平気だ。辻のほうが文化人だ、どう見たって。

辻　いや、ぼくはよく寝られるので、いまでも女房によくわらわれるんだ。ミラノからパリに帰ってくる列車が、ぎゅうぎゅう詰めだった。だいたい外国人ていうのは、神経質で、そんなところで寝られない。ぼくは、坐るところもないぎゅうぎゅう詰めのその列車の床に新聞紙を敷いて、横になってずーっと寝ちゃったんだよ。

北　終戦後の日本の汽車は、だいたい、床にも寝られやしなかったね。立ちづめで、オシッコもできない。やっと窓からしていたでしょ。まあそういう前歴もあるんだ、ぼくたちには。

ぼくはこれ、誇りとして言うが、親父は田舎で、顔洗うにも、家の前の細い流れで洗ったという。水なんて、井戸からも汲まないんだ。それが伝わっているから、ぼく、どんな泥水を飲んでも、へっちゃらだ。いまだにぼく、床に落ちた食物も拾って食べちゃうんだから。

辻　ぼくだって食えるけど、まああまり食うことはしないだけであって……。

北　だから、見かけは文化人ですな。

辻　いや、ちがうね。

北　まあ野蛮人でなくちゃ、逞しさがないけれどね。英国だって、海賊の血が薄れて、貴族の形骸ばかりが残ったから、ああいうふうに斜陽化したのでしょう。

辻　それは最初に言ったこと、つまり、文化の洗練度が高くなると、だんだん、社会的にも文化的にも斜陽になるということだよ。

北　『ブデンブローク家……』は、小さい一家のことだけれども、一国家にしてもそうではあるね。

辻　たしか、エドモン・ジャルーが『ブデンブローク家……』を読んで、家がマルセーユだったにもかかわらず、自分の家の没落過程を描いたように感じた、と言っている。つまり、汎ヨーロッパ的なかたちでのそうした精神化過程を、一家の没落史で象徴化しているわけだね。

北　どうもまたマンに話を戻したくなるけどね。ぼくらが若いころいちばん読んだ実吉捷郎さん、あれだけの名訳者が『ヴェニスに死す』のあとがき（岩波文庫版）で、いまや新興ドイツ・ナチスはドイツ文学史を塗りかえつつあって、マンにしろ、あれだけ精緻な作品を書いたけど云々《うんぬん》と、ああいうことを書いた、あるいは書かざるをえなかった時代があったわけだけど、あの人がああいう後記を書いたのを、いまどう思う？

辻　さあてね。人間ていうのは、自分では抵抗しながらも、マンの『マリオと魔術師』じゃないが、やはり時代の異様な雰囲気にまきこまれるっていうこともあるでしょうね。だから、相当の、さっき言ったような〈高み〉にまで達したような精神じゃなければ、全体の流れから、それを操るもの、操られるもののすべてを見ぬくっていうことは、できなかっただろうと思う。

北　それは、時代ということ？　つまり、あんなことを書かなければ、マンの本が出版されないというようなことだったの？　あるいは、彼の内部要因と、どっちが大きかったのだろうか。

辻　ぼくは、あれはやはり、彼のうちにおける、ほんとうの声だったと思うね。つまり、やはりあの時代のナチスが、若々しいドイツだと、――若々しいエネルギーに満ちた未来をもっていると、そういうふうにイメージされていたと思う。

北　あとからは批判もできるが、ぼくは、あの人を非難できない。ぼくはもっと軍国主義的、もっと狭かったからね。それでぼくは、あの人のことを、変節だとか、〈転向〉なんていう言葉で言いたくない。ちっとも恥じゃないと思うの。ただ、あの人は、マンにあれだけ打ち込んで、あれだけの名訳をつくっていながら、あの数行の後記のために、戦後、文学界で、マンに関して少しほされたところがあるでしょう。

辻　これはドイツでも重要な問題なのだけれども、ハイデガーがね、戦前のフライブルク大学で総長の就任演説をしたときに、ナチの精神を讃美して、プラトンの「すべての偉大なるものは嵐のなかに立つ Alles Große steht im Sturm」なんて言葉を引いて、兵役と労働と学問奉仕《ヴィッセンス・ディーンスト》との三大義務を、うたいあげたわけだよ、学生たちの前でね。これが、戦後、相当に問題になった。ぼくの知っているところでは、最後までハイデガーという人は、それについて弁明していない。自分の実存哲学のなかにそういうものを讃美するものもあるし、それにドイツのナチズムのばあいはそれが、非常に歪んだかたちで出てきたわけだけれども、しかし一つの、本来的にそういった人間のあるべき姿というものを目ざした彼の、いわば立場は、いささかも変わっていないという自信みたいなものがあるわけだ。これが、やっぱり一種のすごさでね。今になってみると、あの段階でヘタな弁明をすれば一種の機会主義者となる惧《おそ》れがあったし、結局は彼の態度が正しかったと思うね。

北　殊に十年、二十年なんていう短さで、ある人間を評価するっていうのも、せわしないね。一見、一時どんなにみっともなく感じられようとも、一個の人間が本気になって打ちこんだ仕事は、せめて死んでみなきゃ、わからないね。

辻 それはそうだ。

北 ごく短い時間的な評価、批判は、いちばん易しい。たとえば光太郎も、茂吉も、ぼくは両方とも好きだ。茂吉を弁護するわけじゃないけど、あれほど愚直な、狭い人間だったっていうことも、感情的に好きだね。ぼくがちっちゃい人間のせいだろうけど。ただ、光太郎、茂吉の両方に言えることは、戦争に対してもあれだけの熱意をもってやったということ。それは、批判精神はなかったかも知れないよ。けれども二人とも、一所懸命必死になって……。これ、便乗者やなんかじゃないよ。戦争讃美の詩やなんかも、別の世界でひたむきに真剣につくったと思うの。ところが両者とも、よくない、戦争中の歌と詩は。殊に茂吉のばあい、戦争協力とでも何とでも、世人は言うがいいや。だがその歌、はっきり言って、よくない。もっと世界人であるはずの光太郎まで、その時期の詩はずっと落ちる。あれもふしぎなことだな。やっぱり、文学の神さまがどっかで見ているのね。

辻 文学のなかには遊びの要素もあるし、それから、形式美とか、形式からの要求というものもあるから、あんまり惚れこんで、たとえば恋愛して、恋愛している真っ最中に思いのたけを述べたものなんてのは、あんがいよくないね。

北　それはうまい比喩だ。
辻　戦争のばあいもそうでね、あんまり本気になって愛国の熱情をうたいあげたものは、よくないですよ。それは、非常にふしぎなのだけれども、そういう宿命は、たしかにあるね。
北　やっぱり、人間のもつ最もアンチ生物的な遊びの精神、ホモ・ルーデンスの精神から、すべての文化は生まれるべきなんだ。固くこわばったら、おしまいなのだね。
辻　〈笑い〉はいちばん、固くこわばった姿勢に対する、認識であり批評でもあるわけだからね。
北　人間だけが笑える生物でなく、馬のフラーメン（笑い）だとか……。変ないななき声と表情を馬はするんですよ。で、あれも〈笑い〉の一種である、なんて一部の動物学者は言うけれどもね。ほんとの〈笑い〉というのは、やっぱり人間にしか……。
辻　できないね。
北　それは、顔面筋肉の動きとか、笑い声ということでなく、それを発する内面の精神というものだからね。ほんとうの〈笑い〉というのは、犬も馬もできませんね。
辻　ディケンズなんかは、馬がせせら笑った、なんて書いていますけれどもね。
北　ただ、人間のなかには、ときたま……。さっき言ったゲーテにしてもね、あれもまた、けっこうワイマール公国で地位を得ていたからね。それはワイマール公が惚れてくれたからだが、しかしあんがい宮廷のきらびやかさや権力も好きだったかも知れない。
辻 好きだったな。
北 また同時に、彼は、だらしないところも堂々として有していた。それゆえ、一小人物の人間的だらしなさも理解できた。恋も結着がつかなくて男らしくなかったところもある。また、彼は病気ばかりしている。いろんな肉体的疾患からノイローゼまで。
辻 そうだね。
北 人一倍そういうだらしなさをもっていたから、そこで、おれも堂々としてみようなんて意志を奮い起こして、そして死んでみると、やっぱり堂々としていたし、文学作品も堂々としていた。彼が『若きヴェルテルの悩み』を出したあと、自分で読み返したことがないというのは、ほんとだったかな？
辻 うん、そういうロマン的な病的激情を惧《おそ》れたという説もあるな……。
北 やっぱり後悔したんだよ。少し齢《とし》とってみると、あんなもの書いた、なんて。
辻 でも、ああいう聡明な人なのに、どうして、その時期その時期の完成があるということを……。
北 人間て、やはり自惚れが強いから、少し成長すると、自分の初期の作品を、ああ幼稚だァ、なんて思うのね。茂吉にしたって、そうだよ。あれ、『赤光』が大嫌いでね。長いあいだ、重版も許さなかった。戦後、食うに困って、また出したけれども、いまやおれは人麿に近づいてきた、『赤光』時代はセンチであった、なんていう意識だったんだよ。しかし客観的に見ると、茂吉というのは、初期の『赤光』と後期の『白き山』の二つが残るね。

辻　いずれも巨峰だね。

北　だから、若いころの意識と、死ぬまえの意識とが、結局は一人の人間を支配すると言うの。ぼく、死ぬまえに、もう一度、たとえば松本のあの稀薄な香りに満ちた、それゆえに荒涼たる孤独感に包まれるような気がする。

辻　君はどうも、ぼくを見ると、高邁になりたがるな。

北　辻がいると、あ、師匠の前ではまともになろう、なんて、つい思うわけね（笑い）。でも、ちょっと酔っぱらってきたから、こんどは師匠に反逆してやろうかな。師匠をもって、縛られちゃうと、だめだね。ぼく、辻を棄て、トーマス・マンを棄て、ドストイエフスキイを……、これは師匠以上で怕《こわ》かったけど、もう一度あいつを読んで、他の師匠たちに反逆をこころみてみるかな。

辻　それは、そうすべきだよ。べつに、ぼくは君の師匠じゃないけれどもさ。

北　もちろん、いまの言は、かすかな皮肉でしゃべったか、あるいは本心をちょっと述べたか、まあ曖昧にしておきましょう。この世は曖昧模糊《もこ》というのが、面白いからな。

手品と同じだ。何が飛び出すか、わかっていたら面白くない。もっとも、シルクハットからは、鳩が飛び出すか、テープが出るか、兎がはね出すか、だいたいそれくらいのレパートリーしかないけど。文学はもう少し広いからね。

辻　生意気を言えば、ぼくはどうも、曖昧模糊がきらいでね、未来と過去をはっきり見ようとして、客観的な法則みたいなものにばかり目を奪われすぎたためか、どうも先の先までわかっちゃったような気になってしまって、どうにもならんという感じが、ときどきする。一種の決定論のなかをぐるぐるまわりしている。もっともこれは、〈生の実体〉抜きの次元での話だが。

北　それ、ちょっと可哀そうな存在ね。未来はわからないというのが、人間だ。あんまり見きわめちゃうと……。もちろん、しがない高校生でも、見きわめたつもりになるけれども、いまや中年に達した辻は、もっと見きわめられるから、これ、哀れな存在ね。……讃めてるんだよ。

辻　そういう次元で考えると、もうだいたい、これからの可能性も、自分の死ぬ瞬間までわかっちゃったような気になってさ、これから人間のやることの、すべての行動レパートリーとその可能性が、つまり人間の世界が見えちゃったみたいな、妙に寂寥《せきりょう》としたものを感ずるね。人間社会の複雑化にもかかわらずね。

北　それは、ある程度理解できるけれども、ぼくはぼくなりに、妄想じみた別の考えももっている。つまり、人類生命というものは、誕生してまだごくわずかな期間でしょ。まあ、せいぜい高校生ぐらいになったころかも知れない。そうすると、あとになって何がとび出してくるか、わからないという気持も、ちょっとするな。だってあなた、地球年齢は、いまどのぐらいか、知ってますか。

辻　百万年ぐらい……？

北　ケタが違うよ、まあ人間存在としても。

辻　でもさ、北京原人ぐらいの年代は、そう変わんないぞ。

北　いや、最初の生命存在というのは、ケタ違いだよ。ぼくの戦後の知識と、あれからわずか二十何年しか経っていない今とでさえ、もう格段の差違があるんですよ。

辻　それは、そうだな。まあそういうのは、すぐ忘れちゃうんだよ。

北　やっぱり人類というのは、それほどバカじゃないよ。考古学なんていうものがあって、むかしを偲《しの》ぼうなんていう気持と、それから未来はどうなるかという気持と、両方もっている。どっちか一方だけになったら、おしまいだ。

辻　もともと人間は、むき出しのままじゃ、絶えずぶつかり合わなければならないし、動物になるわけだよ。

北　動物になるわけだよって、人間だって動物には違いないんだぞ。

辻　動物だけれどもさ、もともとの人間ていうのは、二人いれば、一つの肉の塊りを、どっちが食うかということで争うわけでしょう?

北 肉は悲し、というのは、マラルメでしたかなあ。あ、またむかしの文学青年になってきた。やっぱりぼくはダメな存在だ。

辻 ま、そう慨嘆《がいたん》しないで聞けよ。つまりだね、そういう状態から、しだいしだいに、なにか中和的な存在になるんだ。だいたい、人間というのは、そうやって観念的な存在になっているんだもの。誰だったか哲学者も言っているがね、われわれは、その人そのものとは、ぶつかれないって。たとえば君なら君を、ぼくは目の前におくと、君は優しい人であるとか、文学者であるとか、知的な才能をもっているとか、あるいは女の人だったら、きれいだとか、趣味がいいとか……。そういうある仲介の観念を、その人に与えることによってしか、その人と結びつかない、とそう言うんだよ。その人そのものと結びつくということは、これは絶対に不可能なんだ。たとえば、美しい人だなあと思って、その人と長いこと話をしていると、そのうちにその人がけちなことに気づいたら、〈けち〉という観念がそこに付着することになる。するとそれによって、それまでの〈美しい〉という観念が、遮断される。そういうふうにして人間というものは、つねに観念を仲介してしかものに結びつかない。そうするとだいたい、われわれが人間だとか現実だとか言っても、それは、そういう観念的な存在でしかないわけだね。観念的存在というのは結局、頭のなかで構成されているものだね。たとえば、現代文学でよく取り上げる〈過去〉の問題。これなども、〈過去〉はすなわち〈なくなったもの〉というふうに、ものの次元では言えるわけだ。かつての自分は、実際にはもうないのだから。ところが〈過去の自分〉というのは、頭のなかには存在している。記憶とか、思い出とか、あるいは写真とか、何か遺していってくれたものとかというかたちでね。そういうものに付着している観念は、絶えず生きているわけだ。

だから、未来から来て、現在に至り、過去へ消えてゆく存在、というのは、ものの次元についてのみ言えることなんだ。ものの次元では、万物は絶えず流転しているわけだから。ところが、ぼくら人間というのは、死なない以上、ものになるわけにゆかない。つまり、生きているかぎり人間はものではなく観念的存在なんだ。だから、ものの次元ではなく観念の次元に立つと、〈過去〉というのは、いま言ったように、生きていて、一種の実在になって、存在しているわけだ。記憶とか、回想とかのかたちでね。だからまた、そういうふうにして流れてゆく〈現在〉を見てわれわれは、いかにも時間が刻々と過ぎ去っていって、〈過去〉は全部なくなってしまっていると言うけれども、実際は、われわれにとって〈過去〉は、つねに存在していることになる。われわれが実際に人そのものに直接ぶつからないと同じように、〈過去〉というものは、われわれから消えない。〈過去〉は、われわれにとって、——観念的存在であるほかない人間にとって、本質存在である、ほんとの存在である、と言える。

なものだな。

北　それは、人間に、むかしからついていたかどうかわからんけれども、尻っ尾みたいなものだな。

辻　とくに文学のばあい、マルセル・プルーストの〈過去の記憶の創造〉ということもあるけれども、何かそういう自分のなかに蓄えられたものにしか素材はないし、そういう一種の非常に奇妙な存在が、ぼくらのなかにはあると思うな。

北　人間というのはまた、ある意味で共同体でもあるでしょう。いま、プルーストと言ったけれども、あれに〈無意識〉が出てくる。フロイトにも出てくる。ぼくも、医学生時代、フロイトには一時、夢中になったよ。しかしあの時代、〈無意識〉と言った概念は、フロイトが創立したわけではなく、むしろ社会一般に、文学界にでもなんにでも芽ざしていて、たがいに影響されていたものだね。それは、例の虚無哲学者ショーペンハウアーにも芽生えはある。しかしね、プルースト、フロイトの、もっとはっきりした〈無意識〉という概念をとらえ、おたがいにそれと知らなくても、ヨーロッパ全体に、その思想への胎動があった。科学界においても、文芸界においてもね。分野が違っても、どこかで結びついている。

だから人間というものは、完全に孤独な存在というのも事実だが、一世紀単位の視野から見れば、周囲の社会から逃れられないかも知れない。はかない、かつ独自の個人というものもね。

辻　それは、そうかも知れない。さっき、ギリシアにすべてが発したと言ったのと同じように。
北　あれは偶然、非常にその歴史が伝わっているのであってね。そのギリシア時代以前のむかし、他の初期の文明の起こった地帯にはどんな知恵があったか、正確にはわからない。
辻　だから、それいらい人間は、内面の遍歴をしているわけじゃない？　そういう人間の内面の旅というのは、それほど途方もない場所に飛び出られない。
北　一個人というのは、わずか何十年の生命でしょ。医学が進歩しても、せいぜいまあ平均して百年ですよ。そういう有限の存在だから……。ただ有限だからこそ、その幻想というものは何百世紀にもわたって広がりうるのかな。その世界のなかに生きていて、一方の人間、たとえば文学なんか好きな者とか、また一方の人間、たとえば政治なり経済なりで世界をもっとよくしようと思う人とかいう、そういう次元の相違はあっても、それぞれ幻想は抱くわけでしょう。ただ、〈無限〉の前ではかなさを感ずる者と、人生わずか何十年でも、これだけのことをしてやろうという世俗的ながら力強い考え方の人間との、差違はあるかも知れないね。どっちがよいとか、どっちがこの世のためになるかは、長い時間の目で見なければわからないが。
辻　たしかに、そういう幻想を追い求めて、人間はいままで歴史をつくりあげてきたとは言えるね。幻想がなければ、人間は生きられないのかも知れない。個人個人によってかたちは違うけれどね。

北　さっき辻は、主張を曲げないと言った。ドイツ人も、非常にかたくなな人種だったでしょう。女の心理学者で、日本に留学してた人を知っているが、彼女も絶対に我を曲げないの。日本人のぼくには理解できぬほどガンコに。あの精神は驚きだが、同時に、融通性も欠けてたみたいだった。しかし今は、ドイツも日進月歩で……。また変な横道に入るけれども、このまえ二人でミュンヘンにちょっと寄ったでしょ。辻は学究だから、博物館かなんかへ行って、ぼくは、馬の本かなにかを捜しに飛び出して行った。ちゃんとした本屋以外でも、スタンドのマガジン類を眺めると、ヌードがやたらにあるの。いまドイツも、少し怠けものの精神を抱きだしたようだよ。ずいぶん開けたな、と思った。かなり柔軟になってきたらしい。北欧のセックス雑誌を、いまやアメリカは、都会においては凌駕しつつあるが、まだ規制はある。北欧では完全に自由だ。そうすると人びとは、かえってそれほど求めなくなっちゃう。ドイツでは、ヌード写真は氾濫しているけれども、それ以上のエロ写真はまだきびしく禁じられている。しかし、たとえば同性愛は、西独では許されちゃってる反面、アメリカでは、ずっときびしい。でも、ドイツ人があれだけ少しだらしない精神を抱きだすと、また何かを生むね。本性がガチガチなくらいがっしりしていただけにね。横断歩道をドイツの犬は、斜めに横切らないで、直角に横切るっていう笑い話がある。人びとがそうしてるからな。十二年前、ぼくが日本流儀で斜めに渡ろうとしたら、ほんとに、ちゃんとチョッカクにワタレー！　なんて注意されるの。それほどのガチガチのドイツ精神もいまや揺らぎだして、これからきっと面白いな。

辻　西ドイツのばあいは、やはり戦争の苦しみ、敗戦後の苦しみをなめてるでしょう。だから、いま豊かになって、余裕が出て、遊びの精神みたいなものが復活してきたら、文学やなんかでもずいぶん、たとえばフランスなんかよりは力のあるものが出てくるだろうね。

北　ギュンター・グラスやなんかが……。

辻　ハンス・エーリヒ・ノサックやなんかもね。フランスのばあいは、戦勝国で、生活享楽派で、もともと、斜めに渡るどころか赤信号でも渡っちゃうでしょう。フランスは、十九世紀末に、生活様式が完成してしまって、それがかえって、現在の新しい時代には堅固な枠になって、自由な発展をはばんでいるという感じがする。最近の新聞などを見ると、どうやら、技術支配の時代のなかに組み込まれるか、非常に激しい左翼のなかに行くか、どっちかにしか青年の選ぶ道はなさそうだという感じ方をしているようだ。

北　フランスで？

辻　うん。だからね、社会に対する姿勢がそれなりに型にはまって、それだけ可能性が少なくなっていくんじゃないか。

北　なるほど。

辻　創造力などもなかなか生まれないし、したがって新しい世界を創り出すという動きがあっても、現実には、なかなか実現されない。むろん、そうした底流は感じられるんだが……。ドイツのばあいと違ってフランスは、経済的に苦しいけれども、精神的にも一種の閉塞状態にあるんじゃないかという気がする。とくに五月事件のあとはね。少くとも去年見た感じでは、そう思った。

北　あれだけ爛熟期を長く過ごしすぎたからね。でも、あのフランス精神というのは、やはり見事だね。馬の本にしたってね、辻が、木下順二氏はこれだけの馬の本のコレクションを持っていると言ったろ？　だからぼく、負けてはならじと、辻に連れてってもらって、フランスの馬の本も買ったろ？　その一つは、アメリカやイギリスの本とはぜんぜん違う。デッサンひとつにしてからがね。字は一字も読めないが、絵を見てるだけでエスプリというものがたしかに感じられた。

辻　民族の性格をかたちづくっているものは、どんな面にもおのずから現われるものだね。

北　それから、ぼく、やっぱり、でっかい大陸というのはいいと思ったな。小島国に生まれたから、広々と拡がった、砂漠でもなんでも、妙な憧れを抱いちゃうんだ。辻は、アメリカについては、生理的な感触まで、相当な理解度があると思うけれども、アメリカはまだ知らないでしょ？　あれも、面白い国だな。若々しくって、しかも物資が豊かで。将来あれから生まれてくるものは……。

辻　でかいと思うね。

北　すでに科学の分野では、アメリカは、富のせいもあるけれども、世界のトップですね。しかし精神の領域でも、絶対にバカにできない。もちろん、歴史の若さも、欠点もある。辻が、一度、ニューヨークという都市を見て、何年もいたパリなんかと比較してみると、新旧の織りなした差がきっと感じられて、面白いと思う。ぼくは東京で生まれたから、東京はやっぱり好きだけれども、見なれすぎちゃっている。しかし知らないで東京へ来たら、東京というのは世界有数の大都市だと思うだろう。これだけゴチャゴチャして、日進月歩なところだものね。田舎と違って大都会というところは、急速度の変化というものがつきまとう。極端と極端が同居している。

でも、ぼくは田舎も好きで、人跡稀なカラコルムなんかへ行けたのは、いまから思うと、幸わせな体験だった。それから、飛行機の上からだったが、例の『十戒』のあの山に近い辺を見たが、あれも荒涼としてものすごいね。

辻　シナイ山のあたりね。

北　あれも伝説で、正確な位置はわからないんだ。しかし、あんな岩山だけのところに、人間は住めませんよ。あんなところに行ったら、精神が変になって、汝《なんじ》、姦淫《かんいん》するなかれ、なんて律法ぐらいつくっちゃいますよ。人類の本能に背いてね。あれはまた、日本人の情緒なんかを拒否する凄まじい世界だね。

辻　たしかにね。

北　さっきアレキサンダー大王の敵前渡河の話から、どういうわけか関係のない義経の話が出ちまったけれども、日本人の判官贔屓《はんがんびいき》というのは、やはりなかなか抜けないね。だから「北ベトナム」と聞くと、かわいそうだの一方でしょう。「南」って名がつくと、もうそれだけで悪者でしょう。ぼくの本なんて、売れるはずがないのにたまに売れるのは、「北ベトナム」の「北」がついているからなんだってこと、ついに発見した（笑い）。義経は心情派だったけれども、頼朝のほうは政治家で、別の見方をすればはるかに堂々としてたね。兄弟の人情なんて、無視もしたが、しかし日本の統一のためとか、もっと大局に立って見てたよ。義経のほうが、かわいそうではある。けれども大物ですよ、兄貴のほうが。

辻　日本人のいいところは、そういうことがわかっていても、なおかつああいう色男で優さ男のほうを……。

北　実際は、そんなに色男ではないの、義経は。考証があるよ。

辻　でもさ、そういう優さ男に仕立てられて、桜の花びらの散る下に弁慶みたいな強い人にかしずかれて、静《しずか》みたいなひとを棄てて、奥州に旅立って行くなんて、それだけで、すでに胸にじいんと来ちゃう。

北　ぼくも、かつては、ああいうのがいちばん好きで、ほろりとしてきたからな。その反動で、いまではもう意地になっている。その逆のことを言いたがるの、これもまた単純だな。

辻　そうね。でもそれが、やはり日本人のすごくいいところだと思うけどね。

北　もちろんそれ、ぼくも認めてる。ただ、それだけじゃ……。

辻　弱いね。

北　でしょ？　だからもう少し、日本人の精神のなかに逆の強靭さとか冷静さも育って欲しいね。

辻　現実政治に長《た》けた、生命力のある、センチメンタルになることを拒否する〈頼朝的なもの〉への理解が、もう少しあってもいいね。いままでは、あまりに〈義経的なもの〉に価値が寄りすぎてたことは、事実だね。

北　殊にわれわれ庶民、大衆は、判官贔屓の心情にすべて支配されすぎてきた。

辻　それで自分たちが弱くなると、〽わたしは新宿の流れ花ァ……式に自分をセンチメンタルに眺めて、そういう感傷の涙にひたっていて、自分たちと対立するものと戦い、それを変更してゆくという闘争の姿勢を現実の基盤からつくり上げることができなかったわけだ。そうできるようになることは、さっき言った自己主張に徹するという強さと、どこか共通しているところがあると思う。

北 義経が成吉思汗になった説なんて、嘘ですよ。義経流の心情派じゃ、あれだけの大虐殺はできませんよ。これだけでもう、すべての歴史的考証以上に、それは否定できる……。ああ、いいこと言った。

じゃ、繰り返すが、ヨーロッパについて、辻は、何を感じた?

辻 古さと同時に、世界史の本質みたいなものがここでは実現されてるな、と思った。

北 少くとも、歴史に伝わってる世界史を大きく支配したのは、やはりヨーロッパだろうな。

辻 それ、必ずしも、ヨーロッパが、ルネサンス以後、世界を征服して、植民地をたくさんつくって、世界の中心になったということだけではなく、ね。

北 そう、文明的な意味において。

辻 ただ、このばあい、ヨーロッパから、――その根底はギリシアと言ってもいいと思うんだけれども、いろいろなものが、たとえばキリスト教などが、日本に入ってきた。

それは、ヨーロッパ精神のなかの核となって、中心に据えられてきたわけだけれども、こういうものも、ヨーロッパの外へ出ていくと、――インドに行ったり、中国に行ったり、日本に来たりして、本来のもとからの栄養を摂《と》ってないと、土俗化してしまうという現象が、いたる所にある。

北　〈土俗化〉って、自分の国のものになるという？

辻　そう。非常に土着的な、その風土風土の好みにしたがって、歪められてしまうんだ。そうすると、教義の内容にしても、あるいは彫刻にしても、本来のものから比べると、精神的な意味で非常に低いものになっちゃう。たとえば天草の隠れキリシタンのなかに、マリア観音というのがある。経文なんかも、仏教ともキリスト教ともつかぬ混淆《こんこう》的なものだ。

北　ぼくも平戸には行った。そこで隠れキリシタンの話聞いて、これは面白いと思って調べにかかってみたら……。これはぼくには完全に分不相応のことだから、たちまちやめちゃった。

辻　初めのうちは、そういう普遍宗教的な精神が伝わっていたけれども、やはり土俗化してしまって、一種の奇妙な、奇怪な信仰になってしまうんだ。世界的な普遍的宗教を支えている〈精神的な高み〉にまでは行かないんだ。それは、たとえば……。

北　そうかしら？

辻　そうなんだ。非常に熱烈ではあるけれども、普遍性はない。

北　でも具体的に、たとえばギリシアから発して、どこそこの国へ行って、どういうふうに変化している？

辻　たとえばヨーロッパ精神は、ギリシアから発して、インドにも来たし、中国にも来たし、はるばる日本に来た。けれども日本にキリスト教を宣教師なんかが伝えてきて、その教義が、まだもともとのヨーロッパと接触を保ってるうちは、非常に活潑であったのだが、宣教師が弾圧されて、殲滅されると、それからは、お祈りするキリシタンは、隠れてしか一般の世間に存在できなくなる。隠れた秘密の宗教としてしか信仰されなくなる。そのようにして世代から世代へ伝えられてくると、しだいしだいにそのもとの栄養がなくなるから、したがって切り離された土着性の強い宗教になってしまうんだ。

北　しかしそこがまた、面白いじゃないですか。隠れてやって、秘かに土着化するわけでしょ？　そうすると、国土によって変化が起こったりするだろうが、それは、もとの精神が、むしろあちこちの世界に普遍化することではないか。

辻　いや、そうではないんだな。そこが歴史のふしぎだと思う。文明というのは、発見を踏まえていかないと、死んでしまうということがある。たとえばフランス人は、ローマ人とはなんら対等の関係がないね。ローマ人にとってフランス人は、ガリアの野蛮人でしかなかったわけだから。ところがローマは滅びた。そうしてその滅びたローマの文化を、フランス人がその文化の内包する〈精神の高み〉において受け取って、それに自分たちがふさわしくなるように努めて、あの高さまで行ったわけでしょう。むろん、フランス人の受容の仕方には、その民族に固有の個性が見られる。しかしこれは、いま言った土着性ではない。そうした土着性の棄て方に個性が表われている、とでも言ったほうがいい。だから、フランスとローマとのあいだには、言ってみれば、精神的な関係はあるが人種的・文明的には敵対関係ないしは従属関係があるわけだけれども、しかし敵対関係にあるからといって、もしガリアの蛮族がローマを拒んだとしたら、やはり彼らは、蛮族のまま土俗化するほかない。ローマの精神の高みを自分たちが受け継いだからこそ、あの高さまで行ったとすれば、つまり、そういう普遍的な精神に自分たちがつねに高まるということ、単なるナショナリズムとか、単なる感覚的な反撥・土着的好みを越えて、つねにそういうものに高まるということがなかったとすれば、彼らが世界史の次元での伝統への参加ということは、ありえなかったと思うね。

北　でも、イタリアとフランスはごく近い。フランスのいちばん北は寒いけれども、それでもヨーロッパでは南的な人種でしょう。だからローマとフランスとには、共通性はあるな。

辻　それはある。しかし蛮人だったことには、変わりないよ。

北　それはどこの人種だって、初めは蛮人で、力強くて、それから文明人になってゆくのだろうな。

辻　これがドイツだと、またかなり断絶がある。彼らは、ローマに反抗した蛮族であって、なかなか従順でなかったわけだから。北のほう、スウェーデンとかノルウェイには、いっそうそういう蛮族性が残っている。だから、必ずしも世界史の中心になってるのが価値があるとかなんとかいうことはなくて、われわれ人間が、〈人間〉という普遍性を獲得してきたプロセスとしてそういうものがあるということなんだ。そういう高みに達したもののほうが否応なく低いものを押し潰していく、滅ぼしていくということは、事実だね。

北　滅ぼす……。なるほどね。

辻　と言うよりも、なくなっていくと言ったほうがいい。光の前に闇が消えていくようにね。これは、闇に属する部分のものたちは……。

北　しかし、闇に吸収される光ということもあるな。

辻　それはあるけれども、それはずいぶん文学的な比喩であって、やはり精神の開明度、明るさというものは、あるように思う。ずいぶんヘーゲル的な考え方になっちゃうけれども ね。だからぼくは、否応なく世界史を支配しているそういう必然性というものを、感じてくる。ただ、現在は、たとえばコンピューターの時代であり、たとえばフリー・セックスの時代であり、好ましくないような状態が出現してるけれども……。

北　どうしてフリー・セックスが好ましくないの？
辻　いや、そうは言わないが、そのことはちょっとあと回しにして。
北　いまは教師じゃなくて、もとの、かつて無頼漢であった辻の意識で言ってみなさい。
辻　まあ、あとでそのことは……。
北　なにテレるんですか。
辻　そういうわけじゃないけれども……。
北　じゃ、セックスを書かぬと言われてるこのぼくが、近ごろの流行にならって、セックスについて述べると、あれね、やはり半ば闇のなかにあったほうが、まだいいと思うの。セックスの解禁が完全ムケツに行われると、逆にみんなインポテンツになっちゃうような気がする。辻だって、別なジャンルのセオリーで、そういうことを述べてたでしょ？
辻　ぼくも、すでにそういう話は、別なところでした。
北　ふしぎなもんでね、精神病者も、鍵のかかる中に入れられると、逃げようなんて考えてばかりいる。ところが開放病棟にすると、あんがい逃げないの。そのように、セックスの完全解禁が進むと、きっとみんなセックスにあきちゃうんだね。そこらの週刊誌と同じことになっちゃうでしょ、凄いエロ本もね。それがいいことか、わるいことか、〽おいらにゃ、そこまで、わからない……。これ、ナニワ節じゃなくて、歌の節まわしだよ。

無限のなかの生命体

北 ぼくたちにしろ、若造のときに比べれば、やっぱり〈悪〉というものも知ってきたし、自分のなかの〈悪〉にも気づいてきた。本性はぼくは、だらしのない弱虫なんだけれども、『怪人マブゼ博士』って映画見て、気に入って、〈悪〉の帝王になろうなんて妄想を、このまえの躁《そう》病のときには起こしたりした。だから、こんどは、少し悪魔について訊《き》きたい。

辻 マンが取り扱っている〈悪〉は、どういうところへ出てくるだろうか。初期のものに、もちろんあると思うが。たとえば『小フリーデマン氏』のなかに出てくる女なんていうのは？

北 他愛もない〈悪〉だけれどもね。あの主人公は、もともと「小」がつく男だから、いくらエピキュリアンとはいえ、根は単純に幸福を追求する小市民で、それに対応する女の〈悪〉も、ちいちゃなものにすぎない。単なる誘惑者的な〈悪〉にすぎない。ところがそいつが、マンの後期ではだんだんでっかくなる。

前のマンについての話は『魔の山』どまりで、後期の作品については、『詐欺師フェリクス・クルル……』を除いてはあまり触れなかったけれども、いつか辻は、『ヨーゼフ』を失敗作だと言っていたでしょ？　あのときの辻テオリーを、読者諸氏のために、ちょっと述べてみよ！……あ、すごい。先輩に命令したりして。これが、〈悪の結晶〉ということかも。

辻　理論《テオリー》を？

北　いや、あの辻テオリーは、ぼくたちの秘密にしておこう。ぼくはうっかり、あるところで出鱈目な放談をして、マンの後期の作品は失敗作だなんて、大ナギナタか大マサカリを振るっちゃったの。辻の高説を代弁してやろうと思ったら、完全に行きすぎちゃって、見っともないことおびただしい。だいたい『ファウスト博士』にしろ、無視することのできぬ巨大な作品だものね。あのなかに、悪魔が出てくる。あの悪魔にしよう。あれ、どう思う？

辻　ぼくは、最終的にはあれがいちばん、あとまでぼくのそばにあるんじゃないかという気がするんだよ。もっともぼくは、あれを読むまえに、『ファウスト博士誕生』のほうを耽読したものだから……。

北　小説よりまえに『……誕生』のほうを読んじゃったのか。

辻　いや、小説は、一応読んではいたんだけれどもね、ただ、『……誕生』のなかには、小説家が小説をいかに書くかという秘密が、じつに手とり足とり書かれてあるでしょ。

それで、そっちを耽読していたものだから……。

北　たしかに、その秘密というのが、非常にくだらないことから、高邁なことまでにわたってね。ちょっとした話が、じつに、あ、なるほど、と感嘆できた。

辻　ぼくはね、小説家としてのリズムをとるためにも、ある主題に向かうためにも、それから、生活の形式を維持するためにも、あるいは自分の精神の、ある快活さを保つためにも、絶えず『ファウスト博士誕生』を読むんだ。読むたびに思いあたるふしがある。こういう本って、あまりないんじゃない？

北　マンも人の子だから、ゲーテを師と思っている。片っぽうに、シラーをその対立物として置いているけれども、しかしあくまでゲーテが師であったね。それでついには、『ファウスト』なんていうところから……。でもまあ、それよりまえに、ニーチェ、ショーペンハウアーから入っているな。マンの『ファウスト博士』は、ニーチェのイメージから、ああいう発想を得たと思うね。

辻　もちろん、そうだ。

北　ニーチェは、立派な梅毒です。茂吉に、ニーチェの精神的病いは梅毒から来たという短文がある。いつの時代に感染したか、なんて、あの時代にしては面白い考証だったな。

辻　マンのばあいも、レーヴァーキューンが、ケルンの娼家に行って、梅毒に罹《かか》るでしょ？　あれは、そっくりそのままなんだね。

北　そう、たしかにニーチェを頭において、ああいう設定をしたと思うよ。ファウスト伝説とか、ゲーテの『ファウスト』とかよりも、もっと現実に根ざして、ニーチェというものが頭にあったと思う。架空より科学的ということだけでなく、ファウスト伝説ならびにゲーテの『ファウスト』より、もっと現実的・時代的な設定だったのじゃないかな。あの設定の閃きは、ナチとデモクラシーとの闘争以上に、過去の彼が心酔したものから、あんがい単純に思いついたのじゃないか。

辻　こういうと君はわらうだろうけれどもね、梅毒に感染して、そうして恍惚《オイフォリー》状態になって、自由に芸術の創作ができるという、あの型のテーマは、非常に古いんだ。

北　なんだ、マンが梅毒になったみたいじゃないか。レーヴァーキューンがだろ？　もちろん。その主人公が、そういうテーマがだ。それを、『トニオ・クレーゲル』を書いた時代に、書こうと、マンは思ったわけよ。それで、ある本屋へ行って、——彼のことだから、梅毒はどういう効果を肉体に及ぼすかを知りたかったのだろう。本屋のおやじに、梅毒の症状を知りたいんだけれども、そういう本はないかと訊《き》いたら、本屋のおやじがさ、マンがそうした病気にでも罹ったのかと、じっとマンを見て、ほんとに気の毒そうな顔をしたので、マンはきまりがわるくなったそうだ。

北　梅毒が相当、人類を支配した、ということはある。ただ、文学の話よりもっと巨視的な目で眺めると、アメリカからコロンブスの一行が梅毒を持ち帰ったから、ヨーロッパはまた成熟した、ということもあるね。

梅毒から来る頭の病気は、俗にみんな〈脳梅〉と言うだろ？　これとね、進行《プログレシブ・》麻痺《パラリーゼ》とは、違うものなの。梅毒は、もちろん肉体的な病気なのだけれど、これに罹ったあと、十年とか、なかには三十年という潜伏期間をおいて、それでもスピロヘータが死なないと、最後には頭に来る。その一つが、脳梅です。もう一つが、進行麻痺。そしてこれに罹ると、これはもう、完全なる気違い、最も典型的・代表的な気違いです。外因でないほうの内因性精神病の王者は、分裂病だけれどもね。一口に〈分裂病〉と言っても、いろいろな医学上の歴史があるけれども、これが世界一強大な、神聖なる病気だな。つぎに神聖なのは、癲癇。ギリシアから神聖な病いと言われてたでしょう。つぎに、グッと下がって躁鬱病。現在の〈躁鬱病〉という概念がつくられたのは、ごく近世でクレペリンの定義だが、〈マニー〉と〈メランコリア〉という言葉自体は、ギリシア時代からある。分裂病と、癲癇と、躁鬱病と、これが、現代でも三大精神病と言われている。しかし、初めは肉体的な疾患である梅毒が頭に来て、そうして進行麻痺になると、この妄想は、最も強烈だ。妄想といっても、誇大妄想とか、その逆の被害妄想とか、いろいろな形態があるけれども、梅毒から来る進行麻痺の妄想の荒唐無稽さというのは、また途方もない。むかしは、日本ならびに世界の精神病院のなかに、進行麻痺が、ごろごろしてたの。芦原将軍だってそうらしいですよ（後記。彼の病名は今でも判然としていない）。分裂病というのは了解不可能、とヤスパースは定義したが、どだい妄想というものは、常人には了解不能な世界なんだけれども、この進行麻痺の妄想ほど途方もない、それこそ宇宙的規模のものは、そうざらにない。ところがペニシリンの発見いらい、一時、簡単に梅毒が治っちゃうようになった。それで、進行麻痺も少くなっちゃった。ぼくが医学生時代は、まだごろごろしてたのにな。それが、アッという間に少くなっちゃった。でも、梅毒のスピロヘータが抗生剤にも抵抗性をもつようになって、潜在梅毒がまた増えだしたと、言われてるでしょ。それで進行麻痺患者も、また一時ちょっと出てきたものの、悲しいかなとぼくはあえて言いたいのだが、やっぱり少くなっちゃったな。……また何の話なのだかわからなくなった。助けてくれ。

辻　〈悪〉の話だった。ニーチェから……。

要するに、いま言ったかたちで、病気ということも一つの〈悪〉、人間の力ではどうしようもない〈悪〉の象徴になりうるかもしれない、ということがある。けれども同時に、さっき言った、病気が精神である、ということね。つまり、健康であるということは、逆に人間が動物化していってしまう。あまりに健康だと、ものごとが考えられない。病気であるということが、君の若き日の掌篇（「クランクハイト」）じゃないけれども、精神的であるという考え方になるわけでしょう。結局、〈悪〉というのは、本来的に精神というものと結びついているんじゃないかという……。

北　それはそうです。しかし精神は〈善〉とも結びついているよ。……なんだか、ぼくの言ったこと、逆になってきたな。

辻　たとえば、非常に幸福なる民は過去の記憶をもたないという意味では、〈善〉とか〈幸福〉というのは、非常に稀薄な精神性という感じがする。

北　それは、辻は、文学者だからそういう言い方をするんだけれどもね、一般人は、初めに〈善〉とか〈神〉なんていう存在の幻想を抱くよ。そもそも悪魔は堕天使から変じたもの、初めに神・天使があって、その変種が悪魔になった、というのが、キリスト教理論でしょ？

辻　まあ、そうだけれどもね。でも、そもそもは〈悪〉があって、それの反対物として〈善〉を望む。もともと〈善〉なんかなくてさ、人間が精神の眼を見ひらいたときには〈悪〉しかなかった、ということじゃないの？

北　いちばん最初の人類は、〈悪〉を、マンモスとか、火を吹く山とか、思っただろうな。そうしてやっぱり、〈悪〉を感ずることが多かっただろうね。怖《こわ》くてたまらないから、それで〈神さま〉とかなんとかいう概念を生みだして、助けられようとして、またその概念が強まりすぎると、〈悪〉という概念を……。しかしまあ、キリスト教理念の、悪魔は天使→堕天使という理論は、なんかちょっと善意すぎるんだな。他の宗教は、もっと無気味でしょ。たとえば、密教にしろ。神話だって、ギリシア神話に比べて北欧神話のほうが、ずっと気味がわるい。ギリシア神話にしろ、そもそもゼウスが世界を支配するまえの、巨人どもとの闘争の、あの部分の凄まじさ、それこそ血みどろじゃないですか。

辻　あの部分のギリシアと、その後の、ゼウスが支配してからのギリシアとは、違うね。ギリシア文明というのは、そのまえの、どろどろした無気味な文明を、浄化したと言うか人間化したと言うか、そういうふうに言われているけれども、たしかに神話そのものが、そういうことを象徴しているんだね。たとえば、半獣人ケンタウロスと人間との戦いなんかも、そういうことの象徴でしょう。

北　ギリシア時代というのは、はっきりと理性が誕生したということでしょう。そのまえの人間存在というものは、ああいう巨人どもの闘争とかで表わされた。そいつを克服しよう、あるいはもう少し規律をつけようというので、ゼウスが勝って、そうしてある法律みたいなものが出来て、そのあとのいろいろな神さまというのは神というよりあまりに人間的だった。

辻　人間くさくなっちゃったね。そして、あそこで失われてしまったものも、あるね。北欧神話でも、そういう感じだが、でも、たとえばベルイマンの映画にもその名残りがある。

北　ぼく、そんなの知らんよ。

辻『処女の泉』とかにさ。

北　処女なんて、ぼくにはもう関係ないよ。……あ、失言、話を戻してくれ。

辻　でね、そのなかで、たとえば、サンドウィッチを食べようと思って、弁当を開くと、パンのあいだにひき蛙がはさまれている。あれなんか、ものすごい無気味な映像だよ。あそこでも、〈オーディン〉と北欧の神さまを呼びかけるところがある。

北　ギリシアというのは南だから、非常に貧しい岩山だらけだが、まだオリーヴがあったり、強烈な太陽の光も注いだわけで。北欧というのは、少くとも冬はもっと陰惨だからな。

辻　ゲルマンの神話だって、そうだ。ゲルマンの神話に出てくるような、神も人も皆殺しになっちゃうような、なんとも陰惨な〈悪〉のイメージ、〈悪〉が支配するああいうイメージは、ギリシアのむかしにはあったけれども、しかし人間化されて以後は、なくなってしまう。でもやっぱり、本来的には何か無気味なものが、〈悪〉の本質にはあるんじゃないか。

北　無気味なもの？

辻　人間の感覚では処理できないような、――気持がわるいとか、恐ろしいとか、要するに人間の感覚が許容できないようなものがね。

北　人間が誕生したころは、他のいろいろな爬虫類やなんかが……、あれは滅びたあとだな。しかしまあ、哺乳動物のでっかいやつ、もっと逞しいやつがいて、人間はひ弱な存在だった。それでまず感じたのだが、無気味さだとか、おっかなさだとか、不安だとかで……。

辻　そういうものが、〈悪〉というようなかたちで擬人化されているね。シェイクスピアの芝居なんかでも、後期になればなるほど、だんだん〈悪〉の意識が濃厚になってくるじゃない？　初期のは、非常に楽しい、『真夏の夜の夢』とか、『十二夜』とか、フォルスタフが出てくるような芝居があって、もちろん『リチャード三世』みたいな〈悪の権化〉も出てくるけれども、しかしそれが、だんだん後期のほうになると、『リア王』とか、『マクベス』とか、『オセロ』とか……、『ハムレット』なんかでも〈悪〉の無気味さが濃くなっているね。

北　堂々たる〈悪〉ですよ。ちょっと四角定規だけれどもね。シェイクスピアのあれは、偉大なる悲劇であるけれども、彼は喜劇も書いているから、よりいっそう偉大であると認めたいね。

辻　『リア王』なんかで無気味なのは、あの道化が出てくるからなんだ。あの道化が、可笑《おか》しなことを言うでしょう。そうするとそれ自体が、無気味な、いまで言う〈ブラック・ヒューモア〉というやつになっている。あれは、すごいね。もしあれが、ただ単純に悲劇がおこなわれているだけで、ああいう道化の存在、〈笑い〉とか不条理な感じがなかったとしたら、あの恐ろしさ、無気味さは、出てこないと思うな。

北 すべて相対的なものだからね。無気味さも、可笑《おか》しさも、その対応物がなければ、成立しないし、天ぷらそばばかり食べていると、インスタントラーメンは……。あ、また……。まあ、いいや。こういうほうが断絶があって、……じゃない、比較があって、いいでしょ。

辻 ところが日本の文学のなかには、そういう意味の〈悪〉、あるいは恐怖そのものを、ああいうかたちで、西欧文明のなかにおけるほどに突きつめたものは、いままであまりなかったと思う。

北 突きつめるという、そういう執念深さというのは、向こうのほうがすごい。肉食動物だからね。

辻 すごく感ずるんだ。それから、個性化する力ね。

北 個性化するって、何を？

辻 概念をさ。たとえば、日本の作家だと、秋声の人物にしろ、志賀直哉の人物にしろ、存在してはいるのだけれども、ある概念が個性化されて歩いているようには感じないね。ところが、たとえば、馬に乗った憂い顔のやせた老人が、ろばに乗ったでぶの男を連れて来たら、すぐそれとわかるね。これは、ドン・キホーテ以外ではありえない。そういうふうな、徹底的な個性化があるでしょう。一人の身分のある若い男が、青白い顔をしてお城の中を考えこみながら歩いていれば、すぐそれとわかる。髑髏《どくろ》でも前にしていれば、いっそうハムレットであることがはっきりする。つまり、そういう意味の個性化というものが、あらゆるところにある。〈悪〉自体に対しても、すごい個性化となる。漠然とした〈悪〉じゃない。東洋には、父とか、母とか、兄弟とかいう素朴に与えられた人間関係は存在するけれども、〈人間〉という存在概念がつかめなかったように、〈悪〉そのものの概念を追求し、それを徹底的に個性化するということは、やはりほとんどなかったのじゃないか。

北　やはり東洋は、日本もそうだけれども、ちょっと慈悲深い精神が多すぎた。なにか救われたいなんていう気持が、ありすぎたからね。

辻　絶望感もまた簡単にやって来る。けど、西洋流の徹底した絶望というのは、あまりないね。

北　いま、一部の学生も元気だけど、機動部隊のおまわりさん、何を歌っていると思う？　熱意に燃えちゃって、歌っているんですよ、〽昭和維新の明けの空……。これ、五・一五事件の青年将校の歌ですよ。

辻　なにか非常に狭い、それだけ過激化した国家主義と、一種の満たされないプライドみたいなものとがいっしょになって、そういうロマン性を鼓吹《こすい》しているんじゃないの？　それが、かなりのインテリにも浸透しているし、またそういう発言が、非常に強くなってきている。トーマス・マンが、第一次大戦のあとで、ドイツ性というものから訣別したように、どこかで〈普遍的な人間〉というものの考え方に立たないと、やはりまた同じようなことが始まるんじゃないかと思う。

〈人間〉という観念は、マックス・ウェーバーによると、むかし中国ではなかった、と言うんだね。もちろん、日本にもなかった。いま言ったように儒教では、親とか、子とか、近隣の人とか、妻とかという観念はある。だから、親に孝とか、君に忠とか、夫婦相和すとかいう美徳は、ある。ところが抽象的な〈人間〉という観念はないから、それに対してわれわれは忠誠でなければならないとか、愛をもたなければならないという考え方も、ないのだという。これはやはり、ギリシアから生まれ、ギリシアの精神を批判的に伝えたキリスト教の思想なんだ。ギリシアとキリスト教がなければ、〈人類愛〉という観念すら生まれてこなかったわけだ。

北　ギリシアの知性は、いろいろな書物によって、いまも伝わっている。ただ、ギリシアなんかにもその権力形態が、もちろんあるわけでしょ。とにかく知性人は、やたらとギリシアを讃美しすぎるところもある。いくらかは錯覚のなかでね。

辻　それはあるな。とくにヨーロッパにはその伝統があった。スタンダールなんかは、それを皮肉っている。

北　あれは、非常にすごい封建社会であってね。

辻　スタンダールなどははっきり、野蛮な社会だった、と言っている。

北　しかもあそこには……。ぼくは、文学は男子一生の業にあらず、なんて、躁病のときにはすぐ考えるからな。缶詰製造業者になって、それから実業家になると言ったら、遠藤周作さんから、なんだ失業家かァ、なんて言われちゃったから、誰かに聞いたフランス語を持ち出して、実業家でもグランの、と形容詞をつけたの。〈グラン（大きな）〉なんていうフランス語を、なぜぼくが知っているかというと、これはつまり、いまはアメリカ医学がずいぶん入ってきているけれども、むかしはドイツ語一点ばりでしたでしょ。ところが癲癇の症状に〈グラン・マール（大発作）〉と〈プチ・マール（小発作）〉というのがあるの。それを初めて定義したのがフランス人の医者で、それをドイツが輸入したので、日本にも伝わってきたわけで。他にもフランス語の熟語が二、三、精神医学界にある。フランス的な思考の、あるいは先覚者たちのがね。それで〈グラン〉と〈プチ〉……。〈プチ・プランス（星の王子さま）〉なんて、ぼく、女学生みたいに知っているわけなんだけど。……何の話だっけ？

辻　君が実業家になろうとした話。

北　あ、そうだ。知りもしないフランス語を持ち出したら、遠藤周作さんにまた、何だそれ、料理の名か？　なんてからかわれちまったんだけど、英語だと、貫禄がないでしょ。フランス語だって、他愛もない言葉だしね。だから、こんどはギリシア語かラテン語ぐらいにしたら、さすがの遠藤氏もおそれ入るだろうと思って、河野与一先生に訊《き》いてみたら、少くとも〈大実業家〉なんていう言葉は、ないんですって、ギリシアには。

辻　それはそうだ。

北　つまり、ちょっと金持になると、まわりから、滅ぼされちゃうんだ。

辻　だいいち、〈実業家〉という観念がない。ローマにもね。

北　権力者はいたけどね。

辻　にもかかわらず普遍的な〈人間〉という観念は、要するに、ギリシアからはじまって、常識的な言い方をすれば精神的な遺産になって伝わっている。そういう野蛮な状態から生まれて、いろいろな歴史的なプロセスのなかで練り上げられたものとしてね。

北　古代ギリシア人って、やっぱりすごい知性だね。ちょっとわるいけど、また医学の話をすると、〈胆汁質〉という言葉があるでしょ。胆汁の色が黒いのはメランコリーだとかね。あれ、他愛もないものだと思っていた。ところが、いま岩波からアリストテレス全集が出ているでしょ。あれ読んだら、迫力があるねえ。もちろん近世科学から言うと荒唐無稽だけれども、単なる解説や教科書で読んで、ああバカバカしいなんて思ってたが、生まの、アリストテレスが講義で執拗に繰り返し繰り返した説を読んでみると、これは象徴的な意味で近代科学の分類法よりも人間をよく表わしているんじゃないかという気持も起こってくる。要するにぼくが言いたかったのは、いろいろな理論があるが、その原典にあたると、やはりそのときの、その人間の、じかの体臭とか意図もわかってくるということなんだ。それを押しつづめて、むかしの一つの学説だなんて、教科書に何行かに要約されてしまってあるのだけを読むと、なんて単純なものだと思っちゃう。それが貴重な翻訳が出たおかげで、あの偉大な人間の直接の考え方が、というより息吹きが感じられるわけだ。

辻　一種の重みといったもの、迫力があるね。人は、頭では何でもわかるんだ。しかし頭でいくらわかっても、それだけではどうにもならない。たとえば盲腸の手術を、いくら本で読んで頭でわかっていても、実際に切ったり縫ったりできなければ、役に立たない。読んだ知識と、実際に実践できる知識、——身体のなかに入っている知識とは、これは別なんだ。もっともこれは、実用的知識のことじゃないよ。

北　ぼく、辻に皮肉られて、ちょっと高邁めいたことを言ったのを後悔している。そこで、盲腸手術というのはだね、野戦病院なんかは、衛生兵あたりでも、やれる。

辻　やれるわけでしょう。

北　ところがね、かつてインチキの医学博士だったぼくがやると、そんな最も簡単な手術で、まず人を殺しちゃう。だから、やっぱり両刃の剣というのは、あるな。

辻　まさに知識に、そういうものがあるね。日本が、ヨーロッパとか、アメリカとか、あるいは中国から文化を吸収したばあいも、出来上った知識から入っていったので、どうしても実践的基礎が弱い。頭ではものすごくできてもね。衛生兵がやるような、そういうものが、実践的な基礎にあって初めて、ほんとうの盲腸手術の知識にまで高まっていくわけでしょう。ところが上から来た、頭だけの知識をもっていても、それが下から実際にものを動かしていく力と、いっしょにならない。そういうずれが、日本には、いたる所にあるね。

北　盲腸についてはいろいろな説があって、たとえば葡萄《ぶどう》の種子なんかが原因で起こるなんてのが、むかしあったね。ぼくは、山梨の精神病院に赴任して、そんときは、あんがい働いた。ヒューマニズムに燃えて、患者を治療しようとした。でも、治らんのは治らんね。治るのは、ヒューマニズムがなくっても治っちまう。ここらへんが、むずかしいところだけど。ともかく山梨県では、葡萄を種子ごと食べるんですよ。種子をとると渋いんで、丸ごとつるりっ。で、虫様突起炎を手術してみると、葡萄の種子が原因になっているというのは、あることはあるけれども、山梨県が他の県に比べて盲腸炎の発生率が多いということは、ぜんぜんない。盲腸炎て、肉体の炎症でしょ。しかし精神的要因もある。航海中なんかによく起こると言うのも、嘘じゃない。あれ、単純きわまる病気なんだけど、しかしこれ一つとっても複雑怪奇なんだ、人間の肉体っていうのは。精神から影響されて肉体が複雑になっているんだな、人間っていうのは。肉体そのものだけなら、他の哺乳動物とそれほど変わりなくともね。

辻　やっぱり、精神というものは、つねに病める部分であり、逸脱した部分じゃない？

北　だから、その逸脱というのは、褒めれば讃えられるけれども、まあ変な、怪しげな存在だな。地球上にこれだけの生物がいて、いわゆる知性をもっているのは、まず人間以外にはいない。ぼくのアルコール占いによると。これ、ちょっと困るね。

辻　それでも、人間に匹敵する知能をもっている動物がいてね、馬なら馬が数学もやる、家も持つ、別の文明みたいなものをもって、オーストラリアあたりに国をつくっているとしたら、これまたずいぶん困ると思わない？

北　でもね、おたがいに戦争なんかしあったりしても、おたがいがもう少し利巧になるでしょ。人類ただ一種では、困るね。でも、うまいぐあいに、みんな肌の色の違いなんかで、おたがいに他生物と見なしあって、戦争なんかしあってきたから、逆説的に言えばまあいいわけだ。なまじっか、むかしから〈ホモ・サピエンスだ〉などと称して仲よくしていたら、精神が鈍麻して、衰退に向かっていたかも知れんな……。これ、読者のために注しておくと、半分冗談、半分アイロニーだよ。これからの世界戦争は、個人で逃げられるものじゃないからね。疎開も、亡命もね。

辻　それは、そうだね。

北　そういうことを考えるとギリシア人は、殊にギリシアの哲人は、すでにあのころに、最も進歩した思想、しかもほとんど現在も越えられない思想をつくりあげちゃった。あれから人間は、ほとんど思想的には進歩していないね。

辻　それは驚くべきことだね。

北　地球は丸い、なんていう科学的知識だって、もうとっくに知っていたのに、そのあとで、かえってそれが、わからなくなっちゃうんだから。

辻　ふしぎなことだね。

北　そういう断続というものが、あると思うの、人類の歴史には。それから、一個人の人生のなかにも、それがあると思う。あるとき賢明で、またあるとき急に愚鈍になるっていうことが。

辻　〈迷い〉と言うと変だけれども、やっぱり、そういう闇のなかに入るということはあるね。

北　中世の暗黒時代というのも、人類の歴史の一つの象徴みたいなものだな。あのときの、いわゆる暗黒に閉ざされたなかに、あとのルネサンスやなんかの開花に通ずる、深い、もやもやがあったわけでしょう。あれを通過して、人類はまたバーッと上昇してゆく。だから、ぼくくらいの大バカも地球に存命していいんだ。ぼくの本を読むと、あんなバカにはなりたくないって意志を、若い人だって奮い起こすことでしょう。

辻　仏教の言葉に〈往相〉と〈還相《げんそう》〉というのがあるらしい。詳しいことは知らないけれど、ともかく、極楽浄土で成仏《じょうぶつ》したいという念願と、もう一度この穢土《えど》に帰ってきて人びとを済度する願いのことらしいが、たしかにものは往《い》きっぱなしじゃだめだ。ものを見たり、考えたり、それから聞いたりしても、その限りでは、やっぱりだめなんだね。つねに、どこか中心点というか、われわれの具体的な生活に帰ってくるものがないと、われわれにとっては、ほとんど空しいという感じがする。

北　それは、他愛もない振り子みたいな……。ただ、人間が他の生物よりちょっとばかり偉いというのは、いろいろ振幅はあっても、ゲーテが、いちばん大切なのは〈ハーモニー〉だということを言ったでしょ。それが、人間の本性のなかには、いくぶんかは含まれているようだ。愚劣さや兇悪の本能と同時にね。振り子みたいに揺れていながら、けっこう中庸をとっている。だからこそ人間は、まだ滅びないできたと思う。どっちかが極端になった時代が、最大に危険だね。均一の色になったら、怕《こわ》いし、いやだよ。

辻　ついこのあいだ、ああいう戦争の災害があって、ぼくらも、おたがいに飢えていた。そういう状態があって、いま繁栄していて、両極端の社会状況を知っているわけだけれども、いままでさまざまな歴史とかその他のことで、人類の愚かさも知り、いままで犯してきた欠点のさまざまな原因もわかっていながら、しかし現在どうすることもできないで、手を拱《こまね》いているような状態が、一方にある。

北 〈雀百まで……〉ですよ、わるい意味のね。でも、もうちょっと別な要素もあるな、人類の本能のなかには。いや、人類の本能じゃない、生命体には、進化の法則というのがある。

辻 でも人間というのは、その進化の法則から外れちゃって……。

北 かなり逸脱してはいますね。これは昆虫学をやったから、ぼくにも少しはわかる。でも、人間だって動物に変わりない。

辻 ただ、逸脱した部分は、人間の自由な裁量に任されているね。マンの『ファウスト博士』の最後に、主人公の作曲家レーヴァーキューンが嘆くところがある。われわれは自由である、ところが自由であるがために純粋の主観のなかに投げ込まれてしまった、と。だから、非常な苦しみを負って、自由ではない自分を拘束してくれるもののなかに、つまり、いま君の言った生命体の原理のようなもののなかに包まれて、そのなかに入って不自由になりたいという欲求をもつ、と言うんだな。人間はそういうふうになりたいと願う。つまり、自由にほんとうに目が眩《くら》んでしまって、自由が自由でなくなる瞬間になっている、と。近代芸術も一つの危機の現われだと、レーヴァーキューンは言っているわけだ。それと同じように、人間が自由になりすぎて、自由裁量に任されているばかりに、しだいしだいにだめになってゆく。どこに本来の行くべき道があるのかということが、わからなくなりつつある……。

北　まあ、いまのところちっちゃな波だな、静かな海のうねりくらいの。しかしあと一世紀以内くらいに、荒海の、あるいは地球誕生の沸騰する原始の海の凄い波立ちが来るかも知れない、とぼくは予感する。いま、人間的な意味で自由ということを君は言ったけれど、また同じ生命体のふつうの動物、——鳥やけものなんかも、これはもっと可愛らしい意味で自由かも知れないね。しかし、それを操っている影の〈本能〉というものがある。

辻　それが、言うところの自然法則。あるいは、神の摂理と言ってもいいけれども。

北　〈神〉なんていう概念は、ぼくはまだわかんないけれども、たとえば……。辻は、SFはあまり知らんだろう？　アメリカの第一期SFの繁昌期にE・E・スミスという作家が、巨大なる荒唐無稽な作品を書いている。つまり、ある古い知性的生命体があるが、これはホワイト・マジック的な、——善意の知性体というわけですね。逆に悪意の知性体というのも他方にある。地球やなんかに人間が生まれていても、これは蛆虫《うじむし》みたいなもので、ほとんど知性のかけらも見られないところ。善意の知性体は、悪意の敵が宇宙を支配しちゃわないように、その地球人というものに目をつける。こいつらは将来かなりの知性体になれるというわけで、ひそかに地球人のなかにもぐり込んで、教育にかかる。そうすると、もちろん悪意のやつもやって来ている。こいつらは地球人を奴隷にしよう、ぐらいの調子で。そういうわけで、アトランティスの繁栄と陥没から、重要な歴史は全部、その双方が陰で操っているんだ。人類は他の高度の存在を知らず、愚かにも戦ったり、平和を結んだりしている。しかし真相は、どっちかのずっとケタ外れな知性体に操られているわけだ。これ、他愛もないようでいて、神や悪魔の別の表現とも言えて、あんがい面白いよ。

また、この宇宙は姿かたちもないほどの巨大なる宇宙生物で、人類は単なるその一細胞にすぎない、なんていうSFもあるよ。えらく規模雄大で、荒唐無稽だけれども、しかし宇宙というものが、どだい荒唐無稽なものでしょ。宇宙の果てが無限だなんて、これ、ぼくは、子どものころ、ほんとかどうか考えこんでしまった。したら、これは、ぼくの貧弱な頭脳を完全に狂わせた。どう考えてもわかんない。〈無限〉という概念は、生理的にも摑められないわけね。ただ宇宙が透きとおって、真空であって、行けども行けども、どこまでも果てがないということは、頭がついて行けない。しかし、もし果てがあったとしたら、そこには壁かなんかが立っていて……、したらやっぱりその壁の向こうには何かがあるはず、とこう考える。それで、子どものぼく、ノイローゼになりかかったね。あんがい、そいつが、科学じゃなくて、ぼくの最初の文学的悩みだったかも知れない。

辻　それは、まさにね。

北　いまは天文学がずいぶん発達してきて、もっとわかったようでいるけど、たとえば大宇宙は膨張しつつあるとか、むかしからいろいろな説があるでしょ。ところがまだ、〈無限〉の概念は摑めていないらしい。このまえ、近世天文学に詳しい人に訊《き》いたけれども、人間の思考が及ばないということがあって、宇宙の〈無限〉概念というのは、この二十世紀後半の最高の天文学者が、いろいろな仮説はつくっているけれども、結局はいまだに人知の及ばない概念なんだって。

辻　そういう〈永遠〉と言ってもいいし〈ハーモニー〉と言ってもいいけれども、やはり人間を超えているもの、人知の及ばない存在があって、結局はぼくらはそこで死ぬわけだけれども、そういうものが、人間やなんかをどこかで支えている、というふうにでも考えるわけ？

北　人間は、他の地球上の他の生物よりは意識的に、か細い知恵をいろいろと絞って、努力してはきたよね。そう自分ではやっていると思っているけれども、しかしもっと別の、いま考えられている以上の本能の流れとか、あるいは、かりに〈神〉と名づけられる存在とか、そういう宇宙的原則の範囲のなかで、ひょっとすると人間のひとりひとり、いや、集団であれ国家であれ、そういう不可知なものに操られているかも知れないと、夜ふけに酔った時など、ふっと考える。

たとえば、人間が月なんかへ行きたがるというのは、これはソヴィエトとアメリカの、まあ人工衛星を開発して戦争したときに有利になるとか、あるいは国家威信の発揚になるとかいうようなことのためだ、なんて言われるけれども、しかしそれは、もっと何ものかに、無意識に操られているのかも……。人類というのは、金のために冒険航海もした。インドの香辛料欲しさに航路も拓けた。けれども、もっと何か、無目的な何かがあるような……。

辻　そういう意味の宇宙空間への冒険でも、かつての大航海の冒険でも、そうだけれども、文学の冒険のばあいにだって、ほとんど無意識的な衝き動かされる力というものが、たしかにあるな。

北　これだけ人間たちは少しは勉強して、この生き方が善だとか、向こうが悪だとか、意識し意欲してやっているように見えて、しかし結局は、やっぱり無意識の領分のほうが大きいから、それがどこへ流れつくのか、人知では及びえない。そういう視野から見ると、か細い存在ね、人間というのは。と同時に、か細いがために、雄大にも、栄光にもつながってゆく。だから結局はイロニーですよ。両刃の剣だな。その両方の発想をね、それをぼくは、ちらと頭の片隅に意識して、死んでいこうと思う。

辻　やけにパスカル的じゃないか。

北　皮肉るなよ。

辻　いや、いや、ほんとの意味で。

あとがき

辻 邦生

私が北杜夫と初めて会ったのは昭和二十年六月のことだから、今年でまるまる二十五年になるわけだ。北も、私も、気が若いほうだから、とてもそんな歳月が経過したなどとは思えない。実感として、まあ七、八年たったぐらいの感じである。だが、こうした歳月への多少の感慨があったためと思うが、「まえがき」にあるように、昨年、私たちがチューリヒからチロルにまわったとき、一緒に何か仕事をやってみたい気持になり、そんな話が、まず「対談」となって実現したのである。

北はもともと文学談などは嫌いなたちで、そんな空語を連ねるくらいなら昼寝をしていたほうが遥かに精神衛生に役立つと信じている人物である。私は逆に、生まれてこのかた、文学以外にはどうも興味がもてず、暇さえあれば文学の話しかしない一介の文学青年にすぎない。その私に北杜夫が付き合ってくれたのは、むろん彼の寛容な精神のせいだが、さらには、こうした空語のなかにも、彼はけっこう人生の愉しみを発見する不思議な能力を備えているためと思われる。

彼が〝マンボウ航海〟の途中、パリの私の下宿に寄った際のエピソードはその航海記のなかに詳しいが、事実、あのとき、北がル・アーヴル行きの列車に乗り遅れ、見送りに行った私のほうが呆然としているのを、「平気、平気」と言って肩を叩いて、「作家というのは何が起こってもかまわないんだ。すべて書いてやれるからね」と力づけてくれたのは、北のほうだった。

私は、いまも、あのときの彼の言葉が、はっきり耳に残っている。それは、当時さまざまの問題で思い悩んでいた私に、啓示のように閃いた言葉だった。この言葉のなかには、小説家の本質がすべて含まれているばかりでなく、人間が生きるに際しての余裕と知恵が、はからずも、生きたかたちとして与えられていたのである。

もっとも、昨年パリに現われたときは躁期に当っていて、シャンゼリゼーの真ん中で「アイ・アム・ア・ヴィップ」と怒鳴られて、私は周章狼狽した。たしかに、躁期の北杜夫には、私など常人にはついてゆけぬ何か壮大な途方もなさがあるのである。(もっとも、鬱期の彼は、アンゴラ兎のようにおとなしく上品で、気弱になる。)だが私は、そのために、いっそう北杜夫の才能を信じたい気持がする。私は、そうした壮大な北杜夫と世界漫遊をやって、それこそガルガンチュワそこのけの生を真に生きられたら、どんなに素晴らしいことだろうと思う。哄笑、爆笑、微笑が、つぎからつぎへと生まれて、世間に気がねしながら暮らす島国根性を、すこしは吹きとばしてくれるかもしれない。

私は年とともに、北杜夫のもつこうした途方もないスケールの大きさに気がつくようになった。文学というものは、もともと生気が枯渇してゆく生活のなかに、精神の養分を注ぎこんで、生命本来のいきいきした輝きを取り戻させるものである。文学を読むとは、決して世をはかなんだり、隣人を白い眼で見たり、孤高のなかで眉をしかめてみせたりすることではなくて、逆に、生命の本質が歓喜である事実を自覚することである。

私たちがこの「対談」のなかで、多少とも何かを語りえたとすれば、それは、生命とは歓喜であり、文学はそれを自覚させる手段だ、ということであろう。むろん、文学はさまざまなかたちをもち、それぞれに存在理由をもつ。しかし古典と言われるほどの作品は、ベネットが言うように、すべて例外なく、このことを含んでいる。

現在、私たちは、決して生命が歓喜であると単純に言いきれぬ時代に住んでいる。そこでの文学もまた、苦渋にみちた表情をもっている。しかし北も私も、ともに、「そういう時代だからこそ、いっそう私たちは真の生命をとり戻そうではないか。笑いや、でたらめや、多少のいたずらや冗談によって、コチコチに形式化した人生、青ざめた人生、眉をつり上げ眼をいからせた人生に、潑溂とした愉しい気分をとり戻そうではないか」と言いたいのである。

この「対談」には、少くともそうした気持を一貫させたつもりである。もちろん、北も、私も、あまり論理的ではない。まして二人が会えば、公的な性格をもたせたいと思う「対談」でも、どうしても私的要素が混入してしまう。私たちは、もちろん、できるだけそうした点には注意したつもりである。しかしそれがかえって北や私の交遊や意見をよく反映するような部分は、むしろ残すように努めた。

一九七〇年初夏

II

ぼくたちを作ってきたもの

トーマス・マンについての対話

意志の人

辻　病気の報せが伝わったとき、マンのことだから今度も病気を克服してくれるだろうと期待したんだが。

北　しかし自分で予言したよりも十年長く生きてくれたのだから……。マンは略伝の中で、一九四五年に、七十歳で死ぬというふうに、半分本気で書いているね。この予言は幸いに外れた訳だが、この外れたことからでも話していこう。

辻　一九四五年っていうと、我々の戦争が終った年だ。だがその予言はまるっきり嘘じゃなくて、事実生物学的最低点に達したと彼は書いている。

北　例の肺の手術だね。アメリカ医学がマンの予言を妨げたという訳か。

辻　外面的にいえばそうだ。しかしあのときマンは『ファウスト博士』を半分まで書きあげていたのだ。だから彼にしてみてもどうしても生きなければならなかったし、また実際生きちゃったんだ。

北　つまり彼のいわゆる意志だね。

辻　ニーチェはすべての自然死も自殺だというふうにいっているが、どんな死も生への意志を放棄することなんだ。この思想をマンは早くからくりかえし作品の中に描いている。

北　小フリーデマン氏の場合もそうだし、トーマス・ブッデンブロークだってそうだ。極端な例は『幸福への意志』の主人公だね。彼は恋人と結婚するという意志があったから生きられたので、結婚したと同時にその意志には意味がなくなってしまう。だからその夜に彼は死ぬ……。

辻　そんなことをいえば、マンの作品の主人公は、ほとんど意志の人じゃない？『悩みのひととき』のシラーだって、『選ばれし人』のグレゴリウスだって。『ヴェニスに死す』のアッシェンバッハの場合にも、意志の崩壊がすなわち死を意味している。

北　トーマス・マン自身もたしかに意志の人だったし、芸術に対してもきびしい考えを持っていた人だ。だけど意志とか厳格とかいうと、人はその一面しか感じないかも知れないが、なんていうか……。

辻　そうだね。伝記や私生活について書いたものを見ても、一つ二つの言葉でいい表せない複合体らしいね。クラウス・マン——マンの長男——がこんなことを書いているんだ。トーマス・マンが幸福な結婚をして市民的な生活を築いていったのは、死への共感を克服する策略だったのではないか、というんだけどね。だけど、クラウスのいってるのも少し単純すぎやしないか。マンという人は、もっとしぶとくて、粘液質で、いかにも小説家らしい小説家だ。

北 そのクラウスの自伝には、こんなところがある。ナチが政権をとったころスイスにいるトーマス・マンのところにクラウスが電話をかけるんだ。ミュンヘンに帰ってきては危険だというわけなんだね。盗聴されるおそれがあるんで、天候が悪いとか何とかほのめかすんだが、親父には一向にピンとこないらしいんだ。「けっこうだよ。わしは帰りたいんだ。明後日こちらをたつよ」てなことをいう。とうとうクラウスはやけくそで、「いけません。来てはいけません」というところがある。あそこなんかは、ぼくはとても面白かった。何といっていいか分らないが、マンらしくなくて、そのくせ、いかにもマンらしい挿話だと思うよ。

辻 いろいろの意味をこめてね。しかしこの挿話だけだと、君のいう「マンらしさ」は人に通じるかどうかかな。

理解ということ

北　どうもすこし飛びすぎたかね。ただぼくがいいたいのは、マンを語る場合、生と精神の対立とか、戦闘的ヒューマニストとか、そんな図式的なことだけじゃなく、忘れっぽいとか、メモをどれほどとるとか、葉巻を何本ふかすとか、そういうこととみんなひっくるめて眺めてみたい。誤解を招きそうないい方だが……。

辻　いま君がちょっといった戦闘的ヒューマニズムね、たしかにそれだけを強調するのはマンの一面しか取りあげないことになる。戦後、日本にマンが再び紹介されはじめたときには、政治的立場が強調されすぎた感じだった。

北　ぼくはそれも悪いというんじゃないが、マンはやっぱり『ブッデンブロークス』から読んで貰いたいな。そうしないと、例えばヒューマニズムならヒューマニズムという言葉だけをうけとって、どういうふうに、それが彼の中で育ってきたか、理解することにならないんじゃないかね。

辻　しかし、あまりその実生活というか、生身の生活に即しすぎたり、生のままの感情にこだわったりばかりしていると、かえって作品を理解したり、作家的成長を考えたりする手がかりを無くすことになりゃあしないかな。

北　じゃあ、やっぱり精神と生命などという対立命題の方に話をもってゆくか。
辻　もちろんそれだけじゃダメだけれど、いわば、マンおよびマンの作品との直接体験みたいなもののうえに、理論的な見通しを与える方が、いいとは思うね。だから必ずしも従来たてられた概念規定にだけこだわる必要は全然ない。
北　確かにそうだ。例の対立命題にしても、高橋義孝が書いている「マンの文学を鑑賞する上の大きな妨げとなった合言葉や通念」となってしまう恐れがある。けっこうあのイロニーは人をだますからね。ただ「妨げとなった」というのはひねった表現で、全くあのアンチテーゼに触れないという訳にはゆくまい。あの思想は単なる頭脳的所産じゃなくて、もっと生理的な匂いがするからね、その生理的な魅力なんだ。晩年になって、ああした主題が復帰してきたことからいっても、それは裏付けられると思う。
辻　生理的っていうと具体的にいって？
北　彼の素質なり環境なり、それから生れたいろんなコンプレックスなり——生身に密着したという位の意味だけど。
辻　勿論リューベックの旧家で何代かの精神化が行なわれたあと生れてきた芸術家気質ではあるし、時代的にいってもいわゆる世紀末の気分が彼自身の中に反映していたことも事実だ。ただ、いま君が生理的といったのは、こういう事よりももっと個人的な、例えばマンの性格とか癖とかいったようなものにまで、影響する体質みたいなものとうけとるがどうかね。

北　ずっと広い意味のね。個人的なものだって当然社会的なものに影響されるし……。マンが『トニオ・クレーゲル』を書いたのは二十八歳の時だったね。それからだんだん、そうしたアンチテーゼを、綜合へとむけて行ったんだが、単なる頭だけの所産だったらもっと早く克服されたものに違いないと思う。

辻　うん。芸術には体験という貴重な地盤があってこそ大きな成長をとげるものだ。元来そうした自然発生的な無意識的な働きが芸術家の中にあるものなのだ。マンにしたって、例えばあの厖大な『ブッデンブロークス』を書くのに、キイランド風の商人小説を書こうとしたのが直接の動機だったといっている。

北　要するに、以前行なわれたような、例えばペータアがやっているように、ある時代の作品は〈精神〉が優位に立っているとか、その次には、〈生命〉の立場が強調されるというような見方は、あまり意味がないと思うな。

ブッデンブローク一家

辻　じゃあ、そういう事を前提にして、一番はじめに『ブッデンブロークス』を見てみよう。

さっきいったこの小説のささやかな意図に反して、世紀末の時代一般を大きく反映したこの傑作は、マンの生活にきざまれた多くの現実の像からできあがっている。そのへんについて——。

北　一言でいうと、驚嘆すべき作品で、二十五歳でこいつを書きあげたという事実が驚嘆すべきことだね。あと五十年、百年たてばマンの作品の中で残るのは、これだと思う。マン自身『ファウスト博士誕生』の中でそんなことをいっている。これはやっぱり大したことだ。何故ってお偉いお爺ちゃんというものは、若い頃の作品を大てい好まないからね。現に『ファウスト博士』や『ヨゼフ』を完成した彼が、こういうことをいえるのは大したことだと思うよ。『ブッデンブロークス』は何だかマンだけの力じゃなくて、時代が自然と産み出した作品のような気がする。

辻　でも本当からいったらあれだって一種の私小説と見ることができやあしない？　つまり克明に彼の身辺の、また彼の身辺を産み出した歴史を、描写した限りでは……。ただそれが見事に客観化され典型化された所が、いわゆる日常的な狭い経験を書き綴った私小説とは決定的に違うけれど。

北　そのとおりだね。その点『マリオと魔術師』なんかは、一番日本の私小説作家の参考になるだろうね。『ブッデンブロークス』の登場人物はそれぞれあまりにも生き生きと描き出されているが、彼の身辺からモデルめいたものを探してみようか？

辻　トーマス・マンの父、ハインリッヒ・マン（トーマスの兄と同名）という人が、トーマス・ブッデンブロークのようなタイプだったらしいが……。そのハインリッヒが、実際南米からドイツ人とブラジル女の混血少女をリューベックへ連れ帰って来たんだ。これがまあゲルダの原型だろうね。あのクリスチァンにはモデルがあるのかい？

北　マンの叔父にフリーデルって人がいる。これが精神分裂のヤクザモノで世界を股に放浪して廻ったそうだ。一番問題なのはトーニイだね。

辻　そうだ。トーニイは直接には叔母のエリーザベトがモデルといわれているが、しかしマンの姉のルーラと妹のカルラなんかは、非常に特異な性格を持っていたらしい。妹の方は、男好きのする派手な性格の女で女優になりたがっていた。揚句の果は、恋愛三昧の後、若くして自殺した。姉のルーラも、大分あとになってだが自殺している。それぞれ事情は違うけれどその誇らかな性格の点から、どことなくトーニイを連想させるね。

素材と主題

北　まあそうだろうね。あの年齢であれだけの人間像をうかびあがらせるには、何か原型があっていい。また、マンという人は、後年になってからも、たとえファンタスティックな作中人物でさえも、現実から原型を持って来ていることがよくある。『魔の山』

のペーペルコルンに、ハウプトマン、ナフタはルカーチの外型を持って来ているように。

辻　マンが書いているが、『ヴェニスに死す』の中のおしゃれな老人――ほっぺたに紅をさしすっかり青年気取りではしゃいでいる老人――なんかも、マンが実際に目撃した光景なんだそうだ。

北　ぼくは、それは知らなかった。『ヴェニスに死す』のあのへんの箇所は非常によく計算されたマンの技術だと思っていた。少しこみいって来るけれど、アッシェンバッハがヴェニスに着くまで、この厳格な芸術家の規律をゆがめて行くいろんな材料が使われているね。例えば、みせかけの真夏とか、旅人めいた男とか、老朽の船や、せむしの船員、山羊ひげの男、いま君がいった青年のふりをした老人なんかがね。ぼくは、これらの設定にすっかり感心していた。

辻　勿論素材に対して、作品の主題から厳密な加工が施されているのは事実だけれど現実にある原型の持つ深さ、拡がり、そういったものの力を作品の中に、最大限に溶かしこもうとする努力は、その作品に架空のものでは不可能な現実性をあたえているようだね。こういう体験が、なぜこのように立体化され効果を持った部分となったか、そこの所は、どうだろう。

北　結局マンの場合には、主題が先にあってその主題のまわりに現実の事象が寄り集まって来たという感じだ。ところが、日本の私小説作家の場合、先に現実を書き並べて、そこからやっとうすっぺらな意味を引き出している、といったふうに見える。

辻　あまり主題だけを強調すると悪い意味の傾向文学の誇張に陥るけれど、だいたいにおいてはその通りだね。マンの諸主題を、さっきの図式化から離れて考えてみると、たしかに一貫したものがあり、始めの主題が作品に描かれることで克服され、新しい深い主題が表れるというふうになっている。マン自身「芸術家は常に新しきものを欲するものだ。青年期に好んだ或種のイデーの制作的刺戟は、時と共に消耗して背後に退くもの、精神と生のアンチテーゼそのものが、実は厳粛な現実の前には耐えられないある種の誇張がある」といっている。つまり現実が主題を修正している。この点からいっても主題に対する態度はレアリストのそれだと思うね。

北　そうだね。何かを表現しようと意図すること自体にそういう誇張がつきものだし、その後にはその誇張に対する態度が問題になって来る。精神と生命の対立にしても、単なる方法というか、制作の刺戟、といったようなものと見てもいい。

辻　精神と生の対立も君がいうように、あらかじめ抽象的な形でそれがあったのじゃなく、彼の生活――実際の生活にも、精神的生活にも――に深く痕跡を残した体験の純粋化といったような経過がみられる。『トニオ・クレーゲル』の中でトニオが、芸術至上主義の風潮になじめず生を憧れるというのも、トーマス・マンの実際の生活の中にそう感じられたからあれだけの具象化ができたに違いないと思うんだ。マンがあの当時のドイツの地盤で真剣に芸術を考える時、彼の中にすでに従来の芸術観では処理できないようなものが生れていたんだ。それを「生への憧れ」と呼んでもいい、ともかく、そうした矛盾が生れていたのだ。問題は現実に生きる作家が現実のこうした矛盾を敏感に感じとり激しく体験するということだ。それが自然発生的であったとしても、いや、あればあるだけ、作家の生き方の激しさを物語るものじゃあないかな。

『トニオ・クレーゲル』

北 『トニオ・クレーゲル』という作品は、マンの芸術観を解く鍵のようにいわれているが、今から見ればほんの入門書くらいに見た方が無難なような気もする。ただ何といっても、これは青春の書で、マンの中では抒情的すぎる作品で、広く読まれるのもそのためだろう。その前年に『飢えた人々』という習作を出しているが、これの成長した作品だろう。

辻 そういうと少しいいすぎだな。『トニオ・クレーゲル』は、あの時代のもっとも危機的な問題を呈示している。その点では時代の下に眠っている腐敗した箇所を鋭敏に感じとったものだと思う。例えば、ロシア文学について「聖なる文学」と呼んでいることなんかがそれなんだが……。

北　もちろんそれはぼくも認める。だがこの作品の持っているイロニーを距離としてではなく、むしろ密着として受け入れる時期が必ず人間にはあるものだ。そこの所で、いいかれてしまうと、高橋義孝のいう「合言葉」になってしまう危険がある。

辻　しかし、生活といい、文学といっても、一般的な形でのそういうものは、実際はありえない。あくまで『トニオ・クレーゲル』はドイツの一九〇三年の現実と精神風土と切り離すことはできない。そういう意味からいえば精神も生も決して合言葉にはならないと思う。問題は現在の我々がトーマス・マンの問題設定を、彼の作品の中では自然発生的だったのに反し、意識化し、歴史的な視野の中ではっきりと見るということだ。

北　君のように読んでくれれば問題はないさ。ちょうどその時代、日本じゃあ、独歩が『武蔵野』を書いているし、鷗外が『即興詩人』を訳しているし、藤村が『藤村詩集』を出している。こうやって較べてみると何かを感じないわけにはいかないね。

辻　結局トーマス・マンの教養と作品の対象は、西欧の市民社会というはっきりした性格がある。だからトーマス・マンの描いた像は、内面的にも外面的にも、この市民社会の歪み、危機、頽廃、崩壊、と固く結びついている。それをあくまで厳しい現実の形として、つまり厳密な客観性を持たせて描き出した、という点がマンの作品を同時代の、例えば、表現主義的な作品からはっきり分けている。

北　だが、そういう意図を彼は始めから意識していたわけじゃなかった。『ブッデンブロークス』なんかは、本当に個人的な半ば無意識的な産物で、マンのいう、個人を語ることがそのまま、世界を語ることになるというのが詩人である云々、の言葉を思い出させるね。少し話題が抽象的になっちまったが、もっと具体的な事柄を話して行こうか。

エロティシズムについて

辻　ぼくは、マンの作品に一貫して、非常に肉感的な描写があるのに気がつくんだが、マンのどこからああいうものが生れるんだろうね。

北　『ヴェニスに死す』で、アッシェンバッハの恋の対象として美少年を登場させたことについて、平田次三郎は、マンの奇怪なエロティシズムだ、と書いている。ちょっと引用してみると「マンの関心はこの異例な同性愛そのものにあるのではなく、それを手段としてアッシェンバッハの芸術の破局という所にあるのだ。それならアッシェンバッハの対象は、異性であってもよいのではないか。ぼくはここにマンの燦光を放つ所の潜勢的にして、先天的とでも称せようエロティシズムを感じないわけにはいかない」といっている。但しこの場合は、もし美少女であったなら、異性へのセックスに対する警戒の念がアッシェンバッハの中におこるだろう、純粋の美としてのみせかけを有する少年でなくてはならないという望月市恵の説をぼくは取るがね。もちろんマンを語る場合、いわゆるエロティッシュ、ないし、グロテスクなものを、等閑に付することはできないことは確かだ。それも晩年になればなる程いよいよ執拗に、あからさまになっているのは注意しなければいけないことだろう。

辻　マンの中のエロティッシュな描写の中で圧巻なのは、例の解剖学的なハンス・カストルプの愛の告白、マリオとチポラのショック的事件、『すげかえられた首』の中の、官能描写などかね。

北　御老体になってからは、『選ばれし人』の二重の近親相姦、子宮の狂い咲きを描いた『欺かれた女』なんか……枯れて行くのとはまるきし逆だものね。

辻　エロティックといい、グロテスクといい、それは決して現実の誇張としては表されていない点が重要だと思うね。悪い意味のデフォルメは少なくともそこにはない。マンにとっては、これらの相貌は現実のもっとも本質的な部分として感受されたのだ。

北　そりゃそうだが、それだけで片付けられる問題じゃあない。マンのあの端正な姿勢の裏側にやはり何かがあるのだろう。誰だったかが、この世の悪とか暗い面を描くこともその反対のもう一方の面を浮き上らせるためなら必要だ、とマンが述べているのに対して、案外マンの中にはその暗いよどみへの嗜好があるのじゃあないかと書いていたけれど、ぼくも何だかそんなような気がする。

辻　たしかに、マンは出発以来暗いもの、神秘なもの、地霊的なものへの嗜好を表している。ドイツ・ローマン派の伝統、つまり病気、夜、死、といったペシミスティックなものがその背後の精神をいろどっている。ワーグナー音楽への惑溺もこれらを裏づける。しかしながら『パリ日記』の中で、こう書いていることは注目していいだろう。「ルーヴルに訪問。勝利の女神、ミロのヴィーナス、レオナルドの絵、スペインの画家の作品、等を一瞥する。人間の魂、感覚の力の何という絢爛たる表現がここに糾合されていることか。ああ人間！　人間は罪を犯してきた。獣のようにふるまって来た。しかもその間に、たえずこういうものを生産し続けてきたのだ。この場合、これらのものの、根源をなす人間の〈神的な部分〉と人間の〈獣的な部分〉と区別することはあやまりではなかろうか、たしかにこの両者は共に人間の全体よりほとばしり出るのだ」。この感想は、マンの人間の暗黒面への理解が、どのようなものであったかを、端的に表しているようだ。

『魔の山』

北　マンはあらゆる面について、中庸な、よき理解者だった。中庸な、といったのは、そういう暗黒な面を通過した、右も左も弁えたうえでの中庸という意味だ。『幻滅』の中でマンはイローニッシュに、なんの、言葉というものはゆたかなものです、といっているが、その反面、言葉というものは大変不便なところもある。最初にぼくがいったように、マンの晩年の立場にしても、彼の経てきたさまざまな動乱をぬきにして考えることはできない。戦争後、よく新聞なんかにマンの言葉がのったが、あれを月並の政治的発言としてみられたくないね。

辻　つまり、文化に対する理解という点でも『魔の山』のような真に汎ヨーロッパ的な規模での精神的危機を取り扱うような作家は世界でもそう何人もいそうもないな。

北　『魔の山』っていえば『ブッデンブロークス』のひかえ目な意図と同様、『クルルの告白』に插入する中篇として計画されたのがああもふくれあがったのだね。それだけの作者としての、のっぴきならない主題を持っていたのだろうし、そういうふうにどんどん発展していく主題を担っていることは、大変な重荷で……何といったらいいか、生涯一貫した主題を育てて行くことは、作家として逞しくも羨しくもあるね。

辻　『魔の山』は、ドイツの教養小説の伝統の上に立つものだといわれるが、その特異な環境設定、時間という拡大鏡で人物をみる方法により、ハンス・カストルプという単純な青年がいかに深刻な体験をとおって綜合的な視野を得るかが物語られている。それは空間こそ一サナトリウムに密閉されているが、一種の遍歴小説とも見られる。そこに写しだされる「厖大な観念の夢幻的結合」は勿論、個々の人間の性格の浮彫の見事さに全く驚かされる。

北　ああいう精密さは、マンの粘液質――医学的には粘着性でクレッチメルの分類では癲癇性気質――毎午前の仕事の集積の所産だね。こういう長篇には圧倒されてしまうが、体力的な面からみればマンは別にゴリラのような肉体の持主じゃあないことをぼくらは考えなくちゃあいけない。……『魔の山』あたりから特に観念的なところが強まっているが、読者にしてみれば好き嫌いの分れるところかな。

辻　後期の叙事詩的傾向と、物語という遊戯的な形式への理解との間には、深い関係がある、と思うが……。

マンと遊戯性

北　その遊戯的という言葉ね。前にマンが、昔の芸術家というものはお茶でも飲みながら気軽に話せる人が多かった、ところが近頃の芸術家はみんな「病める鷲」といった顔つきをしている、と書いているのを思いだすんだがね。殊に日本じゃあ遊びという言葉が理解されにくいんだ。すぐに鍛錬道なんぞといっちゃってね。

辻　日本の場合だと社会における価値が深い文化の中で安定していない。つまり一つの作品が、一つの社会の中で相対的なそれ自身の価値で理解されないのだ。すぐに絶対的な血を吐く思いのすさまじさを要求する。元来芸術は、その社会の、またその社会だけが生んだひとつの価値なのだ。だからトーマス・マンは自分の作品を客観的に見ることが出来たし、その作品の持つ深刻な面、パセティックな面と同時に、その遊戯的な、ユーモラスな面もみることができたのだ。おそらく彼の場合、西欧の市民社会という安定した（もちろん歴史的にいって相対的なものだが）文化的な価値体系があって、それに深く根ざしていたから、ひとつの作品についても、それの持つ完成度とか、形式のあるタイプとかをそれらの中である距離から眺める余裕があったのだと思うね。

北　マンは結局綜合へ、人間の根源的なものを求めて神話とか伝説の中へ入って行ったわけだが、個別的なものより典型的なものを求める年齢的な欲求、動乱している外界の中で何か精神の安定を求めたい欲求などが強く働いたのではないか。

辻　神話的世界といい、物語の精神といい、いずれもマンの若い時からの芸術観の上に築かれた見方だが、これは決してマンの政治的な立場と背馳するものじゃあない。一見すると歴史からぬき出てしまい、高い大空の上から人間たちを見るような態度だが、これは物語という形式が要求する窮極の態度なんだ。だからある社会の中でその社会の事象を全体的に表現しようとする意図が、そこに生き生きと動いているんだ。その社会のより進歩した方向へ歩んでいく姿と、この物語的精神とは切り離しがたい。マンのヒューマニズム、デモクラシーへの確信は、物語という「倫理的な手段」によって築かれて来たものだ。

北　とにかくマンは、破滅しなかったアッシェンバッハの生活を続けて『フェリクス・クルル』を完成して死んだんだね。彼があの厖大な『ヨゼフ小説』を仕上げて、その重荷から解き放されてしまった時、どうも重荷をかついでいないと私はうまく生きて行けない、といっていたのには感動したよ。『クルル』を書きあげたということは、本当に彼の生涯を統一したという点でよろこばしい事だった。マンは、してみると、あれ以来書いた作品はすべて三十六歳の時の計画である『クルル』にさしこむ挿入で、そのためには人間一代の期間が必要であったと何げないふうに書いている。だからぼくは去年の冬、マンが『クルル』を完成したと聞いた時、これで彼の仕事も大団円だが、もうそろそろ寿命の方もと、へんにもの淋しい予感がしたっけ。

辻　『ヨゼフとその兄弟』の、死から生への恢復の歩みにせよ、『ロッテ』の巨大なゲーテ像にせよ、いずれも芸術という生産様式に対する信頼の継続、深化、を通して把握した本当の生の讃歌といえる。マンこそは芸術を二十世紀の混乱期の中で鋳なおし、確固とした価値を、新しい面を開き、芸術の持つ意味を、あらゆる歪みから救った。マンの生涯は、人間精神が獲得した最も大規模な様式での、生への行進という一般的な見方には、やはり同感するな。

北　たしかにマンの諸作品の意義は、これから日と共に強くなるだろう。でも少々話がかたくなった。結局一人でも多くの仲間にマンを読んでもらいたいんだが、まだマンを全然知らない人は、どんなものから読み出したらいいだろうね。

辻　若い人なら『トニオ・クレーゲル』だな。

北　女の人なら『ブッデンブロークス』。お婆ちゃんなら『欺かれた女』……。これは冗談だが、マンもヘッセもフモール（ユーモア）というものへの信仰を告白している。そのへんの所をわかってもらいたいな。

辻　このフモールと、マンの社交に対する理解との間には関係がある。これもまた物語の精神へかえって行くな。

北　マンが若い頃、ミュンヘンの社交界に登場した姿は、なかなか堂にいっていたらしいよ。講演旅行なんかは大好きだしね。こういう所は一部の人達にはちょっと意外に思えるんじゃあないかな。それからチャップリンを激賞しているね。馬鹿ぼめくらいにね。

辻　講演旅行も社交も、社交界でのチャップリンへの感嘆もみんなひとつの事の表れなんだね。つまり個人が自然に社会的な存在であり、その個人と社会の関係が実に長い歴史の中で洗練され、円熟しているんだね。もちろん、トーマス・マンの精神の深みでそれらがもう一度きびしく照らし出されたことはいうまでもないが。このような人間恢復、つまり社会的な人間の恢復が、彼の芸術をみのり豊かにしたし、十九世紀から二十世紀への橋を築いたのだ。抽象的な意味での「死への親近」から「生への信頼」へなぞというものじゃあなさそうだね。

北 また、話がかたくなったが、今日のところは、正直のところ少々まとまりがなさすぎたよ。まだマンの訃報のショックからぬけられないのかもしれない。

辻 ほんとうにマンについて、話し出したらきりがない。これだけの時間ではもちろんムリだけれど、いくら時間があっても語りきれないって気がするね。誰だかもそう書いていたが、僕らがマンに捧げる最大の讃辞もまた、この「語り出せばきりがない」ということになるだろうね。

［筆記　辻佐保子］

（『文芸首都』一九五五年一〇月号）

長篇小説の主題と技法

時間の侵食作用

北　辻は、けっきょく『背教者ユリアヌス』を、書き始めてからどのくらいかかったんですか、期間は。

辻　三年と二ヵ月。それを蜒々《えんえん》と載せてくださった雑誌も、たいへん奇特な雑誌だと思って、感激しているんです。ちょうどパリに行っていたときに編集部から、『海』の創刊号（一九六九年七月）に連載を書いてくれと言ってきたんです。それも、日本に帰ってきてから書き始めるというんじゃなくて、むこうで、パリにいる間に、ともかく冒頭を書き始めなければならない。

北　二度目にパリに行ってたときね。外国で、日本を舞台にして書くというと、何か違和感がありますか。

辻　ありますね。まず第一、日本語がほとんど出てこないわけです。日本語をしゃべることもないんです。そのときは、女房もいないし、日本人からもできるだけ避けて、一人で暮していたでしょう。そして、新聞・雑誌、その他の日本語の本をわざと遠ざけているわけで、そういう状態の中で、書き始めるなんて、具合が悪いじゃないかという気もあったんだけれども、しかし、材料はむこうで全部集めたものだから。

北　書き始めは、パリで書き始めたの。

辻　うん。あれは、四回ぐらいパリで書いていたんじゃないかな。あのころはモンマルトルに住んでいたでしょう。書き終わった日の朝、航空便箋のような薄い原稿用紙に書いて、それを小包にして郵便局に出しに行くわけね。そうすると、ハトなんか飛んでいたり、水まき自動車が通っていたりしてなんとなく古いころのパリの雰囲気で、ちょうどヘミングウェイがとなりに住んでいるような感じだったな。

北　ああいう、ユリアヌスというような題材だと、パリで書いてもぴったりいく？

辻　材料が非常に多かったから、とてもよかったと思う。それに、ユリアヌスという皇帝が、ガリアを統治しているとき、パリで皇帝にあげられた。だからパリは、いってみれば一つの中心舞台なんです。しかもヨーロッパの中心になってからのパリじゃなくて、まだパリが、ガリアという地方のほんとにいなかの小さな町だった。

北　小説の中だと、パリが何になっていたっけな。

辻　ルテティア。

北　そういうところが、なかなかぼくもわからないところがあってね。

辻　あれは、本にするとき、地図をつけるからね、そうすれば、いくらか読みやすくなるだろうと思うんだけれども。

北　ぼくも前に、二年半かけて、『楡家の人びと』（一九六四年刊）というのを、千五百枚書いたわけなんですよ。ところが、辻がゆうゆうとして、聞いたら、二千枚を越えるというのでね。ぼくはもう、『楡家』書いたときに、千五百枚というと日本では長いうだから、千枚以上のものを書いたことがない人が、この小説の悪口を言うのは許せんなんて、ウドの大木にしても、畑の霜よけにちゃんと役に立つなんていうことを書いたことがあるんだけれども、そのころは、千五百という数字に、一種のうぬぼれみたいなものを感じたけれども。

辻　それは、たいへんな数だからね。

北　それを簡単に凌駕されたんでね。

辻　いえいえ、やっとこさ書いたんです。

北　でも、たいへんだったでしょう、ほんとに。書き終ったときの気持というと、ぼくもなんか、うれしさとともに、非常な空虚なものも感じたけど。

辻　そうです。そのとおりですね。空虚だったし、さびしいような感じもあったし。読者の方々も、なにかそういうものを感じて下さったらしい。ああいうものを三年も、長いこと読んでくれた方から手紙をいただいてね、「毎月毎月『つづく』というのが出て、いよいよ『次号完結』という字を見たら、感慨無量で、ついお手紙したくなりました」なんて。手紙を読んだほうも感慨無量だった。

北　ことにユリアヌスが死ぬとこは、おそらく史実よりもロマンティックに書いてあるらしいし、そのあとに、砂漠の中に兵団が消えていって、その足跡を砂が消していくという、すばらしいこれは末尾ですけれどもね、やっぱり、あれだけの時代と歴史を踏まえた大長篇というものをずっと読んでいった人は、いろんな興味や感激を経てきて、それであの末尾となると、非常になんかものさびしさみたいなものを……。だから、猛烈な重量感を覚えてきて、また、読み終ると、すべてははかないという気持にとらわれるんじゃないかと思うんですね。

辻　『楡家の人びと』のときに、ぼくが非常に強く打たれた一つは、時間の問題だった。とくに第二部の最初のところで、時間そのものを問題にして書いている個所があったでしょう。「時というものは……」。

北　ええ。

辻　あれが、やはり長篇の一つの性格としてあると思うんです。時間の侵食作用というのか、時間がわれわれ人間存在に及ぼす変化は、短い時間ではほとんどわからないけれども、けっきょくそれが、われわれを変え、死へ向って運んでいく。そして時間は人を超え、時代を超えていく。そういうものにある種の感じ方をした人間は、短篇じゃどうしても書けないものを見たんじゃないかと、そのときにふと思ったことがある。

北　それは短篇と長篇と全然異質のものというところはありますね。一品料理とフルコース以上の。

辻　時間の感じ方で、たとえば『楡家の人びと』の前に『夜と霧の隅で』とか、さらにその前の初期の短篇があるけれどね、ああいうものを見ていると、時間という感覚よりは、たとえば『夜と霧の隅で』の場合のように、非常にドラマティックなある情景、そこへ出てくるモラルの問題、あるいは人間の不安、そういった、あるきわめて極限的状況の時間的には非常に短い事件、そういう二つの相対立するテーマが短い時間の間に燃焼するような形のもの――そういったものをやはり感じて、それをつかんでいく。さらに短い短篇だと、もっと尖端的に燃えるようなもの、スパークするようなものをパッと感じて書くんだけれども、長篇の場合には、そういう発想じゃ書けない。

北　そうですね。時間というものがまずある。『ユリアヌス』の書き出しにしても、霧が濃くたちこめて、ユリアヌスの母親のバシリナがその霧の中に閉ざされていて、その中から、絢爛たるコンスタンティノポリスの宮殿が出てくる。これが一つのローマ帝国の象徴であるとともに、そのときの彼女のうちの不安というものを霧によって象徴させている。これは、初めの出だしから、長い時間というものを予告しているようなね。彼女はお腹の中にユリアヌスを懐妊している。これは、皇帝からいえば三代にわたる小説だけど、ほんとうにそれだけの年月……年月からいえば、そんなに長い時間じゃないけれども、内容はぎっしりとした、ものすごい波瀾万丈の物語なんで、その出だしとして、ぼくはほんとうにみごとだと思う。末尾にも全体をこめた抒情があって、とにかく、非常に緻密に構成されたものだと感じましたね。

辻　妙な言い方になるけれど、長篇のつくり方のあるヒントみたいなものは、きみの作品の長いものの中にある。たとえば人物を典型化する手法とか……。

北　ぼくよりも、『ブッデンブロークス』かなんかを引用したほうが、はっきりするんじゃない？

辻　たしかに小説技法の根底の問題は、『ブッデンブロークス』やディケンズから学んだけれど、しかし、身近にいつかは日本人を書きたいという気持があるんだ。それへのいろいろな形のアプローチを、自分ではしているつもりなんだけれども、どうしても、身近にモデルを持ったり、現代の日本を扱ったりすると、人物の典型化までゆかない。これはいまだに理由がわからないんだけれども、それできょうも、その問題を少ししゃべりたいと思ってきたんだ。それでいま、いちばん人物の典型化という点からみて、完全にできているのは、やはり、『楡家の人びと』だと思う。あれの前に、きみの初期のものでで、『為助叔父』とか、『楡家』の原型になった作品がいくつもあるね。きみ自身が体験した非常に具体的な人物を、なぜああいう形で、ああいうキャラクター、典型というものに造型し得るかという問題……。これは身近にいるせいもあって、あれこれと研究するんだよ。

北　でも、日本人だと典型化されにくいというのは、どういう意味？

辻　どういうことかと思って。ぼくもそれはわからないんだけれどもね。たとえば漱石の小説でも、『それから』の代助とか三千代とか、『こころ』の先生とか、『明暗』の津田とかその細君とか、よく書けているけれど、それを「性格」としてみると、つかまれているとは必ずしも言えない。代助という人物はいる。あるいは『門』だったら、宗助という人はいるね。ところが、では、その人はどういう人だったかというと、これこれのことをした、こういう感じの人物だということはわかる。しかしたとえばハムレット、あるいはドン・キホーテがむこうから歩いてきたとすると、もうその格好を見ただけでまごうことなくその人物であるということがわかる――まあ、言ってみれば、そういうように書くのが一つの典型化の方法だとすると、そういうものは日本の小説一般に全然ないみたいね。

北　でも、なぜ西洋人のほうが、より典型化しやすいかというのは、辻の場合だと、より客観視できるというか、あるいは辻が、日本人にしては外国慣れしているせいか。

辻　いや、それは、おそらくこういうことじゃないかと、自分なりの説明をしたんだけれども。人物を典型化する場合、その対象をこえる必要がある。つまり一種の超越的な立場――その対象を上から全部ひっくるめて見るような立場――が必要なんだと思う。それは別の言い方をすると、ある観念を具体物によって表現することだ。その極端な例は擬人化――「怒り」なら仁王のような人物で表したり、「悲しみ」ならうずくまる女で表したりするような、擬人化となる。しかし日本の場合、対象をこえることを普通はしないで、対象の中に収斂されてゆく。対象の実態に迫ることに、芸の本義があるとする。つまり、その人間のディテールというか、細部について、非常によく知ってゆく。だから、その人物の性格をつかむ前に、その人はどういう感じの人物かということを、とくにディテールとして感じてしまう。その人が何が好きだとか、どういうくせをもっているとかということは気になるけれども、それを普遍化して、その人でありつつ、かつ、その人を超えるような「観念」にまでいかないんじゃないか、これは上原専禄氏なども言っていましたが、東洋と西洋はやはり違う。西洋人の場合には、人物のつくり方も、一般化する――普遍化するというかな――そういう性格があるんだね。だから、たとえばギリシャ・ローマ美術の中で川のそばに老人が横たわっているとすると、それは川そのものじゃなくて、川の神様の擬人化なんだね。だから西洋人は、そういうふうに川なら川を、そのまま感覚的に川の流れと見ないで、それを擬人的につかむような、そういう考え方、感じ方の伝統をもっていると思う。

だから、ふつうの人間を見た場合でも、その人間をその人間として、具体的になまに感じるよりも、その人間の中から、なにかその人間を普遍化するような……その人間も含みながら、それから、そのほかのＡＢＣＤ……という人間――それに類似した人間――を総括するような、ある型をつくり得るような感じがするわけね。そういう人間をつくるには、やはり型というものをつかめるように、ある距離をもつしかないと思うんだ。

西洋人の場合だと、あるしかるべき距離があるものだから……。ぼくは、日本を取り扱っても、歴史小説をつくる場合に、やはりそれだけの距離を感じられるような気がする。たとえば信長なら信長という人物を自分の中に創造した場合に、あらゆる信長像というものを超えてなお、ぼくが信長について描いたある型をつくり得る。ところが、信長にぼくが実際に接して、お小姓か何かやっていたら、たぶんそういうものは生れてこないと思う。それをきみは『楡家の人びと』の中で、きみの身近な人物をモデルにしながら、そういう典型化をしていったんだね。だから、その方法はどういうことかなと、逆にぼくはそれを聞きたいような気がする。

北　でもね、『ユリアヌス』の場合でも、実際の歴史に出てくる有名な人物が非常に多く出てくるけど、辻の場合、幾回も反復して、ある特徴を巧みにつかまえていると思うの。たとえばコンスタンティヌス大帝、灰色のドロリとした目。そのむすこのコンスタンティウス皇帝にもそれが受け継がれている。エウビウスは、なんかヌルリとした感じというのがしきりに出てくるし、ユリアヌスにしても、頭をガクガクするという癖。簡潔な形容詞なんだけれども、その反復によって、単なる名前をあげたという以上の、肉体的な感覚が出てくるし、この描写の中からまた、キャラクターも浮び上ってくると思うんです。これはことに、西欧人がこのユリアヌスを書く場合と、日本人が書く場合と違うんで、日本人にとってはわりに異質の世界とか、歴史を学んでも忘れちゃっている人も多いんだけど、そういう描写のせいで、これが歴史の紙のページから浮き上って、生き生きした人間になっていると思ったな。

辻　でも、これは、トーマス・マンの、あるいはワーグナー風のライト・モチーフという手法を、ぼくらは、わりあい意識的に使うでしょう。

北　ええ。

辻　ぼくらと言っていいね？　きみも、わりあいにそういう手法をよく使うから……。ぼくの場合は、やはりそれが、ひとかたまりのものとしていつも存在するものだから、その人物が出てくるたびに、そのひとかたまりが全部終らないとなにか始らないということになって、そのひとかたまりが、ある実質感というか、存在感にもつながってくる。

歴史と現代を重ね合せる

北　ユリアヌスというのも、非常に興味深い人物なんで、いままで外国で、小説や戯曲化された。たとえばイプセンなんかにも『皇帝とガリラヤ人』という作品もあるわけですね。

辻　それから、有名なメレジコフスキーの『神々の死』。『神々の復活』が、ちょうどルネサンスのレオナルド・ダ・ヴィンチを扱っているのに、対になる作品だ。あれはぼくらの学生のころはやらなかった？

北　それ、ぼくは読んでないな。

辻　たしか岩波文庫だったかに前に翻訳があって、ぼくらの学生のころ、はやっていたと思う。

北　それから、この前、篠田一士に聞いたら、五年ぐらい前にアメリカでベスト・セラーになった小説で、やっぱりユリアヌスを扱った小説があるという。それを、あえて日本人である辻が、ユリアヌスに挑戦といったら変だけど、これだけの大作を書く気持になったというのは？

辻　いちばんぼくをひきつけたのは、ユリアヌスの文明史的、精神史的な意味とでもいうものかな……彼の前のコンスタンティヌス大帝がキリスト教を公認しましたね。あれは四世紀だから、キリストが死んでから三百年ちょっとたっているわけね。ヨーロッパ世界というか、地中海世界が――東のほうにより多かったけど――キリスト教がだんだん広がっていったわけでしょう。それまではローマ帝国の中における邪教だ、誤った迷信だというわけで、弾圧される、宗教政策として。しかし、もはやそういうことができないほど勢力が盛んになった上に、コンスタンティヌス大帝が信仰を得て、キリスト教を国教として公認する。そういう古代末期の、ギリシャ的精神にかわって、新時代を代表するキリスト教精神が登場するような、文明の転換期にユリアヌスは皇帝になるわけです。小説にもあるように、彼の時代錯誤的な古代復興はキリスト教側の陰謀によって、自分の身内が殺されたということもあるけれども、それ以上に、古代社会の精神――ギリシャ、ローマの神々を中心にした文明――が没落して、キリスト教によって、中世世界が始る、そのことへのいらだちに原因がある。そのキリスト教がどんどん西ヨーロッパのほうに広がって、いまの、ぼくらが知っているところのヨーロッパが形成されてくるわけでしょう。ちょうど、ユリアヌスは、その継ぎ目にいる。古代社会の終りにいて、中世世界の初めにいるという人物だ。ところで歴史全体は、すでに中世の世界に向って、いろいろな動きをしている。

北　この小説を読んだ限りでは、中には、キリスト教徒の慈悲深い精神とか、人に施しものをするとか、そういうことが書いてある以上に、たとえばユリアヌスが、ギリシャの哲学とか美学とかにより惹かれて、それからまた、キリスト教徒の派閥争いとか、みにくいところとか、権力争い、そういうものがより克明に書かれているので、辻の中に、ギリシャなんかに惹かれる精神がより多くあったんじゃないかと、ちょっと感じたんだけど。

辻　確かにそれはあると思う。一つには、ギリシャ的なもの、あるいは地上的なもの、感覚的なものに惹かれるということもあったし、それから宗教が、純粋なものであるとしても、所詮地上の権力と密着しなければ、勢力を広めることができなかった。宗教で人々を救うためには、そういう権力と密着するという必要悪を認めることが、はたして正義であるかどうかという問題。つまり、そういう純粋な精神が地上に現れる場合に、どこまで妥協し得るかという問題が、そこに一つあるわけね。

だから、ぼくの惹かれた点として、古代社会から中世世界に歴史が大きく変換していくということが一つ。それは、現代がやはり、非常に大きな歴史の転換期にあたっていて、未来というのは、ぼくらにも閉ざされてわからないけれども、いままでのこういう世界と別の世界に向って世界が動いていて、ぼくらはその世界の終りにいて、さまざまな形で新しいものが生れているにもかかわらず、そういうものがまだわからなくて、どこかユリアヌスと同じような苦しみをもっている人たちが多いんじゃないか。そんな気持で、歴史と現代を重ね合せたというのが一つあります。それから、権力と結びつくことが、どのような正しさを口実としても、はたして許されることであるかどうか。もう一つは、ギリシャのもっている地上性の意味ね。キリスト教が、超地上的なものに——死後の世界とか、彼岸とかいうものに——価値を置いて、そこからこの世を照り返すとすれば、それに対してギリシャが超越的なものをもちながら、同時に、より強く現世的なもの、感覚的なものに執着したこと——いわゆるギリシャ的な美を通して精神が現れたことを人間らしい精神というふうに考えたんだ。ぼくなりに現代では逃避的なものを拒んで、あくまで地上に立つべきじゃないかという気持もややあった。

北　ややなんていうどころじゃないんじゃないですか。ぼくは辻の友人だから、その人間もかなり知っている。とにかく、この小説の中にもあるけれども、ある自然や思想に対して、それを讃美するとか、自己同化するとか、あるいは、もっとより高みに登りたいという意思を抱くとか、そういうところは、辻そのものですよね（笑）。いわゆる一般の文士というものは、もうちょっとペシミスティックで（笑）、もっと不健康だったりね、陰鬱なところがあると思うね。

辻　ほんとだね。

北　その点では、辻は健康そのものというか、年にしては、ロマンティックなんですね、ものすごく。これは不思議な人間で、ぼくがこの世で会った人間の中で……地上や生命に対する、ほとんど信仰ともいっていいものを持ってると思うのね。こういうものを、ちっともはずかしがらないで口にも出せるし、実行もできるという人間は、あんまりいないんじゃないか。

辻　あまりそう言われると、すこしはずかしいけれどもね。少し脳のどこかがおかしいんじゃないかという感じだね。しかし、地上への執着が、まだまだぼくらの生活の中にたりなくて、それをぼくが極端に強調したいと感じているのは本当だね。生きることをはずかしがったり、ペシミスティックなポーズのほうがちょっとカッコよかったりして……。

北　それはありますね。

辻　何かのことですぐ世をはかなんだり、断絶だと嘆いたり、泣いちゃったり、消極的になったりするでしょう。そうじゃなくて、せっかく地上に生れた以上、銀行ギャングをしろとは言わないけれども、そのぐらいエネルギーを爆発させて、生きることを楽しんだほうがいいんじゃないかという気持は、ややあるんですよ。

北　だからやはり、辻は『魔の山』的な言い方で、人生の教師であるということは、ちょっと言いたい気持がしますね。

辻　それはどういう意味？　ゼッテンブリーニのような人が好きだという意味？

北　いや、そうじゃなくて。ぼくも、生きることはすばらしいことだと思っているけれども、肉体がそれに応じなかったりね、あるいは、それに伴って精神が鬱的になっちゃったりすると、なかなかそこまで自信をもって言えないのね。辻は自信満々なところがある。

辻　いやいや、そんなことはない。そんなことはなくて、やはり、たとえば病気が精神をわれわれに目ざまさせるという意味で、生を見ようとしているんだと思う。死というものを媒介としたところの生であるという考え方があるみたいだ。

北　もちろんそうじゃなければ、だいたい小説なんて書き出せないはずですけどね。ところで、これは史実にのっとった小説だけど、もちろん小説だから、つくりごととか、史実を変えたりしているところも多いと思う。これを言っちゃうと、読者の興味を減ずる恐れがあるが、二人ぐらいの副人物が、おそらく辻が想像上でつくった人物だと思う。それが、はじめの部分からずっと活きていて、小説の末尾まで関係してくる。これはぼくが正しいかどうかわからないけれども、この庶民の創造人物によって、ユリアヌスがいくらかはじめはかわいそうな身分であったり、皇帝とは似ても似つかない本好きの少年であったりしたんだけれども、結局は皇族の一族だという高みから地上に引き戻してくれるわけですね。ユリアヌスというのは、歴史の本に書いてある人物だというのから、そういう副人物のために、なんかぼくたちに身近になるし、生き生きとした人間だという感じを受けてくる。これが、ぼくの推定が正しいとしたら、みごとな作法であり、小説というのは、ある程度ウソを、つくり話をつくるという、その本道が成功していると思う。

辻　どういう人物をしかるべく配すべきかということは最初から一大懸案だった。ユリアヌスの手紙が残っているので、その手紙の中から、ほんとうの人を選び出そうという気持も強かった。

北　ユリアヌスは、いろんな布告文や何かを描いたほかに、書簡が六十何通か残っているんじゃないですか。

辻　相当残っている。ですから、それからかなり……。きみは、また、細かいことをよく知ってるじゃない？

北　いや、ちょっと歴史を読み返したから。

辻　それは偉いものだ。その架空の人物中にたまたま軽業師の女の子が出てくるわけだ。ローマにおいての軽業師の社会的地位は、もちろん低かったと思うんだけれども、その当時、いまのプロ野球の選手のように、戦車競走の選手というのはスターだった。

北　剣闘士やなんかにしても、いまでいえば、王、長嶋みたいな存在だったんでしょう。

辻　そういう存在だったらしいですね。だから、そういう種類の人物がほしかった……まさか女剣闘士というわけにはいかないし……、軽業を思いついたのは、たまたま家内が研究した論文が一つあって、それをちょっと使わしてもらった。軽業の種々の型があるね、梯子《はしご》乗りとか、逆立ちとか、そういうのが、ヨーロッパから——つまりローマから始って、だんだんとシルク・ロードを伝わって中国に行って、日本の正倉院の画像にまである。

北 それはおもしろい話だな。

辻 宙返りしたり、梯子の上で曲芸したりする情景が、同じタイプで分布している。日本にもあるし中国にもあるし、もちろんペルシャにもあるし、ローマにもある。ということは、相当程度ローマ人たちは、剣闘を見たり、戦車競走を見たりする間に、そういう軽業を見て楽しんだに違いない。そうすると、そのスターみたいな人は、ただの女でも、相当みんなにあこがれられたんじゃないかと想像されて、なんとなくあの女の子のことは小説のはじめに頭に浮んでいた。

北 たとえばネロが、声楽家として非常にいばっていたということを、知ってますか。

辻 それは知らない。

北 ネロは、もはや〝暴君ネロ〟であったころに、いろんな芸人たちと一緒に、歌手として、公開の劇場に登場したんです。非常に自分の歌はうまいと思って、とにかく声量を増すために、鉛の板を胸にのせてきたえた（笑）。それで、やたらと歌を歌うんで、みんなも非常に困ったの。つまり、ほめないと怒るしね。聞いてるとガンガンして、頭へきちゃうんですね。さらにすごいのは、五年祭というから、ネロが皇帝について五年目の祭の意味かな。そのときの、みんなが余興を競う饗宴に出演して、喝采を受けたわけ。これはお世辞の喝采かもしれないけれども。そうすると、ますます発展しちゃって、ギリシャのオリンピアの大競技会に乗り込んで、世界無比の音楽家たる名声を得ようと思う（笑）。それで、いろんな俳優だとか力士だとか、そういうのを引きつれて、しかも馬車で……あのころはほとんど戦争だったから、武具を持ってくのに、楽器を詰め込んで、ギリシャに乗り込んで、そこで歌を歌って得意になっているんですよ。その間に、こっちのローマでは暴動が起って、とにかくそれでも、世の偉大な声楽家がそんなことでは帰れんとか、いばっているんですよ。ただ、死んじゃうときに「かほどの芸術家が滅びるのか！」なんて、わめいたりした（笑）。だから、あのころは、途方もない人間がいましたね。

辻　人間そのものが、あるいは人間の存在そのものが、目の前にどしんとあるような感じがしてね。それは、いまのネロの話なんかでもそうなんだけれども、そういう野放図なところがおもしろいね。

北　押えるものがないから、人間のなまのものがほんとうに野放図に出てくるんで、いまはどうしても抑圧されちゃうから、昔は人間そのものをより端的に表す時代だったかもしれませんね。

辻　ほんとにそうね。第一、パリに残っている、ユリアヌスの浴場というのがあるんだ。そういうふうにいわれているんだけれども、実際は何に使われたのかわからない。宮殿の跡であることは事実なんだけれども。それは一部しか残ってなくて、半分はゴシック時代の建物と一緒になっているけれども、その一部の、ローマ時代の建物のほうの、広間の天井の高さは、途方もなく高いんだよ。これはローマの建物じゃ、ごく小規模のものだけれど、それでもまず三十メートルぐらいあるかな。ホテルや何かの大広間も大きいかもしれないけれども、ローマのはものすごく大きくて、事実、そこに使っている石の大きさなんていうのもバカでかい。そういう建物の規模もだいたい大きいし、それから神殿とか、円形競技場とかは巨大だ。ローマのコロセウムにしたって、夏の日に、ぼくはあれを一回りしたら、日射病になって倒れちゃったものね。行けども行けども、もとのところに出てこないんだ。

北　コンスタンティノポリスにも、そういうのがたくさんできたんじゃないですか、あのころは。

辻　うん、ローマ帝国中につくられたんだよ。ローマ人が町をつくると、まず神殿と、劇場と、円形競技場とは必ずつくったらしい。要するに、日本人がどこかへ行って、野球場とパチンコ屋をつくるような具合に、これはもっと徹底していたらしい。だから、それから逆に、その町に住んでいたローマ人の数を推定できるぐらい。つまり、このくらいの大きさのものがつくられたから、たぶんこのへんには、このくらい住民がいたんじゃないかという推定が成り立つ。

北　いまの概念でいうとちょっと納得いかないぐらいローマ帝国は広いんですね。いまだったら、自動車や戦車や飛行機でバーッと行けるけれども、むかしは、いちばん早いといったら馬ぐらいのものでしょう。それがどうして、あんな広大な領土を占領しちゃえるかということね。

辻　たとえば二万人の軍隊が出動したとする。そうすると、その二万人は毎日毎日食わなきゃならない。ぼくはいつも考えるんだけれども、二万人の人間が、穀物とか、肉とか、飲料水とか、ともかく何か飲み食いするわけで、そういうものを持っていく人たちが、あとにゾロゾロくっついていかないと……徴発するという手もあるけれども、砂漠みたいなところに行くときは……。

北　ぼくは逆に、たとえばユリアヌスがガリア地方の副帝になったころにしても、あるいはコンスタンティウス大帝の軍隊の出動にしても、二万とか三万という人数だ。いまの概念でいうとね、あれだけの広い土地の戦争というと、最低何十万とか、百万とかいう数を連想する。それでなければ征服できないと思うの。それが、二万とか三万でどうしてあれだけの侵略とか征服ができるのかって疑問も、抱いちゃうんだけれども。

辻　それはほんとね。『ユリアヌス』を書き出して間もなく、ライン地方のローマの遺跡——ライン地方にローマの遺跡があるというと、ちょっと変に思うかもしれないけれども——が残っていて集中的にそのローマの遺跡だけをずっと見て歩いたんだ。それは辺境も辺境、ローマの最前線でね。そこにつくられている城壁の遺跡なんかは、べらぼうにでかい規模だ。とくにトリールの大衆浴場。この規模の大きさには、ちょっとたまげちゃう。後楽園のスタジアムというようなものじゃないから。あの伝で、ずっと長い城壁をつくったりするということは、二万三万というけれども、やっぱりその当時、人口はすごく少なかったと思うんだ。だから、一つの町で二万人とか三万人なんて住んでいれば、大都会でしょう。そういう人間の少ないところに、相対的なもので、ああいう軍隊が行くと、とてつもない数でダッと行ったということになるんじゃない？　敵もそのぐらいしかいないんだから。

北　大した数でもない捕虜が逃げ出して、ガリア地方の都市に逃げ込んで立てこもって、それだけで相当の苦難をなめるんだから、そういうことはあり得るでしょうね。

辻　あり得ると思うな。それはいつも歴史を考える場合にぶつかる困難の一つだけれど、彼らとぼくらとは時間の観念が全然違う。ぼくらはどうしても、個人主義的に、自分を中心に時間を考えるけれども、彼らは、大きな万里の長城みたいなものをつくるとすると、何代かかってもつくってしまう。時間の中心は共同体にある。そこに無数の奴隷を投入して、平気なんです。そういう感覚が違うから、それをリアルにつかみたいという気持は、つねにあった。

北　この小説の舞台は、非常な動乱の時代でもあったし、いちばん史実として残っているのは戦争でしょう。非常に血なまぐさい。また反面、いろんな陰謀で暗殺したりする。そういう戦争というものは——いまはとにかく、戦争はいけないとか何とか言われているけれども、人間というものは非常に好戦的な生物であって、もちろんいけないことだけど、そこにまた栄光もあるということを、ああいう古代の物語を読んでいると、感じちゃうんだけれどもね。辻なんかはおそらく平和主義者だと思うけれども、ああいう戦争、しかも血なまぐさい戦争を書くとき、どういう気持だった？

辻　それはいろんな人に言われるんだけれども、ぼくは八月号の『新潮』に、「語りもの文芸の息吹き」というのを書いた。戦記物というか、軍記物というか、つまり『平家物語』とか『太平記』とか、ああいう日本の血なまぐさい物語だけれども、これは、ぼくはとても好きなんだな。

北　これはね、人間の血の本能の中に、やはり闘争本能がひそんでいるためだと思うんですよ。これはどんな平和愛好者にもあると思うんで、それに気がつかない人間のほうが、ぼくはこわいと思う。こわいんですよ、かえって。

辻　でも、いまの観念では、人間に与えられたそういう闘争本能を超えることによって、それをより創造的なエネルギーに変えるという考え方が一般化したし、そういう教育によって、人間をいいほうに向けているような具合だけれどもね。けれども過去のある文明の段階においては、必ずしも戦争そのものが、いわゆるわれわれが現在考えているような形での、まったく非生産的なものにしかすぎないということはないので、やはりそこに、いま言った栄光とか、あるいはそれに伴う勇気、犠牲、克己とか、あるいは、そこからゆりおこされるヒロイズムとか、それに伴う、もっと広いさまざまな人間的な美徳が生れてきている。だから戦争の悪を否認するあまり、そういうものをすべて否定することは間違っているし、また人間は闘争的な存在だから、これはどうにもならないと考えるのも、非常に間違った考え方だと思う。

作者と別に生き延びる人物

北　背教者ユリアヌスということばは、ぼくははじめユリアヌスの話をほとんど忘れていたから、辻がわざと背教者ということばを使ったのかもしれないと思ったけれども、あれは、西洋一般ではあだ名なんですね。

辻　ユリアヌス皇帝とか、皇帝ユリアヌス、あるいは背教者ユリアヌス……キリスト教があとで一般化してしまったから、キリスト教を中心としてみれば、一度キリスト教になりながら、古代の異教に戻ったから必ずそういうふうにつけて言う。

北　小説上の技法だけれども、たとえばユリアヌスが兄のガルスと会って、幻滅を感ずるような場面がある。ところが、ユリアヌスが木材の伐採をやらせられているときに、斧が飛んであぶない目にあうと、ガルスがオデウスという監督者を非常にののしったりしますね。オデウスのほうも怒って、かならず貴様の首をたたっ切ってやるとかいって、最後の陰謀でガルスをやっつけ、殺す。

長篇というものは、つくりの楽しさというか、はじめに伏線を張っておいて、あとでこういう事件に発展するとか……これはもちろん『ブッデンブロークス』でその技法を学んだんだけれども、この小説でも、非常にそれがあちこちにあると思うの。それと自然描写がときたま、たとえば木立がザワザワしているとか、それで何かを暗示するとか、赤い星、流星があるとか。この小説であある自然描写がなかったら、ぼくはちょっと味気ないと思う。ある程度史実にのっとった、硬いといえば硬い小説だから。それで非常に抒情的な面を感ずるわけなんですよ。つまり、辻の小説は非常に緻密につくられていて、その緻密さゆえに、ある人たちには非常に好感を持たれるだろうし、場合によっては、それがちょっと味気ないと思う人もあるかも知れないが、ところどころに差しはさまれる自然描写が非常にナイーヴだ。これは辻自身に、自然に対する共感というか……。

辻　たしかに自然はものすごく好きなんだ。でもぼくは、きみほどナイーヴな、ほんとうに繊細な、それこそ生れたてのセミの羽のようなそういうやわらかい神経の持主じゃなくて、どこか、非常にタフな人間だから、なかなかそこまで自然というものがつかめないんだ。むしろ、きみが先に作品を書いていたから、きみの作品を通して……たまたま同じ信州にいたこともあって、信州をどういうふうに見るかということを学んだといえる。そこからぼくは、逆に、自然への道を開かれたような感じだな。ただそれが、いくらか……それこそトーマス・マンとか、チャールズ・ディケンズという小説家を通って、あるいはプルーストでもいいんだけれども、そういう小説家を通って、ぼくなりの変形を加えたけれども、どうも根は同じだという感じがするね。

北 辻の文体を読んでいて、非常に明晰で確実で、……とにかくぼく、だらしない文章書くでしょう。

辻 そんなことない。

北 スランプのとき辻の文章を何行か読んでいると、自分でいやになることがあるんですよ。

辻 そんなこと、絶対にないよ。

北 ただ、いままでの日本作家の日本語に比べて、より西欧文学の影響というか、翻訳体の文章かとも感ずるんだけれども、その点どう思う?

辻 それは、たとえば主語と述語を、きちんといつも言わなければならないという気持はある。時として日本語では主語など省略したほうが生きることがある。だからその明確さが日本語では少しまわりくどかったりすることもある。しかし少々主語を省略したほうが生きるという場合でも、あえて明晰化しようという気持で、それを原則として書くということはあるね。だから、ある人物について、たとえば外面描写があると、日本人は、そこまでしつこくは書かない。しかし前に言った典型化のための姿勢として、全体的なまとまりをつかむということを、自分には課しているんだ。だからその点、長い小説の中でそういうものが重なると、生得的な日本風の感性で書くものと、そう意識しながら書く場合とでは、印象としてはかなり相違があるんじゃないかしら。けれど、そうかといって、それがほんとにひからびたものになったんじゃ意味ないんで、それをほんとうに自分の感性の瑞々しさで支えようとすると、こっちはあまり瑞々しくないものだから、その点、悩みだね。

北　いや、全然ひからびてはいないですよ。これは端正だな。端正なんだな、いちばんの特色は。その端正さだけだったら、ちょっとひからびちゃうわけですよ。でも、それに抒情があるから。それから、たとえばさっき漠然と述べた副人物たちが、初めから最後まで彩りをそえてあとをひくわけでしょう。芸人のディアにしても、途中で哲学の友達になる金髪のゾナスにしても。

これ、ぼく一つ自分で体験したことがあるんです。『楡家』の初めのほうで、書生やビリケンさんなんていうのは、つくりごとの人物なんですよ。その中で、たとえばビリケンさんは火事で死んじゃうし、それからまた、ノイローゼみたいな書生は消えちゃうし、ただその中で、熊五郎という書生がいて、これははじめ、「〇〇方面に向かいて〇〇の」とか、あるいは楡基一郎に「ご苦労、ご苦労」と言われたりするくらいの気持で書き出した。それが、けっきょく最後までずっと……完全につくりものの人物が、最後まで生きていて、戦争の終るときに、満州で、ソ連軍の攻撃を受けて……。そういうところまで尾を引いちゃうわけね。『楡家』なんていうのは、ある程度家系を題材にしているから、これは全然違うけれども、辻が、『ユリアヌス』という、史実にのっとった小説をかいたのと、ある意味では似ていると思う。

辻 うん、両方とも歴史という点では似てるな。

北 それと同時に、そういう全然つくりごとの人物を創造して、それが作者の気持とは別に、また、生き延びちゃうこともある。

辻 勝手に生きてしまう。

北 ああいうのはぼく、長篇小説の醍醐味だと思うの。

辻 ぼくの最初の長篇『廻廊にて』の中に、アンドレという女の子が出てくるんだけれども、その女の子を書いていたときにやはりそうで、それはほんとにちょっとした、主人公の友達程度の人物として書き始めたんだけれども、なんともかわいらしくてね。その人物が出てくると楽しいものだから、ランデヴーをする気持でその子を書いてゆく。その結果、その子がしばしば登場するようになり、そのうちにどんどんと大きな比重を占めるようになった。

マンとディケンズの影響

北　長篇小説を書く技術とか、そういうものを、辻はどういうふうに思っている？

辻　技術というと？

北　たとえば、日本に多い連載形式とか、書き下し形式とか、そういうものについては……。

辻　きみはほんとうに書き下しだけで、仕事をずっとこのところ続けているけれど、ぼくは、書き下しも去年もたのまれたけれどもできないし、ぼくは連載がとても好きでね。

北　つまり、連載というのを、悪口言う人もいるでしょう。書き下しのほうがじっくりできるとかね。ところが、やっぱり人間というのは、締切りがないとできないということはありますね。ぼくも『楡家』のはじめのほうは連載で書いたんで、やっぱり、尻をひっぱたかれて、ようやく書くということはあるんで。ただ、それでできることはできるけれども、書き下しほどゆっくり時間をかけて、やむを得ず、締切り日に追われて書くということからは、離れられるとは思う。それがいちばんいい形式だけど、人間というのは、根が怠け者でしょう。

辻　ぼくの場合は、連載が好きだということの一つは、わりあいはじめから書く全体が見えているものだから……。

北　構成や何かがピッシリきまっているというのは、ぼく、辻の小説読むとよく感じるんだ。ときには、あんまりピッシリしすぎるという感じも受けることもある。

辻　ほんとうは、輪郭を漠然と見ているだけなんだけれどもね。けれど、一種の……ぼくは天秤座に生れているものだから、バランスの感覚がいいのかな（笑）、だから、わりあいそういう前後の照応関係は、はじめからだいたい見当をつけて書き始める。網目をずっと張って、そして、その網目の間にちょっと会話を入れて、その会話の中に、とてつもない変てこな、副人物のさらに副人物みたいなやつが出てきて、さりげなく話して行っちゃうなんていうところは、こよなく愛しているね。そういう場面を。

北　ぼくも、やっぱりマンの技法で、たとえば『楡家』で、城木達紀が、あとで相当重要な意味を含むんだけれども、はじめは、何気なく箱根の別荘に現れて、というくらいの伏線張っておくというときは、楽しいですね。

辻　楽しいね。ほんとうに楽しいね。小説の中で人物が成長するのと、それから、そういうふうに自分の人物の事件をずっと見渡しながら、伏線を張りながら、ゆっくり書いていくというのは、やっぱり醍醐味でしょうね。

さっきの長篇小説の技法と時間の関係なんだけれども、それは短篇と違って長篇の場合は、時間の流れを何らかの形で書きとめていきたい。つまり、時間の痕跡をもった人間を書きたいと思うんです。あるいは時代を書きたいという願いかな？　そうすると、それだけのものを表す長さを必然的に要求される。これは、それこそツルゲーネフの詩じゃないけど、ものすごい長い時間の経過を、短い散文詩か何かで書くこともできなくはない。千年たった。山が大あくびした。オヤ、何年たったのかなと言うと、いや、もう一万年たったよ。それでまた山が沈黙しちゃう。

北　その詩は忘れちゃったな。

辻　そんなのがあった。だから、必ずしも長さそのものが時間の経過を表すとは思えないけれども、しかしながら、たとえば『ユリアヌス』の場合で言うと、ローマ帝国のとてつもない大きさを、何とか活字の量そのもので表したいという欲求が、一方であるんだよ。

北　それは十分に、もう出てますよ（笑）。ぼくもあのへんの歴史忘れちゃって、一冊の歴史書を読んだうえで、やっぱり無我夢中で読んだんだから。これはりっぱに成功してますね。

辻 音楽でも、非常に短い作品で、けっこう上手な効果を表す人と、それから、ワーグナーとか、ブルックナーとかマーラーみたいに、やたらと長いのがあるわけね。しかしこの長さというのは、むだなんじゃなくて、あの長さが、どうしても必然的に、作曲家に要求されているんだと思う。だからそういう意味で、その長さでしか表せないようなものは、確かにあるんじゃないか。

北 それはありますね。一時日本で、「長篇出でよ」なんて、ずいぶん前にいわれていたでしょう。いざ長篇が出だすと、批評家のほうは読むのがたいへんだし、その長篇がまた、りっぱとは限らないから、また「むかしの私小説みたいな、カッチリした短篇が望ましい」なんて（笑）、いろいろ豹変しますね。

辻 豹変する。

北 でも、やっぱり、いまの若い、ぼくたちも含めて新人たちは、何か私小説から外れたテーマを持っているし、どうしても短篇では盛りきれないというものはありますね。日本文学においても、ここのところずっと長篇がふえてきたというのは、やっぱりむかしの私小説というのは、すばらしいところはあるけれども、広い意味で見て、文学からいって、まだ小さいと思うんです。

辻 そういう意味では、長篇の技法も、ぼくらはいろいろと外国の作品から学ぶわけだけれど、完全に定着しているというふうに言えなくてね。なんだか、短篇が長くなったという感じ……。ほんとうに長篇という場合には、コンストラクションとか、前後の照応とか、キャラクターの実在感とか、さまざまな、長篇小説固有の要素というのは、確かにあると思うんです。それがまだ定着するというところにいっていない。ぼくらも、何とか定着させたいと思うけれども、そういう点からみるとまだ中途にあるんじゃないか。ほんとうに日本文学が実現するような作品は、これからじゃないかという気がする。

北　ここ近年、急速に長篇の量はふえてきているし、それがもっと急速になると、それこそエコノミック・アニマルみたいな現象を呈するかもしれないから、ほどほどがいいかもしれない。

辻　ぼくは、少しずつ長くなりそうな感じがしてね。困った傾向かな？

北　ぼくね、『楡家』書いたあとは、まだ若かったし、自分が長篇作家だと思っていたの。それこそ三千枚、四千枚書けると思っていたけれども、肉体の衰えで、ちょっといま自信失ったですね。

辻　それはでも、肉体が制約されているんであって、長篇への意欲がにぶったということではないね。

北　意欲はありますけれどもね。実現不可能かもしれない。だから辻みたいに、こんな健康な、しかも大地への愛着をもっている人間を見ると、嫉妬しちゃうものね。

辻　それはひどいね。よわったね。

北　長篇というのは、技法上で、またいろんなむずかしいところもあるし。非常に若い作家が、長篇を書く前に、短篇で修業するということはどう思いますか。それぞれの質によって違いますか。

辻　ごく自然のこととして、作品を書いて活字にしやすいのは、短いものでしょう？　いきなり長いものじゃ困るわけだから、そして、活字にしてみないと、自分の文章なり作品なりが客観的に見られないということもあるし……だから、そういうことを考えると、勉強のためには、やはり短篇をスケッチしていくことも必要なんじゃないかしら。そして、主題に対して、短篇であろうと、長篇であろうと、自由に書けるような、そういう技法を自分のものにしてしまうということは、やはり小説家として一つの前提じゃないかしら。この人は、長篇はうまいけれども、短篇はヘタだとか、そういう多少の傾向はあるけれども、本来ならば、長篇も短篇も、ともかく十分に書きこなせることが、望ましいんじゃない？

北　それはそうですね。マンの短篇なんか、みんなみごとだしね。『ユリアヌス』はどんなヒントで書こうとしたの？

辻　ユリアヌスが、ぼくの視野に最初に飛び込んできたのは、彼がパリに宮殿を建てたことが、非常に関係があるんですよ。そういう感覚的な生々しさがはじめになかったら、いくら本で読んだり、古代の末期のキリスト教の流行の中で、古代文明を復活しようとした人だなんていわれたりしても、なにかピンとこなかったと思うんだけれども。

北　それはやっぱり、一種生理的な意味で、どうしてもそういう要素がなければ、あれだけのものに惹かれて、それをやるという気にはならないでしょうね。『夜と霧の隅で』だって、ぼくはドイツのことを何も知らないし、別に、ユダヤ人虐殺、精神病者抹殺というのに、それほどのヒューマニスティックな気持が、ひと以上にあったとは思えないけれども、やっぱり、ぼくはその当時、精神科医だったせいだと思うんですね。

辻　ユリアヌスのお墓が、タルソスというところにあったんだ。いま実際に墓が現存しているかどうか知らないけれども、そこで埋められたわけね。だけど、ガルスの奥さんになる、コンスタンティアという、すごく権力意識のある女の人が出てくる。ガルスに皇帝への謀反を吹き込んだけれども、皇帝のところへゆく途中で自分が死んじゃうものだから、ガルスが最後に首を切られてしまう。そのコンスタンティアが、死んでから、ローマに葬られたといわれている。ローマの北のほうにサンタ・コスタンツァというお寺があって、そこにコンスタンティアのお墓というか、お棺があるんですよ。そこでそのお棺に額を触れて、「これからあなたのことを書きますから、あなたのことを書くところだけは、せめてあなたが上手に出てきてください」とお願いしたわけなの。

北　それは実に、やはりロマンティストだな。それが辻を、いつまでも若々しくしていると思うの。しかも抒情性のあるものを書かせる。

ぼくは、辻と一緒にマンのお墓に詣でたでしょう。あのときひざまずいて、ズボンに泥がついた。こんど、本気のものを書くとき、あのズボンをはいてという決心を忘れちゃっていたの（笑）。それでどうも、こんどの『酔いどれ船』は失敗したみたいだけれども。

辻　冗談じゃないよ。すごくいい。

北　でも、あのズボンは、そのまま、まだ隠してあるんですよ。

辻　あれはきっと、文学館に入るね。でも、よくよく考えてみると、ぼくの場合にも、きみの場合にも、もともと長篇の技法を勉強したのがトーマス・マンであるわけで、だからそういう点、同じ出ながら、それぞれの資質によって、非常に変って出てくるというのはおもしろいね。ぼくは、とくにきみのものを、あとからいろいろと勉強しているから、当然似たところはあるんだけれども。

北　辻の場合は、スタンダールとか、そういうものもずいぶん……。

辻　スタンダールはない、ほとんど。むしろスタンダリアンの大岡昇平さんの文体には惹かれた。

北　そうお？

辻　しいて言えるとすれば、チャールズ・ディケンズね。ところが、ディケンズの中にトーマス・マン的なものがある。むろん逆に言うべきだけれど……。たとえば、トーマス・マンの中にも、ある種のグロテスクな映像があるね。ディケンズの場合には、ゴシック・ロマンスの系統があって、そういう非常にロマンティックな形象を描くという伝統はあるんだけれども、マンの中にもそういう、ある種の特色を強調するためのグロテスク化というのがある。

北　たとえばユーモアにしても、グロテスク・ユーモアとでもいうようなものが、ずいぶんありますね。

辻　それはでも、きみの作品の中にも、かなりあるんじゃないかしら。そういう誇張された形で。

北　ロシア文学の影響もありますし。たとえば『デヴィッド・コッパーフィールド』にしても、少年がロンドンに行くとき、食堂に寄って……。

辻　たくさん食べる。

北　ボーイが少年のビール飲んだり、みんな食べちゃうところなんて、何度読んでもおもしろいなア。

辻　でも、きみの場合は、ユーモアが、長篇の中の非常に大きな特色になっているし、また、長篇小説の中にユーモアがなければ、非常に味気ないものになるんだけれども、それがぼくは、どうしても、なかなかみつくせない。それで、人物の中にそういう人物をつくりたいんだけれども、けっきょく今度も、うまくできあがらなくて……。

北 でも、今度の作品でユーモアを求めても無理だと思うんだけどね。
辻 でも、あの中にだれか、非常にユーモラスな人物が一人いて、その世界を元気づけるというか、活気づけると、はなはだよろしかっただろうとは思うんだけれども、なかなかそれがうまくいかなかったな。
北 それは、あまり辻が生き生きとして、健康すぎるから（笑）。もう少し不健康になると、ユーモアというのが出てくるんですよね。
辻 少しこれは勉強しなければいけないな。やっぱりユーモアというのは不健康なものかしらね。
北 いや……。
辻 非常に精神化されたものではあるけれども、直線的ではないな。客観的な精神から生れるものだから、あるいはそうかもしれない。
北 いまのは、ちょっと出まかせくらいのことばとして、受け止めてください。たとえば、コンスタンティウスの皇后のエウセビアが、ユリアヌスに好意をもっていたということは、これは歴史の本にもあるけれども、その逆に、ユリアヌスが惚れたということは、つくりごとなんじゃないかな。
辻 いや、ぼくは惚れてたと思うんだよ（笑）。ユリアヌスは、エウセビアを讃える文章を残しているんだ。もちろんそれには、いささかも恋しているとは書いてないよ。公式の文章だからね。

北　危険だから、あえて書かなかったということ？

辻　ギリシャ語もそんな読めるわけじゃないし、行間に漂うところのあやしげなそういうほのめかしまで読みとれるわけじゃないけれども、あれだけ年上の女に好意を寄せてもらえたら、ユリアヌスならずとも、やっぱり惚れたんじゃないかという気がしたな。どうだろうか。（笑）

北　もちろん、好意はもったでしょうけどね。でも……。

辻　ユリアヌスの妻に子供が生れるときに、エウセビアは赤ん坊を殺させるでしょう？あれも史実にあるんです。

北　あれは完全な史実？

辻　解釈はいろいろできるけれど、そういう史実はある。だからそれを考えると、きらいな女の、自分の敵になるような女の、子供を生ませないという執念は、かなりはげしい嫉妬じゃない？

北　だったら、ぼくも辻と同意見だな。

辻　そうでしょう。

北　ただ、ぼくが読んだ歴史の本には、それが書いてなかったんで（笑）、あれはおそらく、辻のフィクションだと思った。つまり、どこでウソをつくか、どこでオーバーにするかということが、小説家の腕なんでね。それでなければ、歴史書の精密さのほうが、なおおもしろいわけなんですよ。

辻　そういうことはいえるね。あの場合、ユリアヌスという人物がだいたいこうであろうという、ひとつのイメージに向って、非常にギュッと凝集していくような感じは、確かにあったと思う。

北　それから、たとえばギリシャの哲学者にしろ本にしろ、相当詳しいことが書いてあるでしょう。ぼくなんか無学の者にとっては、ほとんどわからないわけなんだけど、あれがまた重量感を加えていると思うの。これは自分で宣伝すれば、『楡家』の中に、『精神医学史』というのが出てくる。あれは、素人にとっては非常に退屈な部分かもしれないけど。

辻　実在感……。

北　長篇の中には、少しむだな、不必要な、退屈な部分も必要だ。

辻　ぼくが小説を書き始めたときにね、きみがまずのたもうた教訓がそれなんだよ（笑）。辻の小説は、ともかくむだがなくていけない。長篇というか、小説には、むだのよさというものがある。むだを書かなければいけない。それで、ぼくはそれを心に銘じて、必死にむだを書いたら、二千枚越えちゃった。（笑）

北　二千枚という数字を聞くと、ぼくガックリして、急にもう、この瞬間から、なお老

化するような気がするけれどもね。（笑）

（『海』一九七二年九月号）

『星の王子さま』とぼくたち

『星の王子さま』との出会い

辻　まず『星の王子さま』との出会いを北君から話して下さい。

北　ぼくの先輩に、早稲田大学の心理学教授であった相場均って人がいたんです。

辻　ぼくもお目にかかったことがある。

北　この人がずいぶん文学好きでね、昔は文学青年だったわけ。それでトーマス・マンの『トニオ・クレーゲル』なんて『トニオ・クレーゲル』だけが入ってる薄い紙表紙のちゃちな本があるでしょう。あれをしょっちゅう持ってて、あちこち暗誦したりしてるんですね。ぼく、この人からサン゠テグジュペリの『星の王子さま』のことを聞いたんです。

辻　それはいつごろ？

北　それは、いや、待てよ。『星の王子さま』の翻訳が出たのが昭和二十八年ごろですね。それですぐ買って、ぼくは読んだ思い出がある。相場さんは英訳か独訳かで読んでたわけなのですね。

とにかく『星の王子さま』はこのころから圧倒的な人気でね。『文芸首都』にぼくはいたんですけどね、そこに佐伯千秋さんという女の人がいたんですよ。これがちょっとエキセントリックな女性で、後に女流文学とか童話なんかを書いてましたけど、ほんとに童話を書くために生まれついたようなキャラクターなんですね。

ぼくは一度、三鷹に彼女が住んでいたので夜中に三鷹の駅に日沼倫太郎と降りて、もう電車もなくなって、彼女がそのそばに住んでるんで、「おーい、佐伯くーん」って呼びながら歩いていった。そしたら、ようやく一軒の二階から灯がついて、彼女の家がわかったわけ。ぼくたちは彼女の下宿している家に泊めてもらおうと思ったら、下の納屋に入れられちゃった(笑)、夜中に行ったから。ようやく次の日になって、日沼が帰って、ぼくは少し彼女の部屋で雑談してたけど、そのときに彼女が『星の王子さま』を見てて、「このマフラーすてきねえ」なんて言って。目覚まし時計を持ってるんだけど、その時計、横にすると動くけど、ちゃんと置くと止まっちゃうとか、とにかくそういうことに興味を持つ女性だったんですね。

だから、初めからいかにヒットした作品かってわかるわけですね。

辻　ぼくは、なんとなく題名が『星の王子さま』というんで、尊敬すべきサン＝テグジュペリ作品にもかかわらず、意外に食わず嫌いで敬遠していましてね。読んだのは遅い。学生が『星の王子さま』を教科書に選んでくれというので――何しろ女子学生が多いから――それで翻訳のほうは読まないで、いきなり教室で読み出した。読み出してから、実は、あっと思った。これはとても一すじ縄でゆく作品じゃないと思い、授業はそっちのけで、読んだ。だからそういう点では、恥ずかしいぐらい遅いね。

北　『星の王子さま』って題名のためによけい売れて、親しまれてると思うけど、ぼくも本音をいえば、『小さな王子』（原題〝プチ・プランス〟）のほうの題名が好きだ。

辻　いいね。ぼくはいまでもこの『星の王子さま』という題名は、口にするのが恥ずかしくて言えないね。（笑）

北　まあちょっとロマンティックすぎるかもしれないけど、これはやっぱり内藤（濯）さんの功績でしょう、『星の王子さま』としたのは。

辻　日本じゃ、このくらいの題名じゃないと、一般の人たちにはおそらくついていけないのかもしれない。

北　そうですね。日本のベストセラーってのは題名で勝負するってとこがあるから。

辻　そうね。で、君は何回も読んだようだけれど、最初に読んだときの印象はどうだった？

北　やっぱりゾウを飲んだウワバミの絵にはたまげちゃった。やっぱりぼくもおとなだなあと思いましたね（笑）。あれはね、今度読み返してみても、あれあれと思った。そしたら、サン＝テグジュペリよりぼくはおとななんですね。ひねたおとなだと思うね。そ
ともかく初めのころはぼくも若くて、センチメンタルなところが多分にあったから、王子さまが一本の木が倒れるように倒れました、とか、それから次に王子さまの姿がなくなって、砂と星一つの絵になって、これが私が知っているいちばん美しく、かつ悲しい光景です、なんて、ああいう文章が好きだった。今度読んだら、王子さまの星めぐりなんかのところにいろいろ出てくる俗人なんかがひどくおもしろかったんですね。

辻　こういう作品は、一種寓話として花は何、ヘビは何、というふうにして読む要素が非常にありますね。日本人は特に、真面目な国民だから、これを意図的に深刻に読みとろうという人たちも当然たくさんいるし、フランスでもその意味を読む試みはあるんだけれども、ぼくは何回か授業で使ったり、自分で読んでみたりしての印象では、ともかくこれは一篇の美しい詩として読む、まずその美しさを感じるってことが第一番だと思うんだけれど、きみはどうですか。

北　それが一番だと思いますね。たとえば王子さまの星に出てくる花のことを、いろいろサン＝テグジュペリの夫人とかなんとかと対比してる。それは確かだと思うね。サン＝テグジュペリって人は小説でもわりに自伝的なものを書くでしょう。だからこういう

童話でも、なんか昔の思い出とか何とかにつながるものがあると思うんだけど、あまりそれを強調して意識して読むと、こわれちゃうと思う。

童話について

辻　なかなかうまくこの作品について喋れないので、もう少しまわりから話してもらいたいんだけれどね。きみが童話を書くっていうこと、それはだいたいどういうことなんだろう。サン＝テグジュペリも始終童話を書いていたわけでなくて、これは最後の作品の一つでしょう。しかも童話という形をとることになった。その動機についてさまざまな研究もあるわけだけれど、それはそれとして、童話を書いたことのある小説家として、童話を書くということは一般にどういう意味を持つのかな。

北　『星の王子さま』のあとに『城砦』っていうのがあるんだけど、これ、ぼく読んでない。ぼくは初めに、一応職業作家になって子どもの雑誌から頼まれたから、『船乗りクプクプの冒険』というのを書いたんです。

辻　楽しい話だね。

北　これは意図的じゃなくて、ただ子どもの、中学二年か三年の雑誌へ頼まれたんで、それに合わせて書いたわけ。それからもう一つの理由は、そのころ『シンドバットの冒険』という劇画を東映でつくったんですよ。手塚治虫さんとぼくとがシナリオを担当した。ぼくがいろいろアイデアを持っていくと、東映の偉い人が荒唐無稽だとか言って、みんなつぶしちゃうんだ。で、ちょっと腹を立てた。それでそのときの童話に、自分流の『シンドバットの冒険』を書いたわけです。

辻　ああ、なるほどね。

北　それからあとに、ケストナーを捩《もじ》って、「十歳から百歳までの〈おとな〉のための童話」と『さびしい王様』シリーズを書き出したときは、童話ってものは文学の根源的なものを含んでるし、優れた童話はおとなにも必ず読まれるし、実際ぼくは好きな童話は読み返すこともあったわけ。年をとってからもね。それで子どもの童話っていうよりも、むしろおとなの童話っていうつもりで書いた。そのほうが制約もないし、捉われないし、ぼくの中にある変てこりんなものが十分に出せると思ったんでね。

辻　好きな童話も読み返したと言ったね。ここでちょっと他の話題の挿入になるけれど、好きな童話ってどういうものがある？

北　たとえば『不思議の国のアリス』、あれは不思議な童話だね。まったくぼくも、あれは意識してはちょっと書けない作品だと思う。それからあの中でドンチャン騒ぎをやるパーティーがあるでしょう。ああいうとこのディズニーの映画もなかなかよくできてると思うしね。それからあとケストナー。ケストナーの童話、それぞれ好きだけど、

『飛ぶ教室』がやっぱりいちばんいいと思う。それから童話じゃないけど、『わたしが子どもだったころ』というのがあるでしょ。あれの序文なんかもすてきなんだ。
辻　ああ、すてきだね。
北　ケストナーはしがきが猛烈にうまいんです。それでぼくはまねて、自分の「さびしい」シリーズに、一ダースずつの前書きとあと書きをつけるようにしたんですけどね。
辻　きみは覚えてるかどうか知らないけれども、ケストナーの全集を買ってきみのところに持っていったのは、ぼくだった。
北　あ、辻から誕生日の祝いかなんかにいただいたんだ。どうもありがとうございました（笑）。こんなところで。
辻　いやいや、どういたしまして。童話的なものに対する好みは子どものときから――もちろん最初に読むのはそういう童話だとしても――たとえば抒情詩などに比べると、かなり強く自覚されていたものだったの？
北　やっぱり本を読み出したのは、『少年倶楽部』を除くと童話からでした。小学校のころ、あるとき風邪をひいて、『アラビアン・ナイト』を読んでた。そしたら、あまり複雑奇怪な世界なんで、熱が一度以上あがっちゃったんです。『アラビアン・ナイト』の全訳を読んだのはずっと後年だけど、あれもすばらしい文学ですね。
辻　ほんとにすごいですね。

北　でも、子ども版でもけっこう熱にうかされたぐらいだから。

辻　ぼくもそういう意味では『アラビアン・ナイト』から受けたものは大きい。今年は幻想文学論を大学で講義しているんだけれど、その最初に来るものの一つがやっぱり『千夜一夜物語』でしょう。それもおとなの目で、学生たちに教える文学の素材としてしゃべり始めると、これまた実に豊かな文学の可能性が見えてくるんだね。何と言ったらいいのかわからない不思議な物語が、入れ子細工になったような、ものすごく何重にも組み込まれた箱のような構造でしょう。最初の物語の箱が解けると次の物語になって、またその物語の箱が解けると次の物語になってというふうにつづき、こんどは解けた物語の箱が一つずつ閉じて、次の物語につながってゆく。その話し方のおもしろさはまず無類ですね。『千夜一夜物語』は童話とは言えないけれど、その幻想空間に拡げられる空想の自在さ、映像の豊饒さ、出来事の奔放さといったものは、現実の存在形式に制約されたリアリズム文学では描けない深い奥行を持っている。現実の制約を超えているために、自在に時間と空間の条件が取り払われて、意識の底にあるものがそのまま外に現われる。こういう幻想文学は、ぼくらの夢とか、潜在意識とかというものを実に自由に吐き出せる形だなと感じたことが幻想文学論をはじめた動機だったわけです。

北　だから、箱根細工みたいに、一つの物語が解けると、その下にまた物語が潜んでるでしょう、あの話しぶりはほかにはないんじゃないかと思うね。

辻 ほかにはないね。ああいう話の幻想性の根拠はいったい何だろう。たとえばほかの国にはなくアラビアにあったという、特に話という形以外では物事を説明できないという、あの話に密着した偏執というか、好みというか、それは何なんだろう。話を聞くのが好きだという人は片方に当然いるんだと思うんだけれども、つまり、ぼくらが子どものときに話をねだるでしょう、おもしろい話を聞かせて、といって。その話というのは何だろう。

北 やっぱり幾重もの話をつくり上げちゃうという才能以外ないんじゃない。いわゆる大河小説ともいえるわけですね。

辻 でき上がったものはそういえるね。でも、その根本に、話を聞きたいという、もっと前の欲求がある。その欲求の対象である話というもの——それがまず問題だと思う。子どもの欲求に即して考えると、話とはおもしろさとか、楽しさとか、好奇心を満たしてくれるものとか、珍しいできごととか、聞いたこともないような国とか風習とかいうものを、ぼくらに、そのまま与えてくれる「言葉の構造体」だといっていいと思う。そういう言葉でできた世界があると、この現実世界から飛んでいきたいという気持をそそり立てる、そういうものじゃないかと思う。

北 やっぱり自分の中にある願望なのかな。それから話好きのおじさん、おばさんがいて、子どもたちに話してやりたいという気持が、筆をとって書くって場合もずいぶんあるでしょう。

辻　たしかにあります。この場合、話すことも書くことも、「話」という形をとっているということが大事だと思う。「話」とはそうした楽しさ、面白さを与える人物とか出来事を、言葉で、その場にいるような形で呼び起すものだとすると、とくに、子どもたちがそういう話を楽しめるのはそれこそこの『星の王子さま』の中に出てくるように、子どもだと非常に素直に、ゾウを飲んだウワバミとか、箱の中にいるヒツジとかを感じてしまうような、そういう一種の明察力というか、想像力というか、そういう能力をごく自然に持っているからです。だから、そういう子どもの想像力と、それから未知の世界への果てしない、疲れることを知らない好奇心とがあれば、そこに与えられたファンタジーの世界は無限に楽しめるものになる。

北　子どもが原っぱやなんかでいろいろ遊びますね。虫を採ったり、あるいは石ころをすり合わせて粉にして、葉っぱの上に乗せて、どうぞ、とかね。

辻　きみの世界だな。

北　ああいうものがいつまでも残ってる人っていうのが、いるんじゃないかなあ。

辻　いるんだね。『星の王子さま』の中に「グランド・ペルソンヌ」（「おとな」）という言葉で出てくる人たちがいる。このおとなとは、そういういきいきした想像力と好奇心を失った人間、つまり人間の常態として出てくる。

北　そういう辻だって、童話を一つ書いてるじゃないですか。あれはどういう気持で書いたか、少し解説してくださいよ。

想像力の童話

辻　逆襲された形になったけれども、ぼくの場合は、きみのようにナイーブな白兎の毛みたいに柔らかい感性で詩の世界に触れているわけではなくて、ある意味でシラー的なセンチメンターリッシュな形で、文学の世界に入ってきている。しかし、そうはいっても、詩的空想の世界に入るには、たしかにさっき言ったような意味での子どもの持っているごとき想像力のみずみずしさと、ナイーブな感性が必要で、それなしには人間は現実の生活でも幸福になり得ない。プチ・プランスが言うように心で見なければ大事なものは見えないし、表面的に見えるものの奥に大事なものが隠されているのもまた真実だと思う。現実のなかで、ぼくらが喜んだり悲しんだりするのは、そこに想像力が働くからで、そういう想像力がなくなれば、人間は無感動な、ただ生存しているだけの存在になってしまう。現代文明の状況は、こうした無感動な、心の働かなくなった人間を無数に作り出してしまった。文学もほんとうは想像力によって新しい世界、未見の世界を作ることなのに、そういう努力も方向も失われている。

だから、ぼくは想像力の童話というか、想像力の働きそのものを主題にした童話を書きたかった。現実という閉ざされた世界から少しでも越えられるために必要な想像力を、童話化してみたらどうだろうかと思った。『ユリアと魔法の都』というぼくの童話では、ユリアという男の子が子どもだけでつくっている「魔法の都」にまぎれ込むわけだけれども、それは、実は一人一人の子どもの旺盛な想像力が描き出した一種の共同幻想で、それは子どもたちにとって、現実と同価、あるいはそれ以上の価値を持つようなものになっている。子どもが遊び呆けるとき、彼らの想像力を全開している。たとえば子どもにとって一本のほうきが飛行機になり、座ぶとんがそのまま城砦になる。現実の物事はすべて自由自在に変形され、そうした変形された世界を現実として生きることができるわけだ。そういう意味の生得的な想像力が強ければ強いほど、別世界に生きられる。しかもほんとうの意味で「生きる」ということが可能になる。現実という時間・空間の形式をまったく脱却して、想像の世界が現実になってしまう。『プチ・プランス』でもそうだけれど、おとなはこういう世界に生きられない。子どもの頃、夕方になって母に呼ばれて、夢から覚めたようになって、呆然として家に帰った記憶のあるおとなならば、ここでいう想像力とはどんなものか、想像的世界とはどういうものか、わかると思う。おとなは二度とこういう世界に生きられない。しかし君がさっき言ったように、おとなでも、そういう能力を残していて、子どもと同じようにみずみずしい変幻の世界を生きうる人がいる。「魔法の都」にもそういうおとなが二、三人出てくるが、それは子どもと同じようにこの共同幻想に参加している結果なんだ。ふつうは空想の世界に表われてくる、龍とか、暗い洞窟とか、火を噴く城とかは、現実に縛られている人間から見れば滑稽な、それこそ童話的な産物だけれども、その中に生きてる子どもにとってはそれこそが恐怖を引き起こす現実であり、退治されなければならないものなんだ。ぼくはそういう想像力の働きを合わせ鏡を使うように童話の中で描いてみたのだけれど、同時に想像力はどういう場合に起こって、どういう場合に消滅するかということも、その中に書きたかった。

北 あれも年齢層からいえば、少し上の人になるでしょう。

辻 小学校の上級から中学の二、三年という感じだね。もちろんおとなにも読んでもらいたかった。今いった一種の共同的想像力が同時に幻想的なことを思いついてそこに共同の都会ができてしまうと、その都会では子どもたちが市長になり、掃除人夫になり、その他いろんな役割を担うわけだけれど、そこでもしだいに恐怖政治が実現されて、結局おとなと同じようなメカニズムが働くことになる。それに対してまた子どもの中の子どもというような子どもが、いわば人間の根源的な悪と対立して、それを消滅させるように働きかける——まあそういったストーリーの童話なんだね。

北 ぼくはあれは、子どもも読めるけど、強いていえばおとなの童話だと思うなあ。

辻　そうね。ぼくが今いったような問題まで分るのは、やはりおとなになる必要があるね。もちろん子どもの心を持ったおとなだけれども。

北　それにね、どんな子ども向けに書いた童話でも、いい作品というのはおとなも読めますよ。たとえば幼年童話なんだけど、阿川（弘之）さんに、『きかんしゃやえもん』だったかな、そういうのがあるんですけど、あんなのは読んでて楽しいです。やっぱりいい作品だなあと思いますから、この年になってもね。

サン＝テグジュペリの批評

辻　いいものはそうですね。子どもというと、何か理想化されて、ひどく純真な美しいものに見たてるけれども、子どもだっておとなの前身で、結構残忍な野蛮人です。フランスなどでは子どもは教育を受ける前の、半人前の存在として、決して甘やかさない。そこにサン＝テグジュペリの批評もあるわけだけれど、とくにフランスはおとなの国です。しかし想像的世界に生きる能力となると、おとなはどんなに威張っても子どもにはかなわない。それは感情の激しい動きということでもあるわけで、『星の王子さま』の中に「涙の国は神秘である」という言葉があるけれども、これなどは、感情の激しい動きの中にいる人を、外から見たときの気持を、うまく言い当てていますね。おとなになることとの最大の嘆きは、想像力の失墜とともに、この感情の全開の中に生きられないということですね。笑うとか泣くとか、そういう中に全身的に没入できるのは子どもだけですからね。この点おとなは無感動な存在です。ものを感じられなくなっている——こういう瞬間はよくありますね。いつの間にかおとなになってたんだなと思う瞬間が実にしばしばあるわけですね。

北　『星の王子さま』でも、序文の中にこの本を捧げた人の説明とさらにおとなのレオン・ウェルトでなく、「子どもだったころのレオン・ウェルトに」と最後に書いてあるでしょう。

　星めぐりの中で、王様とか飲んべえとか実業家とか地理学者とかいろいろ会っていくでしょう。それみんなほんとに一種の功利的になって、詩的なものを見られないおとなのことを書いてるんだけど、それをサン＝テグジュペリは明らかに批判して、おとなって変なものだなあっていってるけど、これらのおとなたちの行動は、ぼく、いま楽しくてしようがない、今度読んでて。たとえば王様が命令するにしても、夕日が沈めと命令するのは無理だから、それまで待つようにとか、王子さまが立ち去るときには、「わしはおまえを大使にするぞ」といきなり後ろから言ったり、それから飲んべえは、「なんで酒なんか飲んでるの」と言うと、「恥ずかしいからだよ」「何が恥ずかしいの」「酒飲むのが恥ずかしいんだよ」なんて言う。あれ、ほんとにぼくはすばらしい人物たちだと思っちゃった。だからぼくはああいう人たちを軽蔑できないな。

辻　そういう人を軽蔑するのが、おとなというものかもしれないね。

北　だから、おとなになっちゃったんだけど。この前、埴谷（雄高）さんとの対談〔『さびしい文学者の時代』中央公論社刊〕で、子どもは無邪気だって言うから、ぼくは、「でも、子どもってワルもずいぶんいるでしょう」と言ったら、お母さんがまんまを食べさせると悪い人間になるってことおっしゃってるんですけどね。（笑）

辻　ただ、子どもとおとなという対比を、今いったように機械的におとなは悪人で子どもは善人だというふうに形で分けると、これはまた実に滑稽な区分けになってしまう。教育という概念にも問題はあるけれど、しかし教育を受けず放置されている人間がそのままでいい人間であるかどうかはわからない。おそらく生理的に子どもであるということと、ここでいわれている子どもであるということとははっきり違うわけですね。

北　そう。もちろん純粋な子どももいれば、悪たれ小僧もいれば、さまざまですから、おとなだってそのとおり、子ども的なおとなもいれば、単に動脈硬化になったおとなもいれば、ということでしょうね。

辻　ここで子どもという言葉が表現しているのは、想像力のみずみずしさとか、信じる力とか、感受力の新鮮さとかいった人間存在の願わしい要素を寄せ集めた、いわば理想的な子ども、願わしい子どもというようなものであり、おとなというのは、それ以外の、あまり願わしくないものの総体っていうふうにいえるかもしれないね。

北 それはもちろんいえると思うけど、ぼくは詩を忘れちゃったおとなたちでも非常に感銘を受ける……。

辻 それは北杜夫的ヒューマニズムだね。あるいは北杜夫的人間解釈の広さといったらいいかな。ぼくはそれは非常に感動的な意見だと思うね。普通は相対立する悪党に対しては、自分は、手のきれいな人間だから悪には関係ないといって、他の人といっしょになって石を投げるわけだけれども、そうじゃなくて、そういう動脈硬化した、詩を忘れてしまった人間たちにむしろ人間的な深さやおもしろさを感じていく。それはきみがいかにみずみずしい感受力とやさしさとを持っているかということで、そういう意見を聞くと、人間理解の次元をまた一つ深めたという気がするな。

北 まあ、それはそうかもしれないけど、こっちは子どもの問題なんで。

バラの花が象徴するもの

辻 この辺で少し本題に入って『星の王子さま』のバラの花のエピソードをどう思う?

北 王子さまの星に生えてた花については、明らかにサン゠テグジュペリの妻であったコンスエロの影響があるんですね。サン゠テグジュペリの伝記はいろいろ出てるけど、みんなが彼女のことを書きたがらないとか、あるいは、ただ悪口とか噂話は山ほどあるとか、写真で見ても、なんか女優的でもって、非常に自己顕示欲が強くて、おそらくヒステリーの女だったんじゃないかと思う。なんかのときに口論を始めて、彼女があんまり泣き叫ぶんで、近所の手前、サン＝テグジュペリが枕で押さえつけた。そしたらなおもがいてたけど、そのうち静かになったんで枕をとってみたら、枕のきれを切り破いて、中の綿かなんか口いっぱい入ってたって。（笑）

だから、サン＝テグジュペリっていう人は非常に純粋で子どもみたいな人だけど、また寡黙であったり、一風変わり者だったことも確かですね。それで、ごく平凡な平和を望むような平和的な家庭を持つ、そういう女にはあまり惹かれなかったみたい。だから、コンスエロか、そんな女にけっこう惚れちゃったんだと思うな。

辻　でも、そういうふうな見方をすると、この一本の花についての独白は、自分の妻君についての悩みの打ち明けということになるわけね。

北　打ち明けというよりも、まあ彼女は必ずしもいい妻でなくっても、離れてみればやっぱりいとしい存在だし、自分は彼女をほんとうに理解しなかったんじゃないかという後悔なんかも出てるんじゃないかな。

辻　出てるね。

北　ぼくはあの花を愛するにはあんまり小さかったんだ、なんていう部分もあるし。

辻　あとになって、たくさんのバラの花を見て、いったんこの中の一つにしかすぎない花しか持ってないことをすごく悲観するわけだけれど、しかし、やがてキツネに会って、「飼いならす」とか「仲よくなる」とかいうことを通して、「ただ一つのものになる」ということの意味を知ることになるね。「ひとつの日がほかの日とちがうんだし、ひとつの時間が、ほかの時間とちがう」という生の豊かさの秘密のようなものを教えられる。「もう一度、バラの花を見にいってごらんよ。あんたの花が世のなかに一つしかないことがわかるんだから」と言われて、そこでまたバラのところへ行く。そして「あの一輪の花は、ぼくにはあんたたちみんなより、たいせつなんだ」「あんたたちのために死ぬ気になんかなれないよ」と言うね。そのへんに書かれているあるものがなぜ「ただ一つのもの」になるのかということの意味の深さを考えると、これはぼくははっきりいって、サン＝テグジュペリが直接の動機、直接の材料として、ヒステリーの女房を持っていたかもしれないけれども、そしてそれを花に託して書くことはもちろんあり得ると思うけれども、そういう限定された読み方をしなければならないという理由はぜんぜんないと思うんだけれど、どうだろうか。

北　ぼくはたぶん、自伝的なものを書く人だし、架空な童話にでも何かしらの反映はあったんじゃないかという気はする。

辻　もちろんそうだけれど。

北　それからもう一つ、『若き日の手紙』という本があるんですね。それにはルネという女性にいろいろ手紙を書いている。これはまだ結婚する前ね。それは、あなたは手紙もくれない、少しぐらい手紙をよこしてもいいだろうとか、非常な片想いみたいな感じが出てるんですよ。このルネって人も非常に派手な人で、社交界の華だったらしい。

それから、ぼく、最初にサン＝テグジュペリの『星の王子さま』を読んじゃったでしょ。だから、ジェラール・フィリップみたいな痩型の人だと思ってた(笑)。そしたら写真を見たらクマのような男でしょう。実際、「クマ」ってあだ名されてるらしくて、『若き日の手紙』にも、「ぼくはあまり好感を持たれないクマだし、そのために悲しい気分だ」なんていう文章が出てくる。「では、リネット、さようなら、ぼく自身のたいせつな部分になっている友情を信じてくれたまえ」とか、とにかく甘い返事を出せなかったらしい。それに対して女の恨み綿々たるところがある。

それから、ルネのあとに婚約してるんですよ。ルイーズという女性なんですけどね。ただ、このルイーズも非常に社交界の華で、非常に短い間サン＝テグジュペリと婚約して、楽しい時期を過ごすけど、ルイーズ側から破談をしちゃう。そのころサン＝テグジュペリはトラックのセールスマンなんかしてた。うだつが上がんない貧乏な元パイロットだったわけ。ところが、ルイーズはその後アメリカの金持ちと結婚して、また離婚して、コクトーの絶賛を浴びる女流作家として文壇に登場して、最後にはアンドレ・マルローと公然たる仲になるような人なんですね。

辻　ぼくはルイーズの家を借りていた人を知っている。

北　だから、こういう華やかな女性というのに、クマのような男はかえって憧れたんじゃないかな。

自伝の投影と還元

辻　どうもそうらしいね。

たしかに彼は自伝的な作家だし、自伝的な背景を抜きにして読むことは当然できない。しかしそれだけに、非常に深い意味もそこから汲み取らなければいけないと思う。花はただ花で、星はただ星ということではもちろんないと思うんだけれども、こういう作品になった場合にそこから単純に、背後にある自伝的材料を読み出すだけでいいかどうか、大いに問題があると思うんだ。つまりこれはそれぞれの読み解き方の問題だと思うんだけれども、何が深いか、何が真実かということは非常に難しいと、ぼく思うんだね。その場合に、一人ひとりの読者がそこに自分の体験を折り込みながら読んでいくということは、当然許されていいと思う。

だから、花のエピソードを書いているとき、実際にサン＝テグジュペリの気持の中では、たしかにコンスエロに対するさまざまな思いが含まれていたと思うけれども、しかし、それが花という形に昇華して、いわば文学的イメージになった場合に、それを再びコンスエロないしはサン＝テグジュペリの個人的な事件に還元する必要はないと思うね。
北　あ、それはそうですね。強いて還元したら、また童話を読む上でかえって障害になるでしょうね。
辻　もちろんサン＝テグジュペリが置かれた自伝的状況、時代背景を知っておく必要は大いにある。たとえば最初の、ゾウを飲むウワバミの話を、その当時の世界状況から理解して、飲まれたゾウは中国やエチオピアやチェコであって、飲むほうのウワバミは日本とかドイツとかだというような解釈をすることも可能だと思う。
北　あ、そこまでいったら考えすぎでしょうねえ。
辻　ただ、これ以外に読めないという限定を下しながら読むとすれば、行き過ぎのような気がするね。つまり、せっかく童話の形をとって、楽しい美的な形象に昇華した以上は、イマージュという門が広く開かれて、そこにあらゆる人たちが、それぞれの生の内実を持って入り、原初的な深い経験を織り込めるように作ったことになる。一人の女じゃなくてわざわざ一輪の美しい花とした以上は、それだけ拡がりと深さが生みだされたわけでしょう。想像力がそこに参入する余地ができたことになる。
だとすれば、わざわざ一本の花を女にするどころか、コンスエロにし、ゾウを単に苦しめられる存在から、さらにそれを歴史的事実としての事象に当てはめるのは、せっかく開かれた広いイマージュを故意に狭めて、解読していくやり方のように思えてならないわけだね。

北 ただ、ぼく自身の体験からいうと、『さびしい王様』を書いたとき、王様の乳母が出てくるんですよ。それでその乳母を追って、アッシュア地方という山奥に王様は苦難の旅を続けていくんだけど、后と三歳にして結婚して、六歳で離婚しちゃうんですね。次の后を迎えなきゃなんないのに、乳母のおっぱいが飛び出て、それを押すとめり込んでって、また草の芽がふき出すように出てくるという描写を、ぼく、してるんです。それはぼくのばあやの体験とおんなじなんですよ。

ぼくはそれほど意識しないで書いたんだけど、『さびしい王様』が文庫になったときに、ある精神科医の人が解説を書いてくださって、これは完全な乳母コンプレックスだということを指摘してくれたわけ。それ当たってるんですね、そう言われてみると。だから、ある程度そういうことはあるでしょうね、やっぱり昔の思い出なり何なりが。

辻 それはまったくそうだと思う。書いた人はそういう事実なり思い出なりを踏まえて書いていて、それゆえに、たとえば花がコンスエロであって、その花がわがままだったり、ちっともこっちの言うことを聞いてくれなかったり、あるいは知ってるくせに知らないふりしたり、さんざん悩まされる。そういうことを自分はまだ十分理解してやれるほど年をとってなかったから、とうとう別れてしまったというようなことを書く場合に、生活の苦しさなり悔恨なりがにじんでるということは事実だと思う。

だから、そのことは当然知っておくべきだと思う。作者の気持にそこまで踏み込んで理解することは、非常に大切なことだと思うけれども、ぼくが言いたいのは、せっかく花というような形にまで純粋化したイマージュを、もう一度そんな、それこそおとなの世界に引き戻すことはないいんじゃないかということだね。ここでは、コンスエロの話を書かないでプチ・プランスと花の童話にしたことのほうが大事だと思う。この場合、童話が現実の厳しい生活から逃避していく無害な、それこそロマンティックな夢の世界としての物語じゃなくて、おとなを含めて、人間の精神の活動なり魂の感受性なりをもっと柔軟に開かせてくれる、そういう原初的な場としての童話という意味だけれどね。

だから、むしろ彼が血のにじむような思いでおそらく過ごしたであろうさまざまの日常のトラブル、あるいはいよいよ戦争に加わってフランスを助けなければならないと決意する日々、当然、『プチ・プランス』の中に描かれているさまざまな苦しみとか、恐怖とかがあったと思うけれど、そういうものを童話というものに託して述べている以上は——もちろん、それゆえにこそ単なる童話じゃない気迫とか、緊張感とか、あるいは感情の切実さ、真実さというものがあるわけだけれど——それの拠ってきたる限定された世界に引き戻して、これが解読できたというふうにするには……。

サン＝テグジュペリの砂漠

北　それはよくわかります。辻の言うとおりだ。

ただ、ぼくは花よりも、この童話でサン＝テグジュペリの人生なりほかの作品なりを知らないとはっきり理解できないのは、砂漠だと思うんですね。砂漠ってのはぼくはあまり見たことない。鳥取の砂丘はちっぽけすぎるでしょう。それからモロッコへ行ったときも、砂漠には行かなかった。チュニジアで砂漠をちょっと横断したけど、これは草なんか生えてる土地なんです。一ぺん、これが砂漠だと思えたのはペルーです。ペルーには日本人移民がずいぶん行ってたんで、南米へ行ったときに寄ってみたんだけど、一年の降雨量がゼロってところはいくらもあるんだから。たまに川が流れてて、そこのまわりに緑地があると、そこでサトウキビをつくったりなんかして、そういうとこに日本人移民は配耕されたわけ。それで、その間が延々たる砂漠なんです。

辻　砂漠って、いわゆるぼくらがイメージしてる砂の砂漠？

北　完全に草一本ない砂漠。で、その砂漠を行くとサラサラといって、ちょっと抒情的なんだけど、もっと歩いていくと今度は足にもつれて非常に歩き難いんですね。だから、サン＝テグジュペリは砂漠というものは美しいということを書いてるけど、よほどの体験がないとそうは言えなかった。

辻　そうだろうね。

北　ぼくはペルーの砂漠を見たとき、砂漠の中の逃避行というのはたいへんなものだと思った。日本人移民が病気やマラリアや薄給に耐えかねて逃げるんですよ。中にはアマゾン下りしてブラジルまで行った者もいるし、中には首都のリマまで行って、そこでしがない生活をたてるとか。ぼくにとっては砂漠というのは、まだ悲惨なものだとしかイメージがない。したがって、サン＝テグジュペリがいう美しさとかなんとかはまだわからない。よほど砂漠に接してみないとね。

辻　ぼくも最初に砂漠を見たのは――もっとも砂漠の端っこだけれども――初めてフランスへ行く途中、スエズ運河を通っていったときだ。運河の左手に延々とエジプト砂漠が拡がるわけ。右手のほうにはシナイ半島で、緑があり村落などもある。

北　あ、それぼく、感じてます。左側がぜんぜん砂漠でね。

辻　それがいちばん最初の砂漠。二番目は、これはいわゆる砂漠じゃなくて、泥砂漠だけれども、シリアの広大な砂漠だった。これは夏になると四十五度になるものすごい極地で、日中外へ出ることなどできない。そういう砂漠をぼくも多少見ているんだけれど、最初の印象は恐怖感だった。地上に虚無というものが具体的な形をして存在しているということを知ったのは砂漠を見たときだね。

ただ、そのとき驚いたことに、その砂漠——まあぼくらがスエズ運河から見た程度の砂漠だから、砂漠といったって、しばらく行けばその向こうに部落があったんだろうけれど、ともかくぼくらの目から見ると、果てしない虚無の大地の拡がりだった——その中を一人の男がターバンを巻いて、長い衣を風に翻して歩いていくんだ。船のへりに立っていつまで見ていても、その男は地の果てまで歩いていくんだね。ぼくはそのときにつくづくと、人間は虚無に対しても立ち向かう力があるんだなということを感じた。だから、虚無だからといって、人間はけっしてそれから逃げ出すべきじゃなくて、虚無というべきところにもくさびを打つように仕事を始めることによって、初めて人間の意思は証明されるんだと、そのときは漠然とした形だったけれども、感じた。

北　それはぼくもわかる。カラコルムへ行ったときはそうなんです。最後の飛行機が降りるところがギルギット村というんですね。そこからミナピン村というのがディランの下の部落なんです。そこは百何十キロある。ぼくたちはジープで行った。それこそ千尋絶壁の断崖を走っていくんだから、その恐さってない。ときたま旅人に行き会うんです。一人で黙々と歩いてて、ジープが来ると岩陰に隠れたり、あるいはヤギを一頭連れてて、岩陰に追い込んだりして、じっとこっちを見てるんだけどね。途中ところどころ川があるところに緑があって、部落がある。そのほかは灼熱の砂漠なんでね。あれはすごいことですね。だから人間というのは相当しぶとい生物ですね。

辻　ほんとにそうだと思う。また逆に人間は虚無とか非合理とか恐怖とかそういうものを克服して、現代の文明空間をつくり上げてきたわけだ。ところがその結果、文明社会の中で人間は——あるいは『星の王子さま』に結びつけていえばおとなはといってもいいけれど——自分の幸福を完全に見失っている。たとえば『星の王子さま』に出てくる実業屋のように、五億の星を一生懸命数えて、忙しい忙しいと言っている人や、スイッチ・マンのエピソードに出てくる急いでどこかにゆき、ある一つの場所にいることが好きじゃない人間とか、そういう状態に陥っている現代人にとって、黙々と歩いていく人たち、ほんとうに人間が本源的に必要な、たとえば泉の水とか、暑い日の木かげとか、そういうものを求めて歩いていく人たちの動き方、そういう人たちの持っている生活空間の重さとかは、もはや理解できないものになっているような感じがする。この作品の中ではそんなに生々しく語られていないだけに、非常に胸に迫るようなある強さを持って……。

北　いちばんいい例だが、のどが渇かない丸薬を売っている商人で、一週間に五十三分得になるんだというと、五十三分あったら、ぼくはゆっくりと泉のほうに歩いていくんだけどなあ、と。

辻　まさにそういうことね。

北　それから実業屋の話を聞いて、五億何千何百何十と言うでしょう。それからあと、星の番号にしても、人の数にしても四十三人とやたらと数字が出てくるでしょ。あれね、ぼくのと似てる。ぼくなんかね、じゃんけんを三百何十何回したとか、数字に非常にこだわってる。これは井上ひさしさんに指摘されたんだけど、ぼくのもので数字をユーモラスに使った場合がかなりある。ひょっとすると『星の王子さま』の影響かもしれませんね。

辻　星の王子さまの住んでいる星は、B—612という星ですね。それを発表したときのエピソードも辛辣だね。トルコ人の天文学者がはじめトルコの変な衣装を着て発表したんで、ぜんぜん学会に認められなかった。そのあと近代的な洋服を着て再び同じ発表をしたら認められたっていうエピソードね。

北　汚い服を着てはならんという法律を出すんですよ。それで立派な服を着てくる。

辻　人間はどこの世界でも表面的なものによってしか価値の判断をしないということの、揶揄だと思うけれども。

しかし、さっき北君の、星にいるおとなたち、呑み助とか実業屋とかスイッチ・マンとかいう人がおもしろいという意味で、チャールズ・ラムが、人間の中に愚かな人間がいるということは救いだ、つまり愚者礼讃ということを言っているね。聖書に、七人の賢き乙女と七人の愚かな乙女の話があると、愚かな七人の娘のほうにより人間らしさを感じるというふうにして、愚かな人間を認めているんだけれども、そういう限りではたしかに人間の愚かさを許容していくような目もあっていいね。

北　たとえば『シルダの愚人たち』なんていうのは傑作でしょう。

辻　傑作だね。

北　ぼくはあれはNHKの「私の本棚」ってとこで、うっかり『シルダのバカ』って言ったら、削られちゃった。このごろうっかり何も言えないんで困りますね。

辻　ほんとだね。さっきもいったようにともかくこういう楽しい童話が、よしんば、ある自伝的事件や時代的状況から生れても、それを越えて、人間の普遍的な真実に触れてくるところが、ぼくにはすばらしいと思えるんだ。

北　それはそうだと思うけど、ただ、王子さまの友だちの飛行士が砂漠に不時着して、いろいろ飛行機を直してるでしょ。ああいうのは『人間の土地』の砂漠へ不時着して、いろいろ難儀、苦労して、水もなくて、蜃気楼を見たり、最後にリビア商人に助けられる、ああいうところを読んでたら、よりよく理解できるんじゃないかと思う。

辻　それはそう思う。まったくそのとおりだと思う。だから、たとえば『人間の土地』

にしてもそうだけれども、彼の友情、人間の連帯感というものが切実に書かれている。ここではキツネとの友情とか、好きになるってことが多くの中からたった一つのものを選び取らせて、そのものが絶えず人間に生きた喜びをもたらしてくれる、そういう意味ではその人に結びつかなければならないし、その人に対して責任も持つという、サン＝テグジュペリの友情論、人間論が展開されるわけだけれども、そういうことを考えても、ぼくは人間はこうであるべきだということからもっと解放されて感じていっていいと思う。たとえば砂漠に不時着してモーターを直している、ほんとにまだ子どもの持っている純粋な魂の柔らかさを持ち続けてる飛行士が、純粋さの化身のような星の王子さまに触れるということの中に、限界状況の中に置かれた人間がそういうものを乗り超えて、詩的なものからもう一度自分をながめてみるという、そういう一種の呼びかけの中にいるように感じる。だから、それをもう一度現実の限界状況に戻し、現実の厳しさと直面して考えていくということには、どうもいろいろ疑問を感じるんだ。

そうかといって、これを逃避の文学とか、あるいはまったくきれいごとの夢の中の事柄とか、ただ美しいもの、星とか花とかというだけで喜んでいるお話だと言っているのでは、もちろんない。そうではなく、せっかくこうした文学形式まで鍛え上げたのだからね、これは非常な力を必要とする仕事だと思うんだ。人間の陥った困難さ、まして死とか、のどの渇きとか、孤独な状況とか、あるいは千マイルも人間から離れてることの恐怖感とかそういうものと直面している。死そのものよりも、死を待つ不安や恐怖のほうがどれだけ厳しいかしれない。つまりそういう状況の中で初めて自分の純粋さとの対話が始まるような状況でしょう。どういうふうに理解してもいいんだけれども、ここで出てくる星の王子という人物は、自分の中における人間的な可能性のいわば化身のようにも見える。非常に純粋に美しいものとして自分の可能性が表われてきたというね。

『星の王子さま』の構成と死生観

北　それで、この童話の構成からいうと、非常にうまくつくってあると思う。たとえば普通に、「昔、小さな小さな星がありました。そこには小さな王子さまが一人で住んでおりました」って。それから花が出てきたり、星めぐりが始まったり、砂漠で飛行士に会うというふうにしてもいいんだけど、それをまず帽子の話から始まって、いきなり砂漠に一人の坊ちゃんが現われて、「ヒツジの絵を描いてくれない？」と言う。あれはすばらしい構成ですね。

辻　あれはすてきだね。あのヒツジの絵を描いてくださいというのは、ほんとにすばらしい。

最後に、結局同じ場所から星の王子が死んでいく、消えていくわけだ。その消え方だけど、あれはどういうふうに思う？　いろいろ手を加えて、死とか消滅とかいうものをショッキングに表わさないように工夫してある。ヘビのエピソードの中ですでに、謎めいたことをヘビが言うでしょう。

北　最初にね。もし困ったことがあったら、かな。

辻　あるいは、ぼくはすごく遠いところに早く行けるというようなことを言ったりする。そういうことで遠くへ連れていくというような謎、それに、おれはおれにさわったやつをそいつが出てきた地面に戻してやるんだとか、そういう謎めいたことを言う。

北　この童話の結末からいうと、王子さまがただ星に帰るってんじゃ……。サン＝テグジュペリ自身、これが出たあとは、またアフリカかコルシカの連隊に復帰して、飛行士としてやってたんだから、あのころ、私はもう生きていないだろうとかそういうことをしきりに言ってるもんね。だから、王子さまがほんとは星めぐりをして地球までやってきたんだから、また星めぐりをしてもとの星に帰れるっていうだけじゃ、物足りなく思ったんじゃないかな。死ってものを痛切に感じてたんじゃないかと思う。

辻　あの消え方なしには終れない。死という形をとって、自分の星に戻る、あるいは自分の花を愛しに行くということになるんだろうけれどね。そういう意味では、もともと夕日が美しく見えるのは悲しいときだ、といっているし、また彼は夕日を見るのが好きでしょう。

この『星の王子さま』のときばかりじゃないけれど、きみと話してると驚くのは、茂吉先生の歌を暗記しているのは当然だとしても、読んだものを実に正確に再現することだね。やっぱり昔、秀才だった痕跡が表われている。（笑）

北　今度は一度読み返しましたからね。

辻　それにしてもだ。おそらく読み返さなくても正確に頭の中に、残っているんだろうね。

北　ぼく、ウワバミが飲んだゾウの絵は忘れてた。最初の帽子の絵。

辻　あ、そう。

北　辻は『星の王子さま』の絵についてはどう思う？

辻　不思議に魅力的な絵だね。これははたして彼が自分で描いたのかなと思って、初め疑っていたんだけれど。自分で描いたんでしょう。

北　自分で描いたんですよね。彼は少年のころ初めて、ある飛行士にねだって空を飛んだことがあるんです。それでその飛行について詩を書いて、先生にほめられたことがある。そういうふうに文学的には、子どものころから戯曲みたいなものを書いて朗読していたことなんかがあるから、早いんでしょうね。それからニューヨークに亡命してたころも、しょっちゅう便箋なんかに絵を描いてたというんです。この絵はこの童話にはまことにぴったりしているね。

辻　まことにぴったりしている。

北　この絵があるから好きだなんていう女の子は、ザワザワいますよ。

辻　それはわかる気がするね。ぼくの持ってきたこの版はプレイヤード版の叢書で、古典から現代までいかめしい感じの作品ばかりで、活子がびっしり並んでいるんだけれど、その本の中に『星の王子さま』があって、こういう絵が入っているのは、ユーモラスですらあるね。

北　それは全部原色？

辻　全部原色。

北　これを見るの初めてだ。

辻　日本版では、単色にしたり、ぬいてあったりするね。

北　なるほど、やっぱり原色版のほうがいいなあ。これ、奇妙な絵でね、うまい絵とはいえないでしょう。

辻　うまい絵ではないね。

北　ちょっと稚拙なとこがある。それがまたこの童話にぴったりしちゃう。

辻　かわいい絵だな。

北　かわいい絵ですねえ。で、『若き日の手紙』というのにこういう絵が載ってるんですよ。絵としてはこっちのほうがうまいかもしれないんですけどね。ぜんぜん違う趣き。

辻　ぜんぜん違うね。でも、けっこう張り切った絵があるね、迫力のある。

北　だから、サン＝テグジュペリの絵にしてはまた非常に可憐すぎるという、彼の肉体にしてはね。そんな絵ですね、『星の王子さま』の絵は。

辻　ほんとだね。もう原稿にする段階で、こういう絵をここに入れてやってこういう意図は、当然あったんだろうね。

北　あったでしょう。

キツネとの会話で、「飼いならす」って言葉が出てくるでしょう。あれは直訳してもそうなるわけ？

辻　「アプリボワゼ（apprivoiser）」という言葉なんだけれどね。

北　ぼくは昔、若いころ読んだとき、「飼いならす」ってのがなんとなく異色でちぐはぐみたいな気がしたんで、ただ「仲よくなる」とかなんとかしてもいいんじゃないかと思った。

辻　ぼくもこの中で、読んでて、ちょっと馴染まないものがいくつかある。名訳であることは事実だけれど、厳密にいえば読み手によって、馴染まないところがいくつかあって当然だ。「アプリボワゼ」というのは野生の動物を危険のない性質にすることだから「仲よくなる」で、もちろんいいわけだ。「アプリボワゼ」をカギに入れて使っているから、いくらか広く、アクセントをつけて使っているといえるかもしれないね。「〈飼いならす〉って、それなんのことだい？」「よく忘れられてることだがね。〈仲よくなる〉っていうことさ」というところがあるね。この、「仲よくなる」ってフランス語では「créer des liens」直訳すると、関係をつくるということだ。もちろんこの関係は友情の結びつきだから仲よくなることだけれど、そういう関係が意志的につくられてくる感じが強い。仲よくなるというと、何となく、自然にそうなってゆく感じだが。

北　王子さまが地球にやってきて会って、飛行士はどっちかというと、もちろん相手を理解するけれど、平凡な人で、ちょっとしゃれたことを言うのはキツネとヘビだけみたいな気がするんだけど。

辻　そうね。でも、普通キツネのイメージって、フランスでもそうだけれども、必ずしもいいイメージがないんだ。

北　やっぱりずるいっていう意味がある？

辻　ルナール（狐）という言葉のもとになった『狐物語』の中に出てくるキツネはずる賢いね。

サン＝テグジュペリの死

北　たとえば、四時にあなたが来れば、三時半には私は胸がドキドキしてくるんだというんで、初めは関係づけられてる。それから愛が生まれるということなんでしょうね。

サン＝テグジュペリの死については非常に異論があったり、初めは不明とされてたんだけど、こんど明らかになったんです。それまでは一九四四年七月三十一日にドイツ機が連合軍のライトニング、これ、P38といって、山本元帥を落とした戦闘機です。ただ、サン＝テグジュペリは偵察飛行をやってたから、機銃はないわけね。武装はないわけ。それをドイツ空軍機が撃墜と記録したために、長い間これがサン＝テグジュペリ機と思われてきたんだけど、これは撃墜の連絡が真夜中についてるんで、日付が実は違ってた。それもいろんな調査で判明してるんだ。

ところが、ほんとの一九四四年七月三十一日、南仏で別のP38を撃墜した若いドイツ人パイロット、ロベルト・ハイヒェレ、見習士官の戦闘報告と友人への手紙を調査した結果、このP38にサン＝テグジュペリが乗ってることは間違いないとわかった。墜落場所が南仏カンヌの南西約三十キロにあるサン・ラファエルの沖約十キロで、墜落時間は同日十二時五分。偵察飛行に行って、写真を撮って帰りに撃墜されたらしいんですよね。

サン＝テグジュペリの死について、ジュール・ロワという人が、これは訳書だけど、『サン・テグジュペリ　愛と死』というのを書いてるんですよ。これは彼がコルシカのP38ライトニング部隊にいて、偵察飛行を行なったころの仲間なんですね。サン＝テグジュペリは、とにかくドゴールとはぜんぜん相容れなかった。

P38というのは一万メートルを超えて飛べる戦闘機なんです。この場合は偵察機なんだけどね。ただ、一万を超すと飛行機雲を吐くわけですね。それで発見されるから、それより少し下を飛ぶようにと命ぜられて、いざ敵戦闘機が来たら、一万以上に逃げたら、スピードからいって追いつかれる可能性は少ないというんですね。

この本にも、さっきぼくは、サン＝テグジュペリを初め撃墜したんじゃないかという誤報を話したけど、そのことが書いてあって、それは違うと書いてあるんです。むしろ、その日に戦闘が行なわれた形跡がないから、酸素吸入機の故障じゃないかと。つまり一万近くを飛んでいて、酸素ボンベが故障したら、ことにクマみたいなサン＝テグジュペリだからたいへんなことになって、失速するだろうと。サン＝テグジュペリの死についてはそういう予想で、この本は終わっているんです。ただ、やはりドイツ戦闘機に撃墜されたんですね、真相は。

サン＝テグジュペリの生家を訪ねる

北　でも、この前おふくろとリヨンに寄ったときに、ホテルの運転手さんにも、ホテルのボーイにもサン＝テグジュペリって聞いて、名前すらも知らないわけ。サン＝テグジュペリというのは『夜間飛行』とか『人間の土地』なんかで賞をもらったりなんかしてるけど、いわゆる文士とは違うみたいなとこがありますね。

辻　彼自身もパリの文壇とはあまり近づきたがらなかったらしい。『星の王子さま』に出てくるうぬぼれ男のエピソードはどうも文士のことをいっている（笑）。自分のことを賞賛されることとしか関心がない。まったくそうかもしれないね。それに第一次大戦とか第二次大戦の間の文学傾向として、いわゆる文学の世界の中だけでは、安住できない不安があった。そこに安定して生きることのできない精神状況があった。

北　そうでしょうね。

辻　あの時代の文学者はそういう意味では、たとえばモンテルランが行動主義に走ったり、アンドレ・マルローが政治運動に走ったり、あるいは東洋にまで美術を探求に来たり、あるいはジッドですらが『地の糧』『背徳者』を書いたりして、それまで存在していた精神優位の価値観を打ちこわして、もう一度生きる原点に人間を引き戻そうとした。

既成の価値を根底から疑って、もう一度自分の手でつくり直していきたいという意図があったと思う。

北　ジッドといえば、『夜間飛行』の草稿を、彼は読んでるんですよね。

辻　きみはサン＝テグジュペリについてはずいぶん細かく知り尽してるんだね。

北　いや、とんでもない。

辻　しかし、サン＝テグジュペリの生れたリヨンにまで行ってサン＝テグジュペリの生家まで探るなどということは、なかなか普通の人はしない。まして小説家風情では、ぼくもそうなんだけれど、しないんだね。

北　その住所のとこに行ったら、なんか貧相なうちで、プレート一つないんですね。だから、おそらく間違いだと思うんです。

辻　何かあるだろうね。今度調べてみよう。

北　でも、日本人で作家っていうと、なかなかたいしたもんと思う習慣があるんじゃないですか、昔と違って。昔は嫁にやらないといったけど。

辻　いまでもくれないんじゃないんですか。（笑）

北　でも、サン＝テグジュペリほどの作家でも、その生れた町のホテルのボーイから運転手から知らないというのには、ちょっとぼく、びっくりしたですね。

辻　ぼくの学生の頃は、フランスではたとえば女郎屋のおかみまでモンテーニュを読んでいるとか、ボードレールの詩を暗誦するとか、ぼくらの先生方が言っていた。それゆえにフランスは文学共和国だと聞かされたけれど、彼らの行ったのが女郎屋だけだったということでもあるわけだね。(笑)

しかし、どうも考えてみると、日本ほど古くから文学の伝統が民衆のあいだに浸透している国は少ないのかもしれない。

北 川柳とか俳句とか短歌というのは庶民の間に浸透してましたからね。ただ、そのわりにはいま、ろくな歌人はめったにないみたいだな。

辻 まあね、そういう悩みもあるけれどね。しかし、一般的にいって、たしかにフランスでは、文学者は一種独特のアクセントでいわれている。芸術家の持っている社会的な意味は非常に高い。たとえば現在、集合住宅で、普通の団地形式の建物の中にも、画家の住めるアトリエがつくられている。市の建てるような一般の団地でも。日本で集合住宅をつくる場合、画家のために、たとえば屋上にでもアトリエをつくるなんてことは言語道断なことでね。とてもそんなことは生活の常識の中に存在しない。ところがフランスはそうではなくて、アトリエを一般住宅の間に存在させている。このことは、おのずとそういう価値の基準の相違、生活の中における芸術の位置の相違を示している。芸術・文学に対する考え方がそういう形で反映していると、ぼくは思うね。

だから、たまたまサン゠テグジュペリの名前をその運転手が知らなかったことは、現代のフランスの衰退を示すものかもしれないし、その運転手が外国の出稼ぎ労働者だったかもしれないけれども、一方では集合住宅の中のアトリエというごとき一つの社会の中に芸術の位置の確たる表明があるのだから、こうした特殊な一例を取り上げて、フランスで文学者が評価されなくなったとはいえないと思うね。

ただ、サン＝テグジュペリという人はけっして大衆的に、たとえば通俗映画とかテレビの材料になるような小説を書いていないわけだし、だいたい作品の数が少ないし。

北　『夜間飛行』や『南方郵便機』は映画になってますけども。でも、『星の王子さま』がなかったら、日本人はこんなにサン＝テグジュペリのこと知らないと思いますね。

辻　知らないでしょうね。ぼくは『星の王子さま』の映画を見たけれど、これはどうしようもないものだったね。

北　そうだった。

辻　あっ、いっしょに見に行ったんだっけ。

北　いや、辻とはマンの『ブッデンブロークス』を見に行ったのは覚えてるけど、サン＝テグジュペリのはちょっと記憶にない。

辻　そうだったね。ぼくは若い女の子と行ったという記憶があるけれども。（笑）

北　辻先生、またちょっと痩せてきて、ハンサムになったんじゃないですか。（笑）

辻　なんだかいよいよ攻勢だね。きみはサン＝テグジュペリのこと、前からよく調べているんで、ぼくははじめから受身なんだ。

北　いや、調べようと思ったけど、みんな忘れちゃうのね、何でも。

辻　いや、全部心の中に刻み込まれている。

ぼくはサン＝テグジュペリのお父さんの名前に「ド」がついているから、貴族だと思って、その生家もけっこう大きいと思ったけど、実際はしがない官吏にすぎなくて、そう大きな家ではないはずらしいんですね。ただ、そのあと母方のどこかに行って、大きな屋敷で。

北　両方に塔のある城の写真があるじゃない。

辻　ええ。大きな屋敷で、きょうだい仲良く遊んで暮らしたと。そのお城には宝が埋めてあるという伝説があって、それはまだ発見されなかったとか。

北　それがこの『星の王子さま』の中に出てくるね。

辻　ああ、そうだっけ。

モラリストの側面

北　キツネとの話の中に。それ以来古いうちは光り輝いて見えたって。心でしか見えないとか、それからいいものは外に表われてないとかいうエピソードの中で。

ぼくはサン＝テグジュペリがこの『星の王子さま』を通して見てもそうなんだけれども、とくに人間と人間との関係、まさにクレエ・デ・リヤンを非常に大事にしているということを強く感じる。それから人間と物とのかかわりについてもね。それは最近のぼくの考えているいろんなことに絶えず戻ってくるんだ。ボーマルシェは、犬を持っていたんだが、その犬は首輪に、「私はボーマルシェを持っている」と書いてあったというんだね。何か物を持つことは物に持たれることだという意味だね。そういう意味で、決定的に人間が所有する物から自由になるとは、結局物を持たないこと、放棄することだ。そういう意味では、人間が物と本当の関係を結ぶということは、物を所有することではなくて、物からわれわれがお互いに自由になりつつ、その相手の運命をほんとうに考え合うことだと思う。

実業屋のエピソードの中に星をただ持っているというところがあるね。星の王子はそれがふに落ちなくて、「ぼくが火山や花を持ってると、それがすこしは火山や花のためになる。しかしきみは、星のためになっていない」と言う。この「ためになる」というのは相手の運命を——たとえ生命のない物であっても——ほんとうに考え合うということなんだね。その基本の姿勢は、たとえば『星の王子さま』の冒頭の献辞の中に、飢えを感じてる人や寒さを感じてる人、という言葉があるけども、文学がそういうことを絶えず——そういうことまで含めてというべきかな——そういう問題を絶えず考え、そういうことにまで進んでいかないと、どうも小手先だけの仕事に終わってしまうんではないかという感じがする。そういう意味でサン＝テグジュペリという人はこの両大戦間という一種の閉塞状況の中にあって、われわれがそれ以後いっそう失いつつあるものを、持ち続け、尋ね続けた人だという気がする。

北　その意見にはまったく賛成なんだけど、そして、あの時代からいけば無理はないんだけど、サン＝テグジュペリの文章を読んでて、ときたまモラリストのにおいが強い箇所があるんですね。

辻　あるね。

北　それがぼく、ちょっと気にくわないんですけどね。ただ、ああいう行動派の人だから、それはやむを得ないと思うんですよ。

辻　空を飛んでいる飛行士だから当然だけれど、『人間の土地』の最後で、飛行士が地上に電気の光が点々としているのを見て、あの窓では孤独な人間が一人で本を読んでるだろう、こちらの光は発電所の技師がいるだろうというふうに考えながら、そういう孤独な点々とした光がお互いに結びついて人間というものをつくり上げているさまを想像してゆく。ああいう箇所はぼくは非常に心を動かされる。「なぜ憎み合うのだろう。ぼくたちは同じ遊星によって運ばれ、連帯義務を担っている同じ船の乗務員だ」などという言葉はぼくは好きだな。

北　もちろんぼくもそうですよ。初め南米に行ってどこかの航空路を開拓したときに、空の星とともに、大地の灯がともるのを非常に印象深く述べてますね。

辻　相手にする女の人が、さっききみが言ったように、ヒステリー的な女だから、恋愛感情を書くよりは、男同士の友情というか、同志愛というものに、より迫真力があるのかな。

北　ただ、悩みながらも、奥さんをずいぶん愛した人間だって気はするんですよね。ただあくまでも、悩みながら、という注釈が付きますがね。

辻　しかし、もし『星の王子さま』という作品が、コンスエロとの間の愛の悩みから生まれたとすれば、たいへんなものを生み出させたヒステリーだというわけで、これは生産的ヒステリーとでもいっていいものかもしれないね。あまりいい女房だと、こういう作品は生まれないかもしれないな。

でも、マンがいうように病気や夜が人間を精神化するという意味では、小説家は現実的にあまりにも幸福になって、まったくツルツルした表面の上に立っているようになったら、書く手がかりを失って、どうしようもなくなるね。

北　それはそうです。ただ、唯一の例外は辻邦生。（笑）

辻　また逆襲だね。

すぐれた文学にある童話性

北　辻の好きな世界の童話っていうと、どういうのがある？

辻　ぼくはやはりアンデルセンをとるね。ぼくの好みの文学の星座はシェークスピア、ディケンズ、アンデルセンという具合に連なっているんだね。強いていえば、ドストエフスキー、カフカをこの星座の中に入れてもいいんだけれど。

北　アンデルセンはぼくも好きです。それから子どものころ、『グリム童話』を読んだ。

辻　『グリム』もいいね。

北　ただね、あれは民衆伝説やなんかを主にしてるでしょう。だから、相当残酷な話やなんかも多いね。

辻　そうね。

北　ぼく、小学生だったから恐くなったこともある。

辻　きみは子どものときの微妙な反応を実によく覚えているね。

北　いや、いまのことはみんな忘れてんの。ただ、小学生のころのことはよく覚えてるんです。

辻　とにかく異常に敏感な感覚の持ち主なんだね。

北　違う。これ老人性痴呆の……。（笑）

辻　しかし、きみの記憶の鮮明なことには、ぼくは驚嘆する。『幽霊』やその他初期の作品に幼少期のデリケートな感覚がいろいろと書き込まれているからね。

北　いや、記憶の鮮明さ、ほんとにいまないんです。どんより濁ってるんです。ただ、そのころになると思い出す。いちばん思い出すのは、人から侮辱されたこととか、怒りたくなるような事柄。

辻　それを最初に思い出す？

北　まずそれが強烈なんですね。だから、死ぬまでにこいつの悪口は書き残して死のうなんて思う。

辻　恐ろしいねえ（笑）。しかし、躁状態になってきて、いろいろと連想作用が活発になって、作品を書く上にプラスになることから見ると、そういう精神機能は、ものをつくることに強くかかわってくるのかしら。

北　躁状態のほうがはるかに行動的だし、頭の回転もぼくにしては速くなるし、創造にもつながることになるしね。ただ、あまりひどくなると、書くものが乱雑になっちゃったり、行き過ぎてもだめですけどね。ちょっと躁状態になりかかりのとこぐらいがいちばんいいかもしれないね。

辻　いまはそうね。

北　いや、きょうは薬も飲んできたし、きのうは早く寝て、辻先生と立ち合うのを期待してたわけなんですよ。

辻　でも、きょうは非常に迫力あるから、これから聞かなければならないことがまだいっぱいある。

北　さっきの話の続きだけど、辻の好きな童話を途中ではしょっちゃったんで、ちょっと話してみてください。

辻　アンデルセンになぜ惹かれるかというと、こんな風に説明したらいいかな。アンデルセンは森鷗外の訳した『即興詩人』とかその他、小説を書いているわけだけれど、そっちのほうは、童話ほど第一級の作品にならなくて、童話だけが世界文学の中に残った。アンデルセンの童話の中で、いまもたまに手にして読むのは、昔、ドイツ語の教室で読まされた『絵のない絵本』だね。あれは不思議な、一種童話と短篇小説の間のような味わいがあって、実に好きなんだけれど、なぜああいう型の詩人が普通の小説でうまくいかずに、童話でうまくいったかということを考えるのに、この作品はいろいろのことを示唆してくれる。さっき言った、シェークスピア、ディケンズ、アンデルセン、それからドストエフスキーとカフカを入れて、そういう系列の作家が考えられる根拠もこのこととと切りはなせないんだ。

北　ドストエフスキーとかカフカも童話性を帯びてくるという意味ですね。

辻　幻想性といってもいいね。たとえばドストエフスキーはディケンズを非常によく読んでいる。バルザックも読んでいる。その中でいちばん影響を受けたものの一つとして、『骨董屋』というディケンズの作品がある。これは『虐げられた人々』といろいろな点で類似している。たとえば博打に凝っている老人と、その老人に育てられているネリという少女という筋立からして似ている……。

北　なにかぼくと似てますね。

辻　似てますねえ（笑）。片や悪と汚辱に満ちたペテルスブルグの都市であり、片やロンドンの霧深き夜の都会であり、都会小説ということでは両方同じです。しかも貧困、背徳、絶望的な愛にのめり込んでくることでも似ている。それからメロドラマ性においてもね。両者にかなり共通の要素がある。ドストエフスキーはああいう思想小説を書きながら、その全体の構成は非常にメロドラマ的だ。

北　ぼくは、童話とはいえないけど、『貧しき人々』なんかもその系列に入れたいと思いますね。

辻　ぜひ入れたい。それで、たとえばその対立項として、ドストエフスキーだったら当然、トルストイ、あるいはツルゲーネフが来るわけだし、ディケンズに対しては、たとえばサッカレーでもいいし、ジョージ・エリオットでもいい。そういうリアリズムの作家に対して、いわば幻想性を主とする作家の系列というふうにいってもいいと思う。

少し前までは日本の文学読者の間では、幻想性を帯びた文学はリアリズム文学よりも一段と劣っている、ないしは詩的な価値としては第一級でないという認識があった。ところが最近では、シェークスピア劇はやれば当たるというほどのたいへんな人気だし、また事実、いい訳者も出ている。ディケンズは、まだそれほど真価は評価されてないけども。しかし、一般にゴシックロマンスをはじめとして、幻想小説が非常に読まれ、事実売れてもいる。それからまたリアリズム文学の中でも一種非常に幻想性の強いラテンアメリカ文学がかなり読者を獲得している。特にその中でも魔術的リアリズムといわれてるカルペンティエールとか、ガルシア＝マルケス、『百年の孤独』というすばらしい作品。そういう系列の作家たちが非常に好まれている。

ましてや、SFが読まれ、ブラッドベリが読まれ、そういうふうな幻想に向かって開かれていく世界空間、宇宙空間、文学空間に対する関心は、かつてよりもはるかに強烈ではるかに真剣だと思う。文学がなぜリアリズム的傾向から離れてきたかというと、これは、真実ということへの痛切な反省が一方にあるとともに、他方では、現代文明が「客観的認識」を武器にして、科学技術的世界をつくりあげてきたけれども、結局それが、さっき話に出たような形で幸福をもたらさないどころか、地球を破壊するという結果になってしまったところから生れた、一つの大きな反省の表われだと思う。認識は「もの」を知ることができるが、「もの」と人間の間柄の意味は明らかにならない。「もの」

と人間の意味をもう一度捉え直すには、想像力を駆使した、新しい意味の問い直しの場が必要になってくる。結局幻想空間とは既成の時間・空間の秩序と価値を破壊して、新しい可能性を探究する場だということができる。それはサン゠テグジュペリが『星の王子さま』を戦争のさなかに書いた理由にも通じるわけね。

北　しばらく前までSFは日本の文壇でちゃんとした地位を得てなかったけど、いまようやく正当な評価を得るようになりましたね。ただ、ブラッドベリというのはぼくは好きなんです。好きだけど、三島由紀夫さんは嫌いだった、センチメンタルだという理由で。でも、いいものは、いいものがあります。

辻　いいものがありますね。

北　でも、SFの話となると、昔のヴェルヌといい、ウェルズといい、全部童話作家じゃないですか。

SFとファンタジー

辻　そうね。SFの領域では北君の独壇場で、全部しゃべっていただかなければならないけれども。

もう少しぼくの線を辿らせていただくと、なぜSFとかファンタジーとかに至るまで文学の関心が拡がったかというもう一つの理由に、今いった認識の側の限界とともに、対象のほうにも大きな変化が起ってきたことがあると思う。現代という時代そのものが、われわれが安定した既成の現実認識ではもはやつかまえることのできない拡がりを持ち始め、複雑な内容を展開し始めた。つまり、ぼくらはこうしていても、ぼくらのまわりはカフカが描くような奇怪なできごとで満たされている。これをいままでの手法で書くことはできないと思うんです。

北　ぼくは、これ、饒舌だけど、ナホトカへ着いたときに、ソビエトのインツーリストの男が来て、器用な日本語で「心配しないで待ってらっしゃい」とか言っても、前に着いた客は汽車に乗って出ていっちゃうし、ぼくたち数名だけ取り残されて、これはカフカ的現状だなんて思ったわけですね。

辻　カフカの場合はそういうふうに説明のできない状況を、逆にきわめて鮮明にリアリスティックに描いていく。ところが描かれた対象同士の結びつきが説明を超えているために、奇怪な印象を与えることになる。たとえば『審判』において、審判が行われる裁判所のイメージは何ともグロテスクだ。建物の中をグルグル回っていって、最終的に天井裏のような、屋根裏部屋のようなところに集会場ができていて、そこに大勢の人間が集まっている。夢ではよくそういう場面を見るけれども。

だから、そういう意味で、われわれのまわりにある状況をつかまえるためには、どうしても幻想的な領域に踏み込んでいかなければならないし、またそういう幻想を頻繁に利用し、そこに与えられた方法を自由に駆使して、いままで描ききれなかった内容を表現することができるようになったのも、また事実だと思う。

また、多くの人たちが見聞きしたことだけが現実だとするような日常生活でなくて、実際にいままで見たこともないこと、考えたこともないことが平気で起こるような状態――ぼくらがカフカ的状況というもの――が日常に感じられるようになると、日常のリアルなものというのは、実はわれわれがそうだと信ずれば何事もリアルなものになるんだという、いわばリアルということの拡張解釈した実感がそこに生まれてくる。現にそういうものが生れているとぼくは感じる。

だから、いままでは見聞きした、いわゆる素朴な現実が現実だというのに対して、幻想の中で描かれたものが非常にリアルに感じられる素地がわれわれの中にできている。文学は信憑性によって、その持っている感情喚起力は強まってくるわけだけれども、先ほど触れた子どもの持っている想像力が自在に何物をも作り出し、それを現実と同価なものと信じるのと同じように、おとなの想像力の中にも何かを信じていく領域が拡がっているということはいえるんじゃないかと思う。だからそういう意味では、一見荒唐無稽なものでも非常にリアルなものとして信じられる、むしろ信じるとか信じないとかいう前に、ともかくそこに描かれたものの中に現実として入っていける。

ここで、シェークスピアの流行を考えると、シェークスピア劇の中には、不思議なことに、現実のロンドンとか、現代の風俗とか、現実の商人階級のリアリスティックな葛藤とかは描かれていない。現実を素材にしたのは、たとえば『ウインザーの陽気な女房たち』ぐらいで、あとはほとんど、イリリア国とか、アゼンスとか（これはいささかも現実のアテネとは関係のない）それからほとんど空想の国に近いようなものが取り上げられている。あとは現実から離れた時代を扱う歴史劇で、それもたとえば『マクベス』のように、スコットランドの城で事件は起こるけれども、実際は幻想の舞台といっていい。そうなると、シェークスピアの舞台の設定そのものにも非常に幻想的、童話的要素がふんだんに取り込まれているといっていい。特に後期のロマンス劇『冬物語』や『テンペスト』は、舞台の上に十年とか二十年とかいう途方もない年月が経過する。ドラマの筋も幻想性を帯びてくる。初期の喜劇の中でも、人物の取り違えとか、あるいは男の子が女の子になるというような、現実ではあまり起こりえないようなことが、平気で劇の大事なモメントになっている。

北　『真夏の夜の夢』だってそうだし。

辻　完全にそうだね。

北　それからこの前、ちょうどテレビで『ヴェニスの商人』をやったでしょう。あれも一ポンド肉を切り取るとともに、もう一つの設定で恋人が金や銀や鉛の箱から肖像を選ぶというのが入ってて、あんなのはやはり童話ですね。ただね、もっと辻が幼いころ読んだアンデルセンとかなんとかの話を聞きたい。

辻　そうですか。では、まずシェークスピアの話を片付けると、彼の世界は多彩な幻想的世界であるということになる。その幻想的世界、幻想的枠組みとは、シェークスピアにとって、自分の持っている主題を自由に表現できる方法だった。現実に題材をとれば制約されただろうところを、こうした変幻自在な形象のおかげで乗り切って、自由に幽霊が現われる。妖精が現われる、暗闇が出てくる、裏切りも、反抗も、野心も、純愛も、次々に出てくるというふうにしてそういうものを通して自在に何でもいえる立場に身を置いた。それを彼はいわば詩的リアリティーとして持つことによって、あれだけの多様な世界をつくったといえる。

幼少年期の読書体験

辻　ぼくはなぜ現実を描く小説家でありながら幻想的世界に惹かれているかというと——この辺からアンデルセンに戻るけれども——ぼくはどうも最初に読んだ物語のショックが強すぎたために、それから抜けられないからではないかと思う。たとえば、記憶が間違っているかもしれないけれど、『アラビアン・ナイト』の中で、ある学者が王様のためにせっせと将来の運命について本を書く。大事な貴重な本を書くわけだけれど、そうするとそのお返しに、王様は学者の首をはねてしまう。

北　それ、ちょっとぼく忘れちゃった。

辻　そのとき学者は、「王様、私の首をある液を入れた皿の中に漬けて部屋にお置きください。そうすれば、私の首は口をきくことができ、この本の何ページをお読みになれば、王様の将来がすべてわかるかお教えできます」という。

北　あ、思い出してきた。

辻　学者は首をはねられ、王様がその本を開いてその箇所を読もうとする。なかなかそのページが開かないんで、一生懸命唾をつけてあけてるうちに、やっとそのページを開く。そうするとそのページはまっ白であった。で、そばに置かれてた皿の中の首に向かって、「おい、おまえ、このページには何も書いてないじゃないか」と言うと、「いや、王様、ページには十分毒が滲ませてありますので、王様の指からそれが体におまわりになってくるでしょう」と答える。蒼白い首のあるカラーの口絵などあってね、ま、そんな種類の話に魅了されていたんだね。

北　これは事実の話だけどね。古い時代だけど、どこかの国のものすごく有名な医者が死んだわけですよ。それでその秘伝を書いた手記本が競売に付された。たいへんな高値を呼んで、それを買った人が開いたら、「汝の頭を冷やし、汝の足を暖めよ」としか書いてなかった。

辻 なるほど。『アラビアン・ナイト』のあと、ぼくがアンデルセンとともにぞっこん惚れこんで、繰り返し繰り返し読んだのがトルストイなんです。

北 もうトルストイまでいっちゃいましたか。

辻 いや、トルストイの民話。たとえば『イワンの馬鹿』などね。それからあれは何という題だったか、太陽の上がってるうちに一生懸命歩いて、歩いたとこがおまえの土地になるという……。

北 あ、ありましたね。

辻 それとか、『天国にも地獄にもゆけない靴屋の話』とかね、そういうのをこれまたばかみたいに気に入って読み耽った。それから『グリム』もそうだし、それからハウフの童話。『ホラ吹き男爵の話』とか、コウノトリが赤ん坊を連れてくるような、そういう話に耽溺した。それからあと、少年小説をしきりに読んだ。

北 それはどういう？

辻 たとえばきみと共通の『少年倶楽部』に載ってるような。

北 『少年倶楽部』を読み出す前に、かえってトルストイなんか読んじゃったの。

辻 トルストイといったって童話だから……。

北 『少年倶楽部』じゃどういうもの覚えてます？

辻　ずいぶん覚えてますよ。江戸川乱歩の『少年探偵団』『怪人二十面相』も覚えてるし、高垣眸の『豹〈ジャガー〉の眼』とか、『快傑黒頭巾』とか、山中峯太郎の『亜細亜の曙』とか『大東の鉄人』とか。樺島勝一の挿絵が黒白の不気味な写真みたいでひどくこわくて、家の中でひとりで読めなくて玄関の前に坐って人通りを見ながら読んだこともある。海野十三のもので、なんとか軍艦というのがあったね。

北　『戦艦高千穂』じゃないかな。

辻　それ式の冒険小説だね。それから佐藤紅緑の『ああ玉杯に花うけて』とか河目悌二の挿絵の佐々木邦のユーモア小説とか。それから少女小説に至っては、吉屋信子の『桜貝』とか、それ式の一連の小説がたくさんあった。

北　それはちょっとほっとした。ぼくは辻先生に対して常にコンプレックスを持ってるから、そういうものは読んだことのない人じゃないかと思ってた。

辻　少年講談というのがその当時あってね。「立川文庫」を少年用に書き直したもので、『塙団右衛門』とか、『猿飛佐助』『霧隠才蔵』など、真田十勇士が次々と主人公で、『塙団右衛門』を読むと、塙団右衛門がいちばん強くって、霧隠才蔵や猿飛佐助はやられるし、『猿飛佐助』を読むと、猿飛佐助がいちばん強くて、ほかの人がやられるし、これは実に不思議なドラマツルギーだなと思って、子どもながらに感心した。もちろん、『のらくろ』は全巻読んでいるし、『冒険ダン吉』とか『長靴三銃士』式の漫画本は、手あたりしだいに読み耽った。
北 ああ、そうか。じゃ、ほっとした。(笑)
辻 そういう意味では、まったく昭和初年の普通の小学生が辿るような読書傾向を辿ったといっていいと思う。ただ、なぜ子どものときそういう童話の類を読んだかというと、たまたま家にアルスの『日本児童文庫』というのが買ってあった。それは非常に広く世界の童話から日本のおとぎ話、詩、歴史、科学読物まで網羅してあった。
北 小学館から、少年なんとかっていう……。
辻 その前ですね。大正の末か昭和の初めでしょう。この間、東宮に行ったとき、皇太子殿下もそれを読んでいたと言われてね、非常にびっくりした。ぼくんところではとっくになくなってしまったけれど、それが大事な本だから、まだ東宮にはちゃんととってあってね。それをいまの宮様方に読ませているんだ。これにはまた驚いた。
そういう意味で、子どものためには少年文学全集のようなものは買って、読む読まないにかかわらず、そばに置いて常に本に触れさせておくのは非常にいいことだと、ぼく自身の経験からもいえるね。
北 ぼくは小学生のころ、米国《よねくに》というおじが大島正満とかいう人の書いた『動物物語』を買ってきてくれたんで、これはむさぼり読みましたね。氷山の下にシャチがいて、上にいる人間をはねくり返して食べるとか、そういう話が載ってる。これは胸わくわくしたんですね。

辻　アルスの『日本児童文庫』には科学の話も入っていたし、『エジソン物語』ふうの伝記や、科学読物式のものもけっこう読んだ。うちは代々医者だったということもあるけれど、理科的なものに惹かれていた。

北　ファーブルにポールおじさんものってのがありますね。ポールおじさんて人が子どもたちに易しく科学の話を話してくれる。これは虫から始まって、いろんな元素から何から、これは優れたものですね。フランスでは教科書に使ってるなんていうことが書いてあったかもしれない。

辻　それは昆虫以外のものはどの程度まで？　化学の……。

北　昆虫が多いですけど、化学から何から、科学一般にわたってての話ですね。

辻　それは知らなかった。

北　ファーブルって人は独学で勉強して知識をつけちゃった人だから、あるとき青年が来て代数を教えてくれっていうんで、学校の図書室へしのび込んで代数の本を持ってきて、自分でそれを読んで理解して、次の日その青年に教えたっていう。そういう家庭教師時代のことを書いてますね。自分がきのう覚えたことをその青年が理解したとき、非常な嬉しさを覚えたと書いてます。

辻　ぼくの場合は童話にせよ少年小説にせよ、伝記もの、講談にせよ、ともかく読む楽しみがいちばんの気晴らしになっていた。きみみたいに昆虫に熱中して捕虫網をもって動きまわるほど好きでなかったのだね。例外的に好きだったのは地質学で、地質調査には興味があった……。

北 でも、いまは逆じゃないですか。辻さんはテニスをやり、ぼくは寝転ぶ。（笑）

『星の王子さま』の言葉の力

辻 いやいや、今年の夏なんかぼくも寝そべってましたね。

そろそろこの対談を終りにしたいので、もう一度『星の王子さま』に戻ると、この作品の中にいくつも大事ないい言葉があるね。前にも喋ったけれど、「涙の国はふしぎだ」という表現がある。星の王子さまがさめざめと泣いて、飛行士がいくら言っても泣きやまない。

北 ああ、「涙の国ってほんとにさびしいものですね」とか。

辻 いや、出てくるのは「ふしぎな」という言葉だ。

北 「涙の国って、ほんとにふしぎなところですね」。なるほどな。王子さまが泣いたあとだな。

辻 王子が泣いて、飛行士がいろいろ言う。この「不思議だ」というのは、フランス語で「ミステリユー」という言葉を使っているんだけれど、これは最初に読んだときに、ひどく打たれた言葉の一つだった。子どもの本質を衝いているっていう感じがした。おとなになって泣く人もいるが、しかし、ああいうふうにさめざめとは泣かない。子どものとき、さめざめと泣いたときのことを思うと、悔しい場合もあれば悲しい場合もあるけれど、宇宙全体が涙にくれているって感じがしたんだな。ほんとにそのときは全一的に悲しくなってしまう。涙の中にぼくらは閉じ込められて生きている。どのようなロジックも通じないし、またどのようなほかの感情、喜びも、憂鬱も入る余地がない。涙によって閉ざされてしまったような、そういう国に入りこんでいる。しかし、そのさめざめと泣くということの中に、なにかある人間の感情の慰藉、救いがあるんだね。だから、その中には、どうもおとなでは絶対に理解できない、それこそミステリユーなものがある。外にいる人間は絶対にその中に入れないし、中にいる人間は絶対にその外に出られない。

北　ぼくが昔、若いころ読んでいちばん気に入ってたのは、王子さまが倒れちゃって、その姿がなくなって、二本の砂漠の線と星一つのところに、「これが、ぼくにとっては、この世の中で一ばん美しくって、一ばんかなしい景色です」っていうとこね。

辻　うん、いいね。実にいい。

北　こういうのにイカれちゃったんですよね。だから、ぼくはおとなの童話を書き出すときに、将来は『星の王子さま』とはいわないけど、似通った物語を書こうと思ったことがあります。ただ、ぼくのはドタバタになっちゃうんでね。(笑)

辻 しかし、きみ自身が本気でそう思うところが、やはり独特な北杜夫という人の文学の本質を表わしているね。つまり、ふつうのおとなだったら小説を書いて、『文芸首都』の同人たちにもまれているときに、『星の王子さま』を読んで感動しちゃって、それと似たようなものを書こうとはなかなか思わないんじゃないかな。ふつうはおとな的な意味で感動すると思うね。きみの感動のしかたは、子ども的な全的な感じで……。

北 ただ、子どもにもね、ドイツ語でキントリッヒとキンディッシュとあるでしょ。ぼくのはキンディッシュのほうなんです。

辻 キンディッシュは悪いほうだったっけ。

北 悪いほうです。(笑)

辻 いや、悪いほうじゃないと思うね。ぼくがいま言ったのは……。ただ、童話性というか、童話体質というか、そういうものを許容し得る文学者の系列に属する人が対象に子どもとかファンタジーを選ばないで、現実の世界を選ぶとする。そうするとトルストイのように、たとえば春先の雪どけのあとの柔らかくなった大地の足の感触とか、白樺の林を吹いていく風とか、林の中を飛び立つ鳥たちの声とかいうような、リアルな感覚的なものではなくて、やはり都会というような人工的なもの、幻想的な恐しきものに惹かれていくというのは、不思議だけれど、共通してあるね。田園風景に惹かれる場合は、なにか舞台の上の書割りのような形での田園になって、ひどく紋切り型になるというのもこれまた一つ共通した特色としていえる。

北　ぼくは松本高校だったから、中央線をたびたび帰ったでしょ。それが一度東京へ帰るのに、篠ノ井回りで信越線を通って帰ったことがあるんです。友だちといっしょに。それが軽井沢で途中下車して、春休みだったからまだ、からまつも芽ぶいてなくて、寒々とした光景だったけど、やっぱり山荘といい山といい、感じいいじゃないですか。将来こういうとこで住みたいなあと思ったことがあるんです。で、何を言いたかったのかな。

辻　都会育ちだから、そのときに自然が非常に美しく……。

北　でも、自然だったら、長野の松本でいやというほど見てるわけね。だから、特に軽井沢に惹かれたってのは、これ、ぼくの死んだあとの伝記を見ると、恋人が将来そこにいっしょに行くようになるんですよ（笑）。これはオミットしてもらおうかな。

辻　いや、ぜひ載せなきゃいけないね。とすると、こういうふうに一般化していいのかな。文学者における好みの対象となるものは、そのときに持っていた恋人、ないしは最も大事なものの投影をそこに加えなければいかん……。

北　いや、いかんとは言いませんけどね、おのずから投影されるものじゃないですか。

だから、ぼくの架空の恋人にしても、ぼくの作品にあちこち影を投げ与えてますし。

辻　幻想小説の系列に話を戻すと、こうした系列の作家とは、気質的に、現実の時間・空間の制約を超えたものの中にリアリティを感じる性格だと定義づけられるとすれば、そういう人たちは、田園に出ても、肌に感じる風のにおいとか花の色とかという直接的な感覚像を超えて、その向うに何か見てしまう。心の目で見るという意味では、ある意味では現実感覚を無視したロマンティックなものになることもあるかもしれないけれど、しかし、現実感覚ではつかみ得なかったある形而上的な雰囲気、たとえば絵でいえばフリードリッヒの絵のような世界と同じようなものをつかむことができる。こうした世界は前にもふれたけど、現在のような逼塞した時代、文明化が極端に進んでわれわれの自由を閉塞させてしまった時代には、常にそういう限界を超えた世界に人間の自由を見たい、そういう中で自由に息をつきたいという願望にこたえるものになっている。それと同じ欲求がおそらくサン＝テグジュペリのように人生の最後のギリギリの場で死を前にした作家をして、その切迫した内実を表現する文学形式として、童話を選ばせたのではないか、と思うし、現在世界中で『星の王子さま』が読まれる理由であると思う。最近のアメリカ映画『ミッシング』の主人公たちも『星の王子さま』に熱中している。

北　そうですね。たとえば、心で見なくちゃものごとはよく見えないという言葉は、ぼくたちの松校の寮生活にもあてはまったんじゃないかと思うんです。砂漠と学校の寮という差はありましたけどね。とにかくこの本が訳されて、ほとんどすぐ読んで、これだけ感動して、いままた読んですばらしい作品だなあと思うのは、そのことだと思いますね。

［一九八二年九月六日、枡半で］

（『海』臨時増刊『子どもの宇宙』一九八二年一二月刊）

ぼくたちの原風景

幼少年期と文学的形成

辻　この前、『星の王子さま』を主題にしながら、それに関連して幼年時代、少年時代の読書について話したんだが、きょうはもう少し幅を広げて、幼少年期と文学的な形成との関係がぼくらのなかでどんな具合になってるかということを、竪苦しくなく、読書体験に限らないで、むしろ幼少年期のさまざまな思い出を中心に話してみたいと思うんだね。そのきっかけに、トーマス・マンが幼少年期と文学者の関係について書いている文章（『トーマス・マン全集』十巻　新潮社　一九七二年版　谷友幸訳）があるんで、その部分をちょっと見てみたい。

「大抵の場合は、子供っぽい遊戯的な性向が器質的な成熟過程のうちに克服され、一種の陰気な生真面目さが優位を占めるようになって、人間はどうにもならない俗物に成長

「ところがそれとは別に、個人によっては生命が成熟していっても、子供っぽい性向が保持されている場合があります——けっして病的な状態においてではありません。病的な状態ならば、知性的にも道徳的にも遅れて、幼稚な段階に取り残されるわけで、真正の幼稚症ということになりましょう。

そうではなくて——その保持された子供っぽい性向、その遊戯的本能が、知性的な成熟、そうです、真と善への努力とか、完全性への志向など、人間のもつ最高の衝動と結合しますと、芸術とか芸術家精神という名で敬われるものになるのです。つまり、子供っぽいものが、遊戯が、威厳を帯びるにいたるのです。とはいえ、あまりにも市民的に厳めしい態度とか、聖職者風に勿体ぶった態度を取ることが、芸術家に大いに似つかわしいと言うのではありません。芸術家の本性の根底には、こうした子供じみた、幼稚な、遊戯的なものがあるわけです。これこそ実に『才能』と呼ばれるものでありまして、これなければ、いかにゆたかに知性と徳性をそなえていても、けっして芸術家とは言えないでしょう」

トーマス・マンは、こういうふうに考えるわけだが、ここでいう遊戯性、子供っぽさといったものは他の大人にくらべたら恥しくなるくらいぼくらの中にたしかにあるね。そういう点から見ると、逆に幼少期がどんな具合に形成されていったかを眺めてみたら、君なり、ぼくなりの文学の本質があらわに見えてくるのではないかといえそうな気がする。大まかなところそんな意図で、幼少期の思い出を、お互いに喋ってみたいと思う。
ぼくは、小学校時代は赤坂に住んでいて、青山の練兵場に行ったり、あるいは渋谷を通って多摩川まで自転車で散歩に出かけるようなとき、必ず青山を通る。そしてよく陰気な煉瓦建て（だったような気がする）の青山脳病院の横をぬけていった。これが君の家だったわけだけれども、あれは楡病院ではないね？　君が生まれたのは、あの病院だったの？

北　ええ。震災の翌年に、じいちゃんの作った……。つまり、人を驚かす大病院が焼けて、一部焼け残ったところがあった。親父が帰るっていうんで、病院の外れに新居を作った。これが焼け残って、家族はそこへ住んでたわけです。そのほかに仮診療所みたいなのがあって、そこで細々と外来診察なんかをやってたらしいんですね。
ぼくも『マンボウ追想記』に書いたんだけど、ほんとに幼少期の思い出というのが、かすれているんだけど、火事のあとに、ヒメムカショヨモギという欧米からきた雑草が、繁茂してるわけですね。それは特に鉄道の線路に沿って繁茂したりするんで、鉄道草とも呼ばれてるもので白い花で、真ん中が黄色い。それが人の背丈ぐらいまで伸びて、昔の病院の構内にいっぱい生えてたのを覚えてます。しゃがむと、その雑草の中に埋もれちゃって、立つとかろうじて向こうが見えるという、そういう記憶は何かしょっぱなにあるんです。

辻　それは幾つぐらいの記憶？

北　三、四歳じゃないかと思う。

辻　それが一番最初の記憶に近い？

北　ええ。それとその自宅は二階建てだったけど、三階に親父の書斎があって、母の部屋が別にあって、その階段に絨毯が敷いてあったんですね。そこは電球もないんで、薄暗い。その下が電話室という電話がついてる小部屋で、その階段の途中で絨毯に腰かけて何かぼんやりしてるっていう記憶がもう一つある。そのヒメムカショモギとその絨毯の感触というか、何かその二つだけが、ぼくの一番最初の幼児期体験みたいな気がするんですけどね。

辻　ああ、なるほどね。ぼくは赤坂に住む前、生まれたのは本郷の西片町で、その当時学者町と言われてたから、祖母などが子供を育てるにはそういう場所がいいというので引越していったらしい。非常に静かな、ひっそりとした上品な町で、ちょうど漱石の小説に出てくるような雰囲気の町だったという記憶がある。

　ぼくの幼少期の雰囲気を決定する一つの大きな要素は、すぐ上の兄が六歳のときに死んだということだった。二つ違いだから、そのときぼくは数え年四歳。この頃兄がずっと腎臓が悪く、病院に通ってたりしたものだから、うち全体の雰囲気が非常に悲しいような、暗いような、不安な感じだった。それがその後の少年期の全体を一番彩ってる基本のトーンみたいに感じる。その兄が丈夫だったとき、ぼくが三つまでの間だと思うけれど、たぶん旅行につれて行かれて、箱根で水上飛行機を見た記憶がある。その水上飛行機は、湖水を一回りする遊覧機だったらしい。

北 芦ノ湖ですか。

辻 芦ノ湖だと思う。その青い湖と白い水上飛行機のイメージがどういうわけか一つの決定的な映像として残っている。むろんそれが芦ノ湖だということを知らず、長いこと、まるで頭の中の空想の風景であるかのように思っていた。あるとき、「どうもこんな変なイメージが残っているんだけれど、それはどういう記憶だろうか」と母に言ったら、それは箱根にいった折、ぼくが非常にその水上飛行機に乗りたいと言って泣いたけれども、とうとうそれには乗らなかったというような話をしてくれた……。

もう一つの初めの記憶は馬の記憶なんだ。これは鹿児島にぼくの叔父、叔母がいて農場を経営し、競馬馬の飼育をしていた。それもやはり兄がいたときだから、二歳か三歳のときだと思うんだけれども、一群の裸馬が、高原の向こうの高いところから斜面を馬場に向って雪崩落ちるように走ってくる、その光景は、非常に鮮明に覚えている。その農場で馬に乗せられた。もちろん止まっている馬だけれど、それなのにものの見事におっこちて、ドシンと頭を打ってひどく泣いたという記憶がある。どうもそれはぼくの年齢的に辿り得る一番古い記憶のような気がする。ツェッペリンがきたのは昭和四年だから満四歳だったわけだが、これもよく覚えている。灰暗色の大きな不気味な飛行船で、表面が金属板みたいな光った感じで、ヘラで面をとったようになっていた。空を威圧するような重いブーンという音がしていたような気がする。青い湖水と白い水上飛行機とか、鬣《たてがみ》を振り乱して走る褐色の馬の一群とか、灰暗色の飛行船とか色の記憶が鮮明だな。

北　なるほど。ぼくのとこは、うちの構内も雑草の茂みだったし、それから両側が原っぱになってて、そこにはいろんな雑草があったし、バッタもいればトンボもいるんで、もうちょっと大きくなってからは、子供たちがみんな虫捕るように、ぼくももち竿を振り回したり、小さな捕虫網で虫を追っかけたりしたんですけど、そのまだ子供たちに混じって虫捕りをする前に、何か朝早く女中さんに連れられて原っぱに行ったんです。サイダー壜かなんか持って行った。そうするといろんな葉っぱが、まだ露を帯びてて、泡吹虫っていますね。幼虫がブッブツした泡を吹いて、その中に住んでて、それで成虫になるとピョンピョン飛ぶ泡吹虫になるんだけど、泡があっちこっちの葉にべったりこびりついてんですね。それで何だろうと思って掻き上げてみると、中から赤と黒の幼虫が出てくるんですよ。その色彩は、非常に鮮明に覚えてる。そのときにいろんな虫を、サイダー壜に入れて持って帰って、みんな生き生きした感じなのね。それをうちの玄関の前で、サイダー罎を逆さにして出してみたんですよ。そうするとクモやら何やらいろんなのが出てきたけど、それが何かおぞましい感じなのね。原っぱで生きてる感じとは全然違う感じがして、何か失望したのを覚えてますけどね。

辻　なるほどね。

北　その原っぱの横は、もう青山墓地だったから、まあ青山ははっきり言うと、まだ自然が非常に残ってて、大体がお屋敷町だったんです。だから非常に閑静な感じもしたし、原っぱの横に建ってる家は窓なんか開かないんで、「お化け屋敷」なんて子供たちはあだ名してましたけどね。

辻　ぼくは、赤坂に住むまでは本郷西片町から名古屋に二年ほど行っていて、それから昭和七年に東京に戻ってきて、そこで小学校に入った。だからもともと都会しか知らなかったわけだけれども、それでも君の思い出の中に出てくる情景の話を聞くと、やはり『幽霊』で結晶したような、ああいうとても都会とは思えないやわらかでナイーブな、繊細な美しさを感じるね。それに較べるとぼくの記憶はそういう感性にしみじみと触れるようなものではなくて、人為的人工的な街っ子の記憶という感じがする。何かそういう優しい感覚で、撫でるようにものに触れていくのではない。だから君の思い出の、特に『幽霊』などに表われたもの、あるいはいま話してくれたそういった情景の話を聞くと、「これこそが幼年時代で一番大事な、おとなでは絶対に摑むことのできない性格のものじゃないか」、そういう印象を受ける。

それは、たとえばあとになって、プルーストのような作家の作品を紐解く場合、プルーストよりも、あるいはどんな世界の作家よりも君ははるかに純粋に、特に幼年期の生を、深く生きた人じゃないかという感じがするのね。その辺の思い出を、実はもう少し訊きたい。

幼少期の原風景

北　まあ植物とか虫が好きだったというのは、後年まで続いてるから、先天的なものだったかもしれないけど、やっぱり脇に原っぱがあり、墓地がありっていう環境も、ずいぶん左右してたと思いますね。
辻　そうね。
北　辻のほうが、やっぱり論理的な精神が子供のときからあったんじゃない？
辻　いや、そうしたものはあとで発達するのだから、あるわけはないし、もしあったとすれば、それはいま言ったような幼年期の純粋でナイーブな、直接的なものごととの接触を、むしろ妨げていたんじゃないかとすら思う。
たとえば、ぼくは名古屋にいた頃、桜の花が咲いて散るのが非常に美しいと思って、その花びらを、糸で一本一本通して、レイのような、首飾りのようなもの作りたいと思った。けれども、幾枚刺しても、一センチの厚さにもならないわけだね。ぼくはその頃、空気銃を持って歩き回るのが好きだったが、その花を通してる間空気銃をそばに置いていて、そのまま置き忘れてしまった。それきり空気銃をなくしてしまってひどく悲しかった記憶が残っている。この場合、ぼく自身の感性の特色が、大いに出ていると思うんだ。つまり桜の花びらの美しさを感じたからこそ、首飾りを作ろうと思ったわけだ。にもかかわらず、それが君が感じるようなああいう純粋に感性に訴えるものとしてではなくて、何かでき上った絵のようなもの――つまりすでに概念を媒介しているようなものとして摑まえている。

たとえば君の場合は、初期の短篇の中にすでに為助叔父というようなキャラクターが描かれている。日本ではなかなかああいうふうにキャラクターに魅惑され、それを深めてゆく小説家は少ないと思うんだけれども、それも、ぼくは幼年期の感じ方と切りはなせないような気がする。幼少期の記憶の中に、そういった人間の摑み方、感じ方が、すでにあったと思うがどうだろう？

北 為助叔父さんというのは、本名は米国《よねくに》だけど、この人の記憶は、小学校三、四年だと思う。

そのときぼくは、『少年倶楽部』の広告でキノコを作ったわけですね。それには広口壜におが屑を入れて殺菌して菌糸を蒔くと、キノコは生えてくるというんです。ぼくは菌糸って何だか分からないけど、うちが病院だから、薬局に行けばあると思った。それでとりあえず切手を送ってみたら、もっと詳しい育て方が載ってて、菌糸はやっぱりそこから買わなきゃならないということが分かったんで（笑）、それでその小遣いを貯めるためにだいぶ日にちが経って、広口壜も買って貰った記憶があるんです。ただ、それを殺菌するのには、煉瓦の焼け残りの物置きの外れに大きな釜があって、そこで病院のめしを炊いていたんです。何とかというおじいさんがいて、その大釜でもって殺菌したのを覚えてます。そのときに、米国叔父さんが指導してくれたり、それからキノコがかろうじて少しできたとき食べて、「虫よりも、食べられるほうがいいや」なんていったのを覚えている。

辻　なるほどね。すごく記憶がエピソディックに残っているんだね。ぼくは逆にひどく社会的な印象としてあの昭和初年代を摑んでいるような気がするね。全体に時代気分として非常に暗い印象があるんだね。西片町にいたときも、兄が死んだということがあるせいだと思うけれども、暗かったし、そのあと名古屋から、東京に戻ってきて赤坂に住んでからも何となく町がしんとして静かで陰気だった感じが残っている。赤坂には、連隊が周りにたくさんあったし、そういう兵隊たちが練兵場から帰ってくる姿を見て、決して明るい印象を持たなかった。ぼくは兵隊の行軍を見ると、実に陰惨で気の毒な感じはしたけれども、勇しいという感じはなかったね。ただ、ひたすら徴兵されて兵隊さんになるのは、気の毒なことだという印象が強かった。

北　それはもう非常に早熟だからだよ。ぼくなんかもっと平凡で、やっぱり兵隊さんが行進してくると、「勇しいなぁ」と思ったから。

辻　ぼくは勇しいと感じるにはあんまりそばで見ていたのだと思う。汗をかいて背中や脇の下がびっしょりになったり、日射病でみんなに抱えられて、足も動けないでずるずる引き摺られたりする兵隊などをね。とにかくそういう悲惨な姿を、近くで見ていたから、とても英雄的な感じはしなかった。とにかく貧乏の臭いがたちこめているのが子供心にも分かった。戦前の町は静かだったけれど、また慎ましく貧しかった。兵隊はその貧しい人間たちのシンボルみたいに感じたね。

北　三連隊の鉄砲山っていうのがあって、日曜日は子供たちに解禁になったんです。そこは実弾射撃場で、薬莢が拾えるんですよ。それはやっぱり楽しみの一つだったし、それから親父の『赤光』の歌に、「ゆう日とほく金にひかれば群童は眼つむりて斜面をころがりにけり」なんていう鉄砲山の歌が幾つかあるんですよ。笹が茂ってましてね。

辻　ぼくも鉄砲山によく行っている。赤坂からはるばると遠征に行くわけだけれど、やはり遠征だから、いかにも遠いところに行ったという感じがした。奥野健男が「原っぱ」をぼくらの「原風景」として考えているけれども、君の場合の記憶の中に、いろいろと自然が顔出すように、あの頃の東京には実に自然が多かったね。鉄砲山は、よくその風景は覚えているんだけれど、いま場所が全然分からない。どの辺にあった？

北　三連隊の中にあったんじゃないですか、ぼくもはっきりしないんだけど。小山でしたけどもね。

それと、青山墓地下の電車道で、もちろん小学校に入ってからだけど、釘を持っていってレールの上に置くんですよ。電車がきて、ガタンといって停まって、運転士が降りてきてキョロキョロ見回したりして、それを繰り返すと平べったいナイフみたいになるんですね。そんなことして遊んだこともあった。

辻　あ、それはぼくもやったな。いまホテル・ニューオータニがある紀尾井町から東宮御所の方へ出てくる辺を「食いちがい」と呼んでいて、紀伊国坂に通じていた。いまは高速道路の下を赤坂見附に降りてく、あの坂のことだけれども、その「食いちがい」に小さなトンネルがあって、市電が走っていた。その市電が非常に暢気な小さな電車で、運転士がブレーキをかけるとき、ガラガラと鎖を巻きながら停めるような、そういうハンドル・ブレーキ式の電車だった。そこは電車の軌道が鉄道と同じように枕木の上を走っているので郊外のような感じで、もちろん自動車は紀伊国坂の方へゆくからそこは通らない。そこで市電がやってくると、いま言ったような釘を線路に並べておく。すると、あそこは坂だものだから、電車は絶対停まらないで一気に釘を轢いて走りぬけてしまう。

北　大体自動車なんて、青山界隈の道、ほとんど走ってなかったですよね。
だから一回だけで凄く鋭利なナイフができた。（笑）

辻　ぼくもそう思うね。

北　電車通りにわずかにいて、まだ荷馬車がのんびり歩いてましたからね。

辻　そうね、牛や馬の糞が確かに道に転がっていた。赤坂に住んでいたとき、たしか家の前の道を舗装していた。それまでは雨が降ると、東京のど真ん中でもどろどろの道になった。一ッ木通り、いまはTBSのそばで繁華を極めているけれども、あそこなども田舎の道と同じように泥んこ道だったとは信じ難いことだね。

ちょうどその頃住んでいた赤坂台町の高台から、向いのカナダ大使館かシャム公使館かのポールに半旗が垂れていた。そしてそれを一緒に歩いていた父が「あれは弔旗というもので、ヒンデンブルグが死んだから出ているのだ」と言ったのを覚えている。ヒンデンブルグの死は一九三四年（昭和九年）だから、ぼくは小学二年だったわけだね。この頃、ヒトラーが独裁権力を手に入れたし、ダミアの「暗い日曜日」がはやって、三原山の自殺も流行した。だからぼくが暗いと感じたのは、家のことだけではなく、時代のせいもあったと思う。その赤坂台町に共産党のリンチ事件があった家というのがあった。それは煉瓦建ての屋敷で、地形的に裏が低くなっていて、表から見ると地下室、裏から見ると一階という暗い建物の一角があった。その地下室でそういうリンチが行なわれたというので、その暗いひんやりした倉庫のような部屋を見せてもらった記憶がある。当時は共産党の弾圧も知らないし、リンチ問題も思想問題も知らなかったが何となく軍国主義の興隆が、深くぼくの中に影を投じていたのは事実だった。いま『海』で書いている作品（短篇連作「ある生涯の七つの場所」）は、どこかやはりそういう記憶と切り離し難いような気がする。

黄金時代としての幼少期

北　ぼくはやっぱりそういう意識は、病院にほとんど住んでたせいか、ほとんど知らないわけね。それで兵隊さんのイメージも、「戦友」という軍歌で、「時計ばかりがコチコチと」っていうのが淋しいなっていう意識と、三連隊の消燈ラッパが聞こえるんです、夜九時か十時か知らないけど、そのとき七畳半の変則な部屋に、きょうだいズラリと並んで寝てたんです。一時は松田のばあやが、ぼくの隣りに寝てくれて、そのとき淋しいって気持ちは持ってたんですけど。

ぼくはその頃から少し不眠症の気があって、松田のばあやはすぐガーガー鼾をかいて寝ちゃうし、それで心細かったのを覚えてる（笑）。その頃楡紀一郎みたいにボルドーがまだあって、その赤いサイダーを吸いのみに入れて枕許に置いといて、寝つかれないとそれを飲んで寝たわけね。

辻　なるほど。栴檀は双葉より芳しというけれど、もう睡眠薬の使用がはじまっていたんだね。ぼくはいまでも不眠症でないから、寝られないという記憶ももちろんないし、むしろ眠くて困ったという思い出しかないんだけれども。そういう意味ではわりあいと平均的だし、人付き合いも悪いほうではないし、学校もまずまず上の部だった。ただ、両親が達観していたのかどうか分からないが、いわゆる受験校にやるという意識がなかったから、ぼくらの頃、すでに小学校も受験戦争が凄く熾烈だったのに、全然そんな準備もせず、暢気にしていて、中学受験に落ちてしまい、すごく慌てた。しかし受験校でなかったため、比較的自由に生活できて、それが多少独自な形で物を考えるのに役に立ったかもしれない。

中学の頃、どういうわけか地質学にかなり熱中して、地質学を将来本気で研究しようかと思ったこともあって、化石を集めたり、火成岩や水成岩の構造を調べに桂川沿いの地質調査旅行にも加わったりした。

ぼくは後になってシュティフターの『水晶』を読んだり、ノヴァーリスが鉱山技師だったりしたのを知ったわけだが、自分の感性のなかに、君の世界を構成するああいうナイーブな純粋なものがどうしてなかったのかなと考えることがある。君はやわらかいやさしいもの——さまざまな昆虫とか、さまざまな植物とか、さまざまな花とかいうものに、親しく結びついて生きていた少年だったのに、ぼくは岩とか、地層とか、何しろそういった固いものだ。その頃は花の名前だってろくに知らなかった。地質学をのぞくと、やっぱり人間の生活に対する街っ子的な関心のほうが強かった。自分でいま顧みると、非常に驚くことだね。

北　青山はお屋敷町だったけど、青山墓地の横あたりに、ちょっとユニークって大袈裟だけど、小さな家があって、そこには下駄屋のキンちゃんなんていうのが住んでたわけですよ。そういうのが少し遊んでくれたけど、ぼくはあくまでもオミソ的な、ベイゴマもほとんどできなかったし、やっぱり劣等感を持ったですね。自転車なんかもなかなか乗れなくて、後ろに車輪のあるのに乗ってた。それを彼らがはずしてくれて、押して、「そら乗れた」なんてやってくれたんだけど、やっぱり体力的には劣ってるからでしょうね。

それは疫痢を一度やったんです。何か雨の降る日に、自転車へ乗ってびしょ濡れになって帰ってきて、シュークリームを食べたかなんかして、それから発病して意識が混濁して、リンゲル氏液を受けるときだけ痛いって意識があったぐらいで、もうちょっと遅ければ手遅れになってただろうと、医者に言われたんですけど。

辻　それは何年ですか。

北　それは小学校に入る前ぐらいだったと思います。

辻　子供のときのそういう病気の経験は、わりあいと肉体的なハンディになってね。たとえば病気のあと学校へ行くと、みんなが大事にするし、自分でも自信がないんで、そのために日常的な生活のリズムに乗っていかれない、一緒に遊べない。そのことが逆に精神の世界、ひとりぼっちの世界を早く自覚させることがある。そういうことは関係ない？

北　風邪は随分引きましたね。ともかく同じ部屋に寝てるんで、一人が風邪引くと、きょうだい全部風邪引いたんですよ。そうするとうちが病院だから、体温表が持ってこられて、七度以下だと青鉛筆で、七度以上だと赤鉛筆で熱表が書かれるでしょう。あのジグザグする感じが、何か好きでしたね。あの頃の風邪の治療っていうと、水蒸気を吹き付ける吸入器ね。それから熱が高くて肺炎防止のときは、芥子の湿布を必ずしましたね。そんなのを覚えています。

辻　さっき見たトーマス・マンの子供っぽさが芸術家に昇華していくということね。それはどういうふうに感じますか。君の場合だったら、『幽霊』や特に初期の作品の中に、深く息づいている。ぼくはそれは世界文学的に見てすばらしい例だと思う。ほかの文学に、あの柔らかさ、あの柔らかいアンゴラ兎の毛で編んだような感触で、ただもう手で触りたくなるような感触で描写した世界というものはないと思うんだけれどね。だからそういう意味で、その秘密をちょっと知りたいように思うんだけれども、君だってさまざまな受験勉強とか、戦争とかいろいろあったわけだけれど、青春期の観念性にも煩わされないで、よく幼少期のそうした感覚の純粋さが生き延び得たという感じがするんだね。

北　やっぱりぼくにとっては、幼少期は黄金時代みたいな点はあったですね。小学校時代は、腎臓病を五年でするまでは、体力的にもそんなには劣ってなかったんですよ。でもやっぱり少し人間嫌いなとこ、あったかもしれませんね。それで優等生だったんだけど、学校を休むこともあったんです。これも親父が怖いんで、朝起きて、家出はできないんで、裏庭に行って、銀杏の木の下にいて、学校が済むまでぼんやり立ってるわけです

辻　というと、それは、狡《ずる》休みね。

北　狡休み。

辻　この話は初めて聞くね。

北　遊び回ってる狡休みなら、まだ活気があるんだけど、銀杏の木の下でぼんやり時間がくるまで立ってるのは、やっぱりもの淋しいもので……。

辻　それは、どういう動機で行かないわけ？　スクール・ホビーの先輩のようなものだから、その辺の心理をちょっと……。

北　特に学校生活が嫌だってほどでもなかったけど、授業受けるより、そうやってたほ

うが気持ちよかったんでしょうね。

辻　じゃ、何にもしないの？

北　何にもしないの、ぼんやりただ、もし見つかったらどうしようなんて、ときたま恐怖を感じながら時間を過ごしてるんです。

辻　で、虫を捕るとか……？

北　そんなこともしないで……。

辻　本を持って読むというようなこともない？

北　本も読まなかったね。ただ、ぼんやりしてたんです。だからいまだったら、指導を受けたかもしれませんね。

辻　ほんとだね。それはご両親は、気がついていた？

北　いや、気がつかないです。

辻　先生は、それに対して……？

北　いや、ただ風邪引いて休んだということになってるわけですね。もっとも、そうたびたびはしませんよ、ごく稀でしたけど。

辻　ぼくもそれ分からなくはないんだけれど、ぼくはどういうわけだか、学校は、変な話だけれど、とても好きだったのね。ぼくは人間嫌いのところがあるくせに、友だちがもの凄く好きでね。友だちなしではいられないんだ。学校が嫌だっていう記憶は、たとえば雨の日に大変だなっていう程度のことはあったんだろうと思うんだけれど、ぼくの記憶に残ってる限りではないし、狡休みをしたこともない。だからそういう意味でもの凄く健康な、わりあいバランスのとれた、それだけつまらない子供であったと思う。だからその分だけ、柔らかい、ナイーブな感性だけの世界の中にのめり込んで生きるということもなかったんだろうね。

その当時好きだったのは、凄く本を読むことと、友だちと野球をすることだった。野球に熱中することのほか、ドッジボールとか、それからああいう子供たちがやる遊戯があるでしょう。あの頃はやってた……、帽子を横にかぶったりして……。

北　軍艦遊戯。

辻　うん、軍艦遊戯、ああいうような遊びが大好きで日が暮れるのも忘れて遊んでいた。

北　ぼくは足が遅いんで、軍艦遊戯なんかダメなんですが、ただ、野球は小学校の上級あたり、草野球のピッチャーやったりしてたから、結構人並みにやれてたんですね。

辻　トーマス・マンが、『トニオ・クレーゲル』や『ブッデンブローク家の人々』の中に書いていた、もう初めから自分が、何か周りの人間と違った人間だという意識、あれはどうですか。

北　それが出てきたのは、やっぱり高校入って、少し文学づいてきてからなんじゃないかな。中学まではわりに勉強はできたし、ことに数学とか物理は得意だったし、やっぱり一中に入って、将来ちゃんとした医者になるっていう気持ちは持ってたと思う、小学校の時代……。

辻 もちろんお医者さんになるつもりだったのね。

北 ええ、何かうちがそうだから、必然的にそうなると思ってたし……。ただ、腎臓病をしたのが、かなり性格を変えたんですね。とにかく四ヵ月ぐらい休んだので、全然勉強できなくなっちゃったし、体力的に全然ダメになったみたいですね。その頃もう軍国主義だから、中学の試験なんかも運動がウエートを占めてたんです。それで親父が心配して、庭に鉄棒なんか作ってくれたけど、懸垂なんか三回ぐらいしかできないんですね。

幼少期の挫折と文学

辻 芸術家であるのは、幼少期の体験に一つの重大な挫折があって、堅実な市民生活、普通の健全な人間ならば、そこへ抵抗なく入っていくその道を塞がれたり、その道から脱落するからだという説がある。たとえばプルーストの場合だと、それは『失われた時を求めて』のはじめの方にある、お母さんが夜おやすみのキスをしてくれるというエピソードに現われていると言うんだね。お母さんがおやすみのキスをしてくれるというのは子供はお母さんが好きで、好きで、たまらない、フランス人の習慣では、夜寝るときに母親がおやすみのキスをしてくれる。プルーストの主人公も、母親にキスをしてもらわないと寝られないという、柔らかい、優しい子供であるわけね。

ところが、お父さんは、そんなふうな甘やかした育て方では、決して立派な意志的な人間になれない、だからもう母親に絶対にそういうことはしてはいけないと命じる。ところが、ついに決定的な夜に、母親が子供の悲しみを見かねて寝室へきてキスをしてくれる。これが人生の最高の陶酔となって、これ以外のすべてを投げ打ってしまう。それは苦労の多い現実的な生活に意志を持って取り組む姿勢を放棄する瞬間であるわけね。それは逆の言い方をすれば、まさにその瞬間に美的陶酔を知る芸術家が誕生したということになるわけだけれども……。つまり、この美的陶酔に等しいもの——おそらくプルーストの場合は、そういう象徴的なエピソードで言っているわけだけれども——何かそうしたものは幼少期にきっとあるんじゃないかと思うのね。その小さなときに決意したその決意が、はたしてそのままで芸術家的に深い意味を持ってるかどうかということは、もちろん分からないけれど……。

北　やっぱり腎臓病を病んで寝てるしかなかったときは、『昆虫図鑑』と『趣味の昆虫採集』って本をくり返し読んで、いまは冬で寝てるけど、病気が治って春になったら、どうやって虫を捕って、どうやって標本作ろうって、くり返し空想してたですね。もう何十回読んだか分からないから、庭に出られるようになった頃、ちょうど春になって虫が飛んでると、その名前は大体分かったですね。

辻　しかし、それは大きな転機だね。トーマス・マンが言ったような意味で病気が精神的なものへの道だとすると、それは、少年時代に病気が純粋な形で表われるという幸福な例かもしれないね。まあ幸福と言えるかどうか……。

北　数学なんか、何年のときだったかな、まだ低学年だと思ったけど、算術の試験というのはいつも百点で、九十七点かなんかとったのが一度しかなかったってぐらいのことがあったんですよ。それがやっぱり四カ月休んでその間もう教科書も広げないし、学校出てみると全然分からないんですね。そのときは劣等生の気分も味わったし……。それからしばらく経って、模擬試験みたいなものがあって、できたものから帰っていいっていうのがあったんです。ぼくはたまたまできたんですね。帰っていいっていうので、ぼくは何の気なしに、「こんなの、みんなどうしてできないのかなぁ」と言ったんです。ぼくはもう劣等生だと思っていたしね。そうしたら、「へぇー、生意気言ってらぁ」って言われて、ずいぶん傷ついた思い出があるんですね。

辻　成績についてはわりとのんきで、いつも二番とか三番だった。どこにいっても秀才がいて、それが一番、二番になる。こちらはあまり努力しないでいるから、いつも中庸というか、そういう感じだった。

　ただしかし死んだ兄についての思い出が、ところどころに残ってて、それはフロイト的に言えば、きっと何か内面的に影を落としているのだろうと思うんだけれど、やはり強い者への憧れのようなものがある。たとえば兄が大ぜいの生徒たちの中から一人だけ駆けてきて校門のところにくる。兄は幼稚園、こちらはまだ幼稚園にもゆけない。ぼくは、だからその幼稚園の中に入れないで、校門の外へ立ってヒーローのような兄を見ているというわけなんだ。そんな兄を見ることが、凄く驚くべきことであるような記憶がいまも残っている。兄を尊敬するような、兄を畏れるようなそういう気持ちとして。おそらく兄が早く死んだので、幼年期の畏れが、畏れのまま定着してしまったのかもしれない。もしそのまま兄が生きていれば、あるいは事情はいくらか変わったんだろうけれど、それっきりフッとなくなっているもんだから、一種の理想的に育てられた子供がいて、その子供の代用品として自分が生きてるような、そんな印象を長いこと持っていた。

　というのは、兄が最初の子供だったということもあって兄に対しては両親も夢中で育てていた。兄のために端午の節句の人形を買ったり、まだ字も読めないのにアルス児童文庫をそろえたりして育てているんだけれど、ぼくのときは、兄が死んだことでがっくりしたこともあったらしく、ほとんどそのお古で育ったという感じで、ひがみではなく、兄の代用品という意識があった。どうもこの辺りにぼくの現実の生活ずれてしまった人生の始まりがあるんではないかと思う。逆に言えば、これはもう少しまともにこの世に組み込まれていたら、小説なんてものは、書かないでいたんじゃないか。ぼくの芸術家気質を生みだしたのは案外こうした幼年期の体験ではないか、という気がする。そういう点では、学校にいてもとくに教師に反抗的ではなく、常識的な対応ができる生徒だった。トーマス・マンによれば、ドイツ社会では芸術家はデモーニッシュのあまり社会から隔離され、反社会的な性格を持つ存在だという。そういう意味ではぼくは全然芸術家的じゃなくて、むしろフランス的だ。芸術家気質を持ちつつ社会に適応している。

だからぼくの中で幼年時代が大きな意味を持ちはじめるのは、やはりプルーストの問題とかかわるときなのね。なぜプルーストの問題とかかわると幼年時代が大きくクローズアップされてくるか。それは、普通の社会に何の抵抗もなく生きられる人間にとって、ある程度文学的な課題、哲学的な課題を書き始める場合、失われた幼年時代から直接にエネルギーを汲み上げないで、認識的レベルで文学世界が作り上げられることが、非常に多いからなのだ。それが少なくとも十九世紀、二十世紀の前半までの――プルーストが現われるまでの文学の状況だったと思う。理性とか、理知的なものとかによって、合理的に作り上げられた世界、また普通の感性によって構成された世界が、そのまま文学の世界の土台となっていても、いささかも抵抗はないように感じられていた。一般にいってそういう概念的形象を前提として築かれたものが、文学だったわけだね。

ところがそういう既成の理性や、理知的なものによって、現実を見て、そしてそのように受容された素材によって作っていく文学世界に、まったく何らの感動を呼び起こされない種類の人々が現われてきた。

だからこうした人々は、たとえば幼年時代に見た花も、森も、草木も、夕焼けも、遠くの教会も、かつてはあれほど一つ、一つのものが、自分を感動させてくれたのに、おとなになったいま、それを見ても何らその喜びは自分の心に呼び起こされないと感じる。『失われた時を求めて』の一番最後に、汽車が野原の中に停まって、そのそばに木が生えていて、ちょうどその木の幹を夕日が半分ほど照らしている場面がある。しかし主人公はそうした風景にもはや何も感じないので、その野の木に向かって呼び掛けるところがある。「木よ、おまえはかつてそれほど、ぼくに喜びを与えてくれたのに、どうして現在はただ単なる木でしかないのか」というわけだ。だからもう主人公は、この世を詩の糧にすることはできないから、もう文学の筆は折ろうと決意する。

「ぼくはもうこれで文学者としての生涯が終わったのだ」というふうに独語する。それから間もなく突然、ゲルマント家の中庭の石畳の不揃いな敷石を踏んでしまう。すると、その石畳の不揃いな感覚が、かつてベネチアで、サンマルコ広場を通っていたときに、同じような不揃いの石を踏んだ感覚を、突然思い出させる。そしてこの不意のかくれた感覚から、忘れ果てていた過去――それは無意識の記憶の中にかくされていたわけだ――が展開される。そしてわれわれの周りを取り囲んでいるその理知的な世界は、実は単なる仮象の世界であって、ほんとの世界は、子供時代にその実在を生き、そして信じた、生き生きとした具体的、直接的な世界であることが啓示される。そしてわれわれがかつてそういう直接的な至福な世界を生きた以上は、それはわれわれの無意識の記憶の中に蓄えられていて、そういうものを引き出す手だてさえあれば、それはほんとうの生命をもって蘇ってくる。それこそが時間という滅びを超えた永遠の文学の世界だというようなところで、作品は終わるわけだね。だからそういう意味でぼくは、君の幼年時代のみずみずしさを支える、原っぱを覆っている草……何といったっけ？

北　ヒメムカショモギ。

時間を超えた世界

辻　うん、そのヒメムカショモギやさまざまな虫たちは、まさにそのプルーストが書こうとした世界だと思うのね。プルーストも、また『失われた時を求めて』の主人公も、概念的世界によって、一時それを失うのだけれど、君にはそれが奇跡的に残されている。しかも無意識の記憶からとり出したようになまなましい。そのことに打たれるんだね。

北　いや、この頃、ぼく、庭の草が咲いても、わりに無関心なので……。

辻　おとなは誰でもそうだからね。

北　女房に怒られるくらいになってしまった。

辻　だから普通はそういう概念的な間接的な世界に生きるわけでしょう。ぼくたちが、したがって文学の世界、詩の世界の素材として使えるのは、ほんとうは幼年期に蓄えた映像だということになるわけだね。

北　ぼくは、『幽霊』は、『文芸首都』に四回にわたって分載したんですけど、その二回を書き上げたときに、プルーストの『失われた時を求めて』の新訳が出るというんで、広告が出たわけですね。ぼくも無意識界を半ば使っていますから、何か話によるとぼくのテーマと似てるっていうんで、怖くて読めなかったんです。小説を書き終えてから、買って読んだですけど。

辻　どうでしたか。

北　やっぱり凄い作品だと思いましたね。ただ、ぼくのはやっぱりフロイトの無意識、それはフロイトを読んでたから、だからテーマ自体というよりも、文体とかそういうものに非常に感心したですね。

それからぼくの場合、小学校に入ってから母が、父と別居していなかったということも、かなり影響があると思うんです。

辻　凄く大きいね。

北　ただ、母はわりに外出なんかばかりしてて、ぼくの教育はもっぱらばあやによってたんで、それほど重大な意味を持たなかったのね。遊ぶにも、いとこやなんかたくさんいましたし……。だからばあやが死んだときは、もうこれで保護者が一人もいなくなるんだという気がして、トイレの中で長い間泣いてましたけどね。

辻　それは、いつでしたか。

北　小学校の四年ぐらいだと思います。

辻　そういうことを考えると、たとえばトーマス・マンがプルーストを読んで、自伝をそのまま小説にできる人は羨ましいというふうに書いている。その意味はすべての人が幼少年期を送るわけだけれども、すべての人が君のようにそういう一体化した形で、つまり、ほんとうの意味で周りの世界と融合して生きているとは言えないということです。だからそういう意味では非常に恵まれた感性だと思う。ある意味で非常にプルースト的なものを持っているんじゃないかなと思うね。

北　マンも、『詐欺師フェリクス・クルルの告白』なんかで、幼少期をフィクションで非常に巧みに描いてるけど、やっぱりお菓子の味とか何とかっていう、そういうところになると、プルースト的ではないですね。

辻　全然違うね。

ぼくはそういうことを考えると、やはり幼少期において周りの存在を信じられるということ——つまり、花なら花、木なら木というものと一体化して生きているということは、特権的生き方だと思う。普通は単なる多くの中の木であったり、単なる名前だけの花なのだが、そうではなくて、それは自分の生きている世界の一番大事な存在として、そこに置かれているわけでしょう。だからそれは深い豊かな感情の揺れ動きを秘めた何か一つの閉ざされた世界であって、その塀の外は全然何も存在してない。そしてその中が、さっき君が言った楽園的な雰囲気として存在しているそういう世界だとは言えるね。だからそうなるとやはり近代社会というのは、閉ざしていた塀が崩れてしまって、展望は効くようになったかもしれないけれど、そこにあった楽園的な、緊密な、親密感、一体感、直接的生というものが失われていったといえる。

北　まぁ、その楽園といえば、中学に入ってから、有栖川公園なんかにも珍しい虫がいたけど、偶然、ボロな塀で囲われた、かなりの土地を見付けたんです。その塀を乗り越えて中に入ってみたら随分広い原っぱなんですよ。そこにかなり珍しい虫がいた。何だかコナン・ドイルの『失われた世界』みたいな、麻布で家だらけなんだけど、そこだけはほかの人誰一人入ってこない隔絶された土地なんですね。そこに忍び込んでは、ずいぶん昆虫採集してた。あれは、ぼく、「第三地区」と名をつけたんです。

失われた自然との一体感

辻　いまの子供の問題のことを考えると——田舎じゃなくて、技術化された社会の中に住んでいる子供たちのことをだけれど——どういうふうに生きてゆくのかな、と不安になることがある。このところいろいろと社会的なレベルでクローズアップされていることだけれども、それは君なんかはどう思いますか。

たとえば、最近の新聞記事によると、北海道のほうの小学校の話で、子供たちが坂を登っていくと後方にバタバタ倒れるという。坂の登り方も知らないんだね。何か恐ろしいような感じがした。そこまで子供たちを放り出してあるのか、そこまでわれわれの社会が、人工的に作られてしまっているのかと考えこんでしまう。このままだと、自然から切り離された人間、宇宙の根源のエネルギーを吸収できない人間になってしまうんじゃないかという恐れを感じる。そういう点はどう思う？

北　やっぱり坂で転んじゃうのは、ちょっと笑い話だけども、自然の代用品、テレビとか何とか、みんな代用品になってると思うんですね。甲虫一つ買うにしても、デパートで買ったりなんかして……。

ただ、ぼく、子供の持つ適応性というのは、相当のものがあると思うんですね。だから現代文明の中に、案外矛盾なく溶け込んでるのかもしれないという意識はありますから。ぼくたちの自然といっても、もっと大昔の自然にとっては、ちっぽけなもんでしょう。ぼくの娘がまだ三、四歳の頃、テレビをつけて、内容は分かってないと思うんだけど、身じろぎもせず観てたのを見て、ちょっと不気味な感じがしたんです。案外人間の持つ適応性というのは、親が心配するよりも大きいんじゃないかって気もするんですけどね。

辻　確かに人間のそういう情動的な在り方、感情的な在り方は、ほとんど変わりない。旧石器時代から変わらないというふうにさえ言えると思う。だから現在技術化社会と言ったって、高々二十年、三十年の変化だけれども、これだけでいろんな結果はもちろん出ないと思う。

でも、たとえば空にしたって、雲にしたって、風にしたって、そういう技術化社会に生きている人たちにとってはほとんど心を動かすものにならなくなって、作られたものだけになると――太陽の光の代わりに人工光線があったり、風の代わりに、クーラーで冷たくした空気があったり、花の代わりに造花があったりというふうにして、すべて人工的なものによって、周りが取り囲まれていると、その中ではやはりわれわれは、少なくともわれわれが自然の存在であるならば、ほんとうの安らぎを感じられないんじゃないか。

北　だからやっぱり山登りとか北ヨーロッパの人が熱帯地方に遊びに行くようなことは、盛んになるんじゃないですか。

辻　当然そうだと思う。けれど登山だってすでに自然へのじかの接触じゃなくて、装備をして、何か高さを競うとか、冒険を競うとかというようなものに変えられてくる。だからそれは外見的には自然との接触でありながら、そこに大きな一枚の見えない岩なり壁なりがあって、いかにあがいても実際に自然には接触できないというようなことになりはしないか――そんな恐れを感じるんだね。

現代社会では文学そのものがもう極端な知性の果てまでいってしまう。たとえばヨーロッパの文学が、ジョイスまでいって、一つの極北に達してもはやこの概念・理性による世界の中では可能性はないということが見えてくる。そこからさまざまな脱出の試みがなされる。最近、ケネス・ホワイトというアイルランドの詩人が、「外の形象 Figure du dehors」という本を書いている。その中で彼は、理性で作り上げてしまった家の外に出て、つまり、技術的知性によって構築された社会を出て、もう一度自然の中に入るべきだということを言っている。そしてそうした全体的な自然を、トータルに摑んでるのは東洋であるし、それはかつてのように禅をやってみたり、あるいは柔道やってみたりする、そういう浅薄なエクゾチスムの変形した東洋観ではダメなんで、むしろほんとの意味の芭蕉を読み、ほんとの意味の西行を読むというような形で、東洋に接近しないとダメだ。だから何も日本にまでわざわざ行く必要なくて、ヨーロッパにいて、そういう東洋を知ることができるというようなことを書いているわけね。最終的にはやはりそういう宇宙的なものに直接に触れること、それが「白い世界」に触れることだと言っている。たとえば山部赤人の富士山の歌などを引いているんだけれどもね。それをおそらくぼくらだったら、「無」というふうに言い替えてもいいと思うんだけれども、そういう「無」の持ってる生産的なものにまでいこうとして、ヨーロッパの側では非常に真剣に考えてるわけね。ぼくらはヨーロッパ的な技術的な社会を手本にしてここまできて、これから同じ道を突き進んでいくんだけれども、しかしそこにヨーロッパの側から、そういう真剣な探究がこちらに向かって行われているとき、それに応えるだけのものをわれわれ持っていないと、世界文明は真のディアレクティックを失ってしまうと思う。われわれの側でも、日本的なもの、東洋的なものを深める必要があるんじゃないかっていう印象を持つんだけどね。

それといまの幼少時代の世界、幼少時代の自然との一体化と、何か関係がありはしないかと、ぼくは思う。失われた人間世界の原型——それが幼少期の世界ではないかと思える。それがいろんな意味で破壊されてるわけでしょう。ここに大きな断絶感が生まれてくるんじゃないかという、そんな感じね。

北　まあ、それは当然ある程度はあるでしょうね。あとは麻痺してゆくでしょうね。

辻 ある程度かな?

北 まぁ、やっぱりぼくは古い人間だから、郷愁とか何とかは非常に感じますけど。長い時間を経れば、ヨーロッパも東洋も似てくるでしょうね。そして、時間はどんどん早くなる。ここで少し話さねばならないところですが、今、ぼく、アルコールと眠剤の症状が出てきて、アルコールもほとんど禁じられてるんです。むずかしい話はアルコールがなけりゃできない。

辻 だいたい君の中における、日本文学の美観というものね、侘びでも、寂びでもいいし、あるいは茂吉の哀しみでもいいんだけれど、そういうものはどの程度積極的に生きている?

空想が生み出すもの

北 ぼくは、侘びとか、寂びとかは、まだ分からないんですね。哀しみというのは、非常によく分かるんだけど。

たとえば、火星に生物がいると幻想させられた時代は、まだ幼年期なんだけど、太陽系に生物がいないということは分かって、それからもっと銀河宇宙系にも、知的生物がないと分かったときの人類の孤独感とか何とかいうのが、そういうのがだんだん置き替えられていくと思うんですけどね。

辻　この間、中央公論で出した『宇宙からの帰還』（立花隆著）の中に、月に行った宇宙飛行士たちがみんな、「神の顔に触ったような気がする」と一様に言うところがある。これは月から逆に青い地球を見ると、こんなに美しいものを神なくして作れようかという実感ですね。だから彼らの多くは、地球に帰還してからあと、説教師になったり、牧師になったりする人たちもいたわけね。そういうことを考えると、合理主義の極限、技術世界の極限というのは、ちょうど何か投げたブーメランが戻ってくるように、あるところから引き返してくるものがあるんじゃないかという気がしなくもないね。

北　地球が緑だということは、非常に象徴的なことなんで、『地球の緑の丘』という短篇をハイラインという作家が書いているんですけど、これ宇宙航路を飛んでる乞食みたいな吟遊詩人が、転々と宇宙をさすらっていて、最後にエンジンかなんか爆発するのを防いで、それで盲目になっちゃうんです。で、詩をずっと書いてるんですね。その最後の詩が、「われは希わむ　このわれに生を与えし　円球に、遂の着陸なさむこと。やすらわしめよわが眼《まみ》を、白雲群るる青空に、やすらわしめよ　わが眼を、緑なる地球の山々に」という詩でおさまってるんですけど、緑というのはほとんどの星にないんですね。

もっと単純なSFで、ある月に着陸した人が、そこではみんな赤い森なんです、緑という光線がないんですね。彼はその星の一台前に着陸したロケットがあるので、その部品を取れば地球に帰れると思って、うろつき回るんです。するとライオンじみた獣だとか何とかいるんだけど、それを光線銃で撃つんです。そうするとそれだけ緑の色に見えるんです。いつの間にか肩に女性らしき生物、サルみたいなものを飼ってるんですね。「これが緑というもんだよ」と言ってる。で、年がら年じゅうその星をロケットを探して、うろつき回っている。すると地球の偵察宇宙船がやってきて、「おまえはもう助かったけど、このサルにしても何も、おまえが発狂しないための幻想だったんだ」と、それから「そのロケットも、ほかの星に落ちてるのをおまえが錯覚して、それを探してるからこそ、いままで生き延びてきたんだ」というんですね。「これから緑の地球に、じゃ帰れるんですね」っていうと「地球はもう放射能に冒されていて、みんな火星に移住してて、緑の地球はもうないんだよ」という。すると彼は光線銃で、その宇宙飛行士を射殺しちゃうんです。それでまたその幻想のサルを乗せて、その星を放浪し始めるっていう話があって……。

辻　うん、なるほどね、いい話だね。

少し話がとぶけれど、ぼくが文学を書く人になりたいと思ったのは、かなり早くて、小学校の三年のときだった。もちろん非常に幼稚な形で始まったわけだけど、そのときは読むのが好きで、それと同じような物語を書きたいと、非常に素朴な希望を持ったんだ。あるとき『少年倶楽部』だったかに載った、ごくみじかい短篇に感動して、それをすっかり手で写して、自分の書いたもののようにして、父のところへ持っていったら、父は渋い顔して、「そんなことしてはいけない」と言われたことを覚えている。

小学校のとき作文がわりと好きだった。ただ、この作文は自分の経験したことをそのまま書くんじゃなくて、必ず嘘が入る。桜の花がもの凄く綺麗だと思うと、三本見た桜の木は十本ぐらいになり、さまざまな形に見えるという、見たこともないような形の桜の花がそこに登場することになる。そういうふうに書くとどういうわけか初めて自分の中である満足感があって、その満足感があると同時に、その作文は非常にいいと言って褒められる。おもしろおかしくフィクションで書いてあるわけだから、先生が同じところにいってあれを見て、嘘を書いたことがバレるんじゃないかと、凄く悩んだ記憶あるんですね。どうもあの頃から表面的な意味で真実を書くことが一つの形式的な掟としてあったのかどうか知りませんが、少くとも、フィクションを書くことが、一種の罪悪感を与えたことは事実ですね。真実とはただ見たまま聞いたままではないと教えてくれれば、小学校四年生が悩まなくてもすんだのにね。（笑）

書くことはもの凄く好きだったですね。それは中学に入るまで続いていた。ところが中学に入って、今度はものを正確に見よう、たとえば写生文などの影響で、ものを正確に写そうというふうに意識してものを書き始めると、こんどは一種の書くことの苦痛感が生まれてきたわけですね。なぜ内から溢れるようにして、勝手なイメージを出任せに書いていたとき、あれほど快楽にとりつかれて書いたのに、外のものを意識しながら正確に書こうとすると、これほど苦痛であるのかと思ったことがあります。

北 ぼくは、小学校の頃、たとえば早雲山に登ったこととか、そういう小学生めいた作文は、褒められたことあるんですね。ただ、もう少し学年が進んで、「忠孝」とか、「道」とかいう題を出されると、全部ダメなんです（笑）。だからやっぱり論理的じゃないんです、頭脳が……。

フィクションを書いた最初の記憶っていうのは、小学校六年ぐらいに、うちにいた医者に、箱根から十何通のはがきを書いて、うちに泥棒が入った話っていうのを書いたんですね、嘘八百を……。それがフィクションの最初だと思います。

辻 これは君にもあると思うんですけども、書く作業と別に空想癖というのがある。これは吉川英治とか、井上靖とか、山本周五郎とか、非常に物語性のある作家はみんな持ってる性質だと思うんだけれど、自昼夢に耽ってしまう、自分のことを考えるのじゃなくて……。

たとえば馬を買ってもらって馬に乗って生活するというようなことを、半日ぐらい空想している。馬と生活する自分とか馬で荒野を走ってゆく自分に似た主人公とかに付き合って、その間全く馬鹿のようにじいっと窓辺にいて考えている。そういう空想の楽しさは、何か小説の原体験としてあるんじゃないでしょうか。

北　ぼくの空想っていうのは、これはかなり子供の頃に箱根にいて、夜風が吹くんですね。ゴーって風が吹くと、やっぱり怖くて、それがどういうわけか知らんけど、その風に乗って箱型のものに車が付いてて、そこに鬼みたいな小人が乗って、それを動かしてるっていうふうに、そういう空想を抱いたことはありますね。小学校一年かそこらじゃないですか。〝ボットル落とし〟って知ってますか。

辻　いや、知らない。

北　棒切れの木が十個積み重ねてあって、こっちからボールを投げて落とす奴ね。それで賞品くれるわけなの。

辻　ああ、なるほどね。

北　葉山で、そのボットル屋何周年記念で、一回五銭で、全部落とすとスイカを一個くれるっていう。姉が二十銭持ってて、「宗ちゃん、やってごらんなさい」っていうから、ぼくは四回やって二度全部落としたんです。スイカ二つ貰って（笑）、それまでスイカなんて貰った人いなかったんですね。スイカを二つ持ったら持てなくて、一つ転がり落ちたのを姉が持ってくれて、みんな拍手したのを覚えてる。あれは、わが生涯最良の出来事（笑）。それ、ぼく小説に書いたことあるんですよ、もちろん未発表だけど。

辻　ぼくは自伝的な小説家でないものだから自分のことをあんまり書いてないですね。

ですからそういう過去のいろんなことを、いずれフィクションの素材として書こうと思うんですけどね。でもなかなか書けなくて……。

北 辻なんか、むしろ晩年になって非常に客観的に書いたらいいもんができるんじゃないかと思うんだ。

辻 まぁ、書ければいいと思っているんだけれどね。

北 それこそ『詩と真実』みたいなものができるんじゃないか。辻は早熟すぎたから、マンのいう子供的なものを晩年になってから再体験するという具合に……。

［一九八三年一一月一五日、辻留で］

（『海』一九八四年一月号）

文学が誘う欧州旅行

作家の墓を訪ねて

辻　君と僕は同じ東京育ちで松本高校も一緒だったけど、二人で国内を旅行することはほとんどなかったのに、ヨーロッパへは割とよく行ってるね。一番思い出すのが、君がソウ病で当時僕が住んでいたモンマルトルに現れた時だな。

北　ご迷惑でしたね。アメリカのケープケネディで月ロケットの打ち上げを見て、その後ヒューストンからロンドンに行き、そしてパリに行ったんだ。

辻　そのパリで僕は、激しいソウ病の君をモンマルトルの丘の上にあるホテルに連れて行ったね。丘の下にはスタンダールの墓があったわけだが、そういえばトーマス・マンの墓へ行った時のこと覚えてる？

北　思い出した。僕はスペインに行きたいと言ったんだ。それがすごく暑い夏なんで、

「そんなとこ行ったら死んじゃうよ」と辻さんが言って。僕はね、マンの墓前にひざまずいておえつしたのね。

辻　ひざまずいた時に付いた泥を僕が払おうとしたら、「払っちゃいけない。この泥の付いたままのズボンを家宝にするから」って。君はあの時「トーマス・マン先生、あなたの文学を学んだ以上、足元にも及ばないけど必ず立派な文学を書いてみせます」となかなか厳しいことを言ってたんだよ。それが、今度の作品で日本文学大賞などを取って約束の一端を果たしたことになるんじゃないかな。

北　ほんの一パーセントくらいね。

辻　商用の旅から文学遍歴の旅など色々あるけど、近ごろああいう精神の形成の旅って珍しいのではないかと思うね。南ドイツのチュービンゲンではヘルダーリンの記念館も見たね。あそこは行く度に憂愁感にとらわれるな。というのは、ヘルダーリンとシェリングとヘーゲルがああいう風土の中で同じ神学校の友達で暮らしたということが、そのまま松本の時代に、君は医学を志望し僕が文学を志して、ということを思い出すからだね。街でそんなことを話し合ったじゃない。

北　そういえば、トーマス・マンの親友にヘルマン・ヘッセがいるよ。ユーモアを信じている二人で、彼らの書簡集が出てるけど、素晴らしいもんです。

辻　ヘッセとマンはまったく違うタイプだけど、旅に関してもそうだね。

北　だから引き合うのだと思いますよ。

辻　マンは自ら好んで旅行するというタイプではなかったみたいね。ヘッセはエッセーの中に、旅行に行く前に時刻表を見たり旅行記を読んだりして想像する楽しみが書かれている。旅そのものを味わうだけでなく旅の前味（アバングー）をも味わう旅を知っている。ヘッセという人は、文学趣味の人だけど、同時に現実を文学化するというか、現実を詩として楽しむことができたんだと思うのね。

ヨーロッパの風土と芸術

北　僕が初めてハンブルグに着いた時、北ヨーロッパの冬がいかに寒気あふれるものかと痛感した。段々船が南下して舷側《げんそく》にこびりついてる雪が溶けていくのね。街にはタヒチなんかのポスターが多くあって、いかに彼らが南方にあこがれてるかってことが分かった気がした。

辻　ヨーロッパの冬って本当に長くて厳しいね。

北　でも、あの暗さと寒気の中で多くの芸術が生まれたのだと思うのね。

辻　室内の楽しみとして芝居とか音楽会が盛んになり、社交が盛んになる、という文化の形がある。それだけに春に対する喜びが強い。

北　ようやくフランスに着きリュクサンブール公園のクロッカスのつぼみを見て、なんともいえないうれしさを感じたっけ。

辻　『イタリア紀行』を読むと、ゲーテは街に着くと一番高い所に登って街の全体をつかんで、それから個々に楽しんでいたらしいね。その方法、今も大事だと思う。

北　ゲーテは「人は各種各様の旅をして、結局、自分の持っていたものだけを持って帰る」と書いてるが、いい言葉ですね。ゲーテもソウウツ病なんですよ。僕のソウ病なんて半年しか続かないけど、彼は二年続くの。その間にものすごい量の仕事をします。『若きウェルテルの悩み』を書いた時もソウ病だし、やたらと恋をするの。最後には少女に恋し、『ファウスト』を完結した。

青春を思い出す旅

辻　旅というのは、古来日本では芭蕉の例もあるけれど、詩のモチーフを発見するためにあったわけで、人生は旅であるという考え方が非常に強いね。だけど、ヨーロッパってかなり違った旅行観があるね。

北　そう、日本人は自然に溶け込みますが、彼らは自然と対立しますね。

辻　また思い出に戻るけど、君と一緒にインスブルックに行ってムッテルスという谷間のパンシオンに泊まったでしょ。

北　辻さんは早く寝ちゃうけど、僕は遅くまで起きてて、出版社に「僕を大事にしないと将来後悔するぞ」という手紙ばかりかいてた。切手代もないのに。

辻　ムッテルスはきれいだったでしょ。村が牧草に囲まれてモミの木の林や森があったりして。そして、ケーブルがあってそれに乗ると山の上まで行けたね。

北　あそこの山に登って、二人とも大作家になるなんて妄想を抱いて記念の写真を撮ろうじゃないかと岩場に登ったりして、非常に危険な目にも合いましたね。でも、辻さんとほうぼう行けて本当に良かった。

辻　君と行くと、松本時代に一緒に本を読んでたことがまざまざと思い出されて。旅行の仕方は色々あるけど、年をとって青春を一緒に過ごした人たちが、自分の精神のよりどころにした文学とか哲学、音楽、美術とかに関連のある所をたどるというのも大きな喜びを得る旅になるしね。

北　孤独の旅もまたいいもんですけど、青春の旅って懐かしいですね。

（『朝日新聞』一九八六年七月一〇日夕刊　広告特集BOX SEAT SPECIAL）

『若き日と文学と』旧版

解説

篠田一士

こんなに面白くて、実《み》のある対談はめったとあるものではない。

この対談集の真ん中にある「トーマス・マンを語る」が一九七〇年一月号の「展望」誌上に載ったとき、早速一読し、大いに楽しみ、共鳴するところ多々あったぼくは、この対話を企図した編集者の眼識を尊敬した。従って、この雑誌記事がでてから、半年経つか経たないうちに、このマン対談をあいだにはさんで、「若き日を回想しながら」と「いささか人生論風に」の一部、三部が加えられ、一冊の本として刊行されたとき、半ばおどろきの気持をもちながら、やっぱりなという安心感をもった。おどろきというのは、意外なものが本になったというのではなく、あのマン対談を読んだ、心ある編集者なら、だれだって放っておくはずはないというぼくの予想がみごとに的中したからである。こんなに気の合った対談者に、もっといろんなことをしゃべらせて、一冊の本をつくろうという気になるのは当然のことだろう。

もっとも、北杜夫の「まえがき」によると、マン対談につづけて、北、辻のふたりがそれぞれマン論を書き下し、それをまとめて一冊の本にするのが当初の企図だったらしいが、「まえがき」に書いてあるような事情で現行本になったという。ふたりのマン論も魅力的だが、それは、また、後日の楽しみとして、いまは、この対談集の出現を、ぼくは心からよろこぶもののひとりである。

こういうことを書くのは、いまさらめくが、対談なり、対話なりが、ともかく体をなすためには、対談者それぞれが相手に対して、なんらかの親近感をもたなくてはならない。相手の性情、言説を理解し、共鳴することが必要なのである。われわれは日常生活のなかで、ときおり、こういう相手に出会い、そのひとを理解者、共鳴者、すなわち、わが党の士、つまり、わが友とよぶ。そして、この友を得ることこそが、この世に生を享けたものの、最上の生けるしるしといってもいい。

北、辻の二氏は、この意味で、まさに絶好の友をたがいに得えたといえる。それは、この対談集一冊を読んだだけでもそうだが、活字以外のところで、ふたりの附合いを多少とも承知しているぼくには、その間の事情が納得でき、たしかに文学においても、生活においても、両氏の友情が対談集にあらわれた濃密、かつ、たがいに分を守る淡々たる親密性をひとしくいだきつづけていることを断言できる。なぜこういうことをわざわざ書くかというと、活字になった対談なるものは、かならずしも額面通りに受けとることができない場合があるからである。編集者の企図に従い、ジャーナリズムの要請によって、何人かの人気作家が相会し、談をまじえて、一種の顔見世興行的なにぎやかしを披露するというのが、まあ、こういう対談の常道ではないかと思う。

それはそれでいい。その場かぎりの景物として、読中のしばしを楽しめばいいのである。北、辻両氏のこの対談集にしても、もちろん、こういう顔見世興行的なにぎやかさはある。両氏とも、当代切っての人気作家であり、しかも、旧制高校以来の仲だといえば、もう、それだけで十分興行価値はあるだろう。

だが、両氏とも、そういうことだけに安んじないで、むしろ、文章のなかで書けなかったこと、また、書いても、十分に意をつくすことができず、かえって相手の顔を見ながらしゃべった方が、ずっとはっきり、こまかく表現できる事柄を、すすんでこの対談集のなかで話題にし、たくみにイメージ化しているのである。ぼくが冒頭に「実のある対談」と言ったのは、こうした意味合いである。

ほんの一例をあげてみようか。

北　辻は、ぼくの先輩の知性者だけど、一方ではあんがい純情可憐だよね。いまだから思うけど、ぼくは辻と知り合ったころ、あまりに無知だったけれど、辻の本質的な純情可憐ぶりに比べたら、まだしも悪漢の素質があるな。

辻　それはあったね。ぼく、野球で言えば、いつもストレートの球しかほうらないもの。カーブとか変化球というのは……。

北　ぼくは、力がないから、速球がつづかないんだ。

辻は優さ男で、いまだにハンサムで、中年太りもしていないけれどね、しかしあんがい、プロレスラーなみの体力があるな。このまえ、いっしょにチロルへ旅行するまで、あなたが、あんなに大食いだとは思わなかった（笑い）。ぼくは、自分のいちばんの欠点は体力がないことだ、と自覚している。もちろん、不摂生はしているし、自身で招いた酬《むく》いだけれどね。殊に食欲がない、これがいちばんいけないの。

……

こういう箇所を読むと、ぼくなどは「なるほどねえ」と、てもなく感心してしまう。北氏が辻氏の「本質的な純情可憐ぶり」をずばりと指摘するのもさすがだが、それを受けて、辻氏が「ぼく、野球で言えば、いつもストレートの球しかほうらないもの」と、それこそストレートに応答しているのも立派、いや、立派すぎると、ぼくみたいな天邪鬼には思える。いくら気心がわかっていても、こういう問答はなかなかできないものである。しかも、活字になる対談集というものが前提になり、いわば衆人環視のなかで、これができるのは、両氏がたがいに相手の心底を知り抜き、なにもかも許したうえでのことで、ここにただよう天真爛漫さは決して営業用にしつらえたものではない。たしかに、せちがらい当世、まことに珍重すべき両氏の附合いのうららかさは、もはや余人の羨望をこえて、なにか、この世のものならぬ神々しい気配さえたなびく。この対談集にかぎらず、北、辻、両氏の作品が絶大な人気をよぶゆえんのひとつには、こうした、いまは失われてしまった人の心のうららかさを目のまえにできるというよろこびを読むものに与えてくれるからであろう。

さらに、北氏が辻氏の「プロレスラーなみの体力」をたたえ、その大食漢ぶりを披露する件り、ここのところを辻文学の愛読者、あるいは、辻邦生のファンはとくとおぼえておかれるといい。この通りなのである。優雅で、端正な辻邦生の文学の内面には、いつも貪婪で、精力的な野蛮人が住んでいる。こういう勘所を承知しておかないと、上っ面のすべすべしたところをなでるだけで、辻文学の本当の面白さ、あるいは、おそろしさはわからない。

この種の対談記録から、いきなり文学論へ入るのは無理な話ではあるけれども、ともかく辻文学を多少ともまじめに考えてゆこうとする場合には、ここで北氏が指摘しているような辻氏の野性的なエネルギーのありかを見失わないことだ。いや、それを、まずあの優美な文章の流れの水底に発見することからはじめなくてはならない。

北氏にしてもそうだ。食欲がなくて、体力がないと、さみしげな口調だが、かならずしもそうばかりと素直にきいているわけにもゆかないのである。

たとえば、別のところに、こういう対話がかわされている。

北　寄生族というのは、ぼく好きだな。大木でいるよりも、それにまつわる変な蔓《つる》草《くさ》となって、養分を吸いとっているほうが、ぼくなんかの肌に合うね。最後は、その大木を枯らしたりしてね。

辻　もともと文学気質のなかには、そういうものがありそうだな。

北　やっぱり、人間というものが、卑小なものと感じられるから、やりだすんでしょ、文学じみたものをね。これは偉大だとは思うけれども、しかしある種の別世界の種族は、おれたちは強大だぞォ、なんて自信に満ち溢れているからね。そこでは、文学者の愚かさとは別の愚かさも抱いているな。

辻　うん、そのとおりだ。

北　ただ、やっぱりどうも別世界のほうが、ずっと力が強いな。それでいいと思うの。文学ならびに文学者というものは、やっぱり卑小な存在でないとね。だって、当然でしょ？

辻　当然だ。

北　文学なんていうよりもまえに、めしを食うということですな。そいつのほうが先決ですよ。人間は、だって動物ですからね。

ぼくはこういうときの北氏が好きである。フザけているようにもきこえるが、当人は決してそうじゃない。文学いかん、文学者いかにあるべきかという大問題を氏一流の直観力でとらえ、それを酒の勢いかなにかで、少々声高かに述べたてているのである。ここには「私小説」のなかに凝結した、近代日本文学伝来の小児病的な芸術家気質とは、まったく異質の文学観が実に堂々と開陳されている。ぼくが、かねがね北杜夫の作品のなかに「大人の文学」を見出すのをよろこびとしてきたのは、それなりの筋道があってのことだが、いまは、そんなこちたき理屈をならべる場所ではない。読み方次第では、深刻このうえない論点がゆくりなくもくりひろげられている一例としてあげたまでだが、やはり、こういう天衣無縫というしかない、めでたい対談集に不粋な解説などを書くのは、さしずめ、天女の舞いに呆然と見惚れながら、なんら手を下すこともできなかった、あの三保の松原の漁師の無念さをくりかえすだけのことと、おくればせながら思い知った次第である。

（しのだ・はじめ　文芸評論家）

〈巻末エッセイ〉

辻邦生と北杜夫

辻　佐保子

　昨夏（一九九九年）、七月二十九日の主人の急逝からちょうど一年たった。あのとき、北さんから病院に電話を頂いた私は、「あんなにお母さまから宗吉をよろしくってお頼まれしてたのに、先に逝ってしまってごめんなさい」と、思わず口にした。主人がもしお別れの挨拶をできたとしたら、きっと「宗吉、ありがとう、長いあいだ」と言ったに違いない。ここ数年、二人ともあまり健康状態がよくなかったため、以前のようには頻繁に会うことができなかった。それでもパーティーの会場などで出会うと、嬉しそうにただ黙って並んで座っていた。そんな二人の姿は、もう言葉も要らないほど、お互いの気持が十分に通じあっているように見えた。

　旧制高校の友情は女人禁制だと分っていても、私は何とかして二人のあいだに割り込みたかった。大京町のお宅でアレルギーの注射をして頂いたり、慶應の医局で対談の筆記を手伝ったり、北さんの気に入りそうな蝶々や蛾の名前を話題にしてみたり。『幽霊』や初期短篇時代の北さんは、まるでアンゴラ兎のようにふわふわと優しく神経質だった。

主人はなぜか金曜日の夜になると、松本時代のお友達のだれかれのことを、面白おかしく私に話して聞かせる習慣があった。戦時中というのに、当時のアルバムには結構たくさんの写真があり、お目にかかったことがなくても、大部分の方たちのあだ名や長髪の薄汚い格好をよく知っていた。その上、みんな絵が上手だった。主人の描いた複雑なコメントつきの自画像も性格がよく出ていて傑作だが、北さんのスケッチには、長いまつげの「エルステ・リーベ」が遠い山なみを眺める図というのがあり、よく話題にして、おかしがった。

八ヶ岳で夏をすごした昭和三十年ころ、感冒で急に声が出なくなり、近くの町の日赤病院へ主人に連れていってもらったことがある。ところが、そこのお医者さまが東北大学医学部で北さんの同級生と聞いたとたん、主人の表現によれば、私はかすれた声で「それならもういい、早く帰ろう」と言ったそうである。その後、北さんのお世話で旧軽井沢に別荘を借りたある夏、まだ幼かったお嬢さんの由香ちゃんが熱をだし、「でもパパがお医者さまだから、こわくないの」とかわいい声で言うのを聞いて、私は本当に恥ずかしく、穴があったら入りたいような気持になった。

『どくとるマンボウ航海記』のなかに登場したおかげで、ある時期の中学生や高校生は暗唱するほどこの本をよく読んでいたらしく、長い三食昼寝つきの身分を経て大学で教えるようになった当時、新入生たちは私のことを自己紹介する前からよく知っていた。

その上、旧制高校の組織力は実に絶大で、主人の昔の同窓生たちは、初めての体験に戸惑う私を何かと優しく助けて下さった。

北さんは、どなたもご存じのように、躁になったり鬱になったり、株で大損したり、いつも人をハラハラさせる方である。「マンボウ航海」の前後までは、今回（二〇〇〇年）、世田谷文学館で展示されている手紙からも推察されるように、本当に筆まめで細やかな気遣いをなさる方だった（『若き日の友情　辻邦生・北杜夫往復書簡』新潮社　二〇一〇年参照）。その後、私たちが外国にいるあいだに躁状態の北さん到着の知らせが入ると、製氷機のあるホテルを予約せよとか、やたらとわめき散らす変な言葉をすぐ通訳せよと命令したり、感激のあまりレストランの入り口にはいつくばる北さんの周りに人だかりができたりと、散々な目にあった。反対に鬱状態の北さん登場となると、「今度はソウキチでなくてウツキチか」と言いながら、主人はどうしたら上手に相手ができるかといろいろ対策をねった。一番よく効いたのは、「赤葡萄酒には南仏の太陽が一杯つまっている」という呪文だった。この言葉を唱えながら一緒に食事をすると、北さんはみるみるうちに元気をとりもどし、私たちは楽しいおしゃべりに時を忘れるのだった。

少しお酒が入ると、二人ともとても涙もろくなる。ある会合のあとで高輪の自宅にお寄りになったとき、何かの話から「ぼくたち二人がどんなに頑張って傑作を書いても、しょせん茂吉の歌一首には絶対にかなわない」と言い出して、二人でポロポロ涙をこぼして泣いていたことがある。一切を短い言葉に凝縮した短歌には、たしかに『楡家の人びと』や『背教者ユリアヌス』のような長篇小説でも、太刀打ちできない何かがある。それにしても、こんな二人の姿を私はしみじみと羨しく思い、今になってもその光景を忘れることができない。主人は、ときおり自信をなくすと、「宗吉には生まれつき恵まれた感性がある。でも、ぼくにはそれがない。だから無理して勉強するんだ」と言っていた。

昨年の秋から今年の春にかけて、夕方そろそろ悲しくなるような時間帯になると、北さんは毎日のように私に長い電話をかけて慰めて下さった。次つぎと泉のように湧いてくる新しい作品の構想をお話しになることもあれば、フランス国歌「マルセイエーズ」の全文を訳せというご注文もあったりした。まるで主人が後ろから北さんの背中を押しているような、こんな豊饒な状態が少しでも長く続くようにと念じながら、私も新しい短篇を熱心に読んで感想を伝え、北さんを力のかぎり褒め讃えた。こんなことは主人にもあまりしてあげなかったと、少し後悔しながら。それでも、やがて電話に出るのも辛そうにおなりになり、先日、新しい短篇集の素晴らしい書評が出たことをお知らせしても、「その雑誌どこかにあると思うけど」という情けない返事がかえってきただけだった。「消え去りゆく」老年について、主人はおそらく怖れてはいたとしても、それを直接に作品にする時間はなかった。それだけに、文学あるいは創作の神秘をこの貴重な一冊の書物のなかに改めて見る思いがして、私は胸が痛くなった。

もう一度あの呪文を唱えて、晴れの「北杜夫展」までに少しでも元気がでますようにと、主人のにこにこした写真を眺めながら、このところ毎日祈っている。

（『北杜夫展』二〇〇〇年九月　世田谷文学館刊）

『若き日と文学と』北杜夫・辻邦生
中央公論社　一九七〇年四月刊／中公文庫　一九七四年六月刊

＊

トーマス・マンについての対話
長篇小説の主題と技法
『灰色の石に坐りて　辻邦生対談集』中央公論社　一九七四年七月刊／中公文庫
一九七八年一二月刊
『星の王子さま』とぼくたち
『文芸誌「海」子どもの宇宙』中公文庫　二〇〇六年一〇月刊
ぼくたちの原風景
KAWADE夢ムック　文藝別冊『北杜夫〈増補新版〉どくとるマンボウ文学館』
河出書房新社　二〇一六年七月刊
文学が誘う欧州旅行　単行本未収録

＊

辻邦生と北杜夫
『辻邦生のために』新潮社　二〇〇二年五月刊／中公文庫　二〇一一年一二月刊

編集付記

一、本書は中公文庫版『若き日と文学と』に、著者の対談五篇を増補した完全版です。新たに巻末に辻佐保子のエッセイ「辻邦生と北杜夫」を収録しました。

一、底本中、明らかな誤植と思われる箇所は訂正、表記の揺れは各篇ごとの統一とし、難読と思われる語にはルビを付しました。

一、本文中に今日では不適切と思われる表現もありますが、著者が故人であること、刊行当時の時代背景と作品の文化的価値に鑑みて、底本のままとしました。

中公文庫

完全版《かんぜんばん》

若《わか》き日《ひ》と文学《ぶんがく》と

2019年7月25日　初版発行

著　者　辻《つじ》　邦《くに》　生《お》
　　　　北《きた》　杜《もり》　夫《お》

発行者　松田陽三

発行所　中央公論新社
〒100-8152　東京都千代田区大手町1-7-1
電話　販売 03-5299-1730　編集 03-5299-1890
URL http://www.chuko.co.jp/

ＤＴＰ　平面惑星
印　刷　三晃印刷
製　本　小泉製本

Published by CHUOKORON-SHINSHA, INC.
Printed in Japan　ISBN978-4-12-206752-3 C1195

各書目の下段の数字はISBNコードです。978－4－12が省略してあります。

中公文庫既刊より

つ-3-8
嵯峨野明月記　辻　邦生
変転きわまりない戦国の世の対極として、永遠の美を求め〈嵯峨本〉作成にかけた光悦・宗達・素庵の献身と情熱と執念。壮大な歴史長篇。〈解説〉菅野昭正
201737-5

つ-3-20
春の戴冠1　辻　邦生
メディチ家の恩顧のもと、花の盛りを迎えたフィオレンツァの春を生きたボッティチェルリの生涯――壮大にして流麗な歴史絵巻、待望の文庫化！
205016-7

つ-3-21
春の戴冠2　辻　邦生
悲劇的ゆえに美しいメディチ家のジュリアーノと美しきシモネッタの禁じられた恋。ボッティチェルリは彼らを題材に神話のシーンを描くのだった――。
204994-9

つ-3-22
春の戴冠3　辻　邦生
メディチ家の経済的破綻が始まり、フィオレンツァの春は、爛熟の様相を呈してきた――永遠の美を求めるボッティチェルリと彼を見つめる「私」は。
205043-3

つ-3-23
春の戴冠4　辻　邦生
美しいシモネッタの死に続く復活祭襲撃事件……。ボッティチェルリの生涯とルネサンスの春を描いた長篇歴史ロマン堂々完結。〈解説〉小佐野重利
205063-1

つ-3-25
背教者ユリアヌス（一）　辻　邦生
血で血を洗う政争のさなかにありながら、ギリシア古典を学び、友を得て、生きることの喜びを見いだしていくユリアヌス――壮大な歴史ロマン、開幕！
206498-0

つ-3-26
背教者ユリアヌス（二）　辻　邦生
学友たちとの平穏な日々を過ごすユリアヌスだったが、兄ガルスの謀反の疑いにより、宮廷に召喚される。皇后との出会いが彼の運命を大きく変えて……。
206523-9

つ-3-27
背教者ユリアヌス（三）
辻 邦生
皇妹を妃とし、副帝としてガリア統治を任ぜられたユリアヌス。未熟ながら真摯な彼の姿は兵士たちの心を打ち、ゲルマン人の侵攻を退けるが……。
206541-3

つ-3-28
背教者ユリアヌス（四）
辻 邦生
輝かしい戦績を上げ、ついに皇帝に即位したユリアヌス。政治改革を進め、ペルシア軍討伐のため自ら遠征に出るが……。歴史小説の金字塔、堂々完結！
206562-8

つ-3-16
美しい夏の行方 イタリア、シチリアの旅
辻 邦生
堀本洋一 写真
光と陶酔があふれる広場、通り、カフェ……ローマからアッシジ、シエナそしてシチリアへ、美と祝祭の国の町々を巡る甘美なる旅の思い出。カラー写真27点。
203458-7

つ-3-29
地中海幻想の旅から
辻 邦生
その青さは、あくまで明るい、甘やかな青で、こちらの魂まで青く染めあげられそうだった——旅に生きた作家の多幸感溢れるエッセイ集。〈解説〉松家仁之
206671-7

き-6-16
どくとるマンボウ途中下車
北 杜夫
旅好きというわけではないのに、旅好きとの誤解からマンボウ氏は旅立つ。そして旅先では必ず何かが起こるのだ。虚実ないまぜ、笑いうずまく快旅行記。
205628-2

き-6-17
どくとるマンボウ医局記
北 杜夫
精神科医として勤める中で出逢った、奇妙きてれつな医師たち、奇行に悩みつつも憎めぬ心優しい患者たち。人間観察の目が光るエッセイ集。〈解説〉なだいなだ
205658-9

き-6-3
どくとるマンボウ航海記
北 杜夫
たった六〇〇トンの調査船に乗りこんだ若き精神科医の珍無類の航海記。北杜夫の名を一躍高めたマンボウ・シリーズ第一作。〈解説〉なだいなだ
200056-8

た-89-1
雪あかり日記／せせらぎ日記
谷口 吉郎
一九三八年、ベルリンに赴任した若き日の建築家。建設総監シュペールとの面会、開戦前夜の市民生活などが透徹な筆致で語られる。〈解説〉堀江敏幸
206210-8

あ-13-4
お早く御乗車ねがいます
阿川弘之
にせ車掌体験記、日米汽車くらべなど、日本のみならず世界中の鉄道に詳しい著者が昭和三三年に刊行した鉄道エッセイ集が初の文庫化。〈解説〉関川夏央
205537-7

あ-13-5
空旅・船旅・汽車の旅
阿川弘之
鉄道のみならず、自動車・飛行機・船と、乗り物全般に並々ならぬ好奇心を燃やす著者。高度成長期前夜の交通文化が生き生きとした筆致で甦る。〈解説〉関川夏央
206053-1

あ-13-6
食味風々録
阿川弘之
生まれて初めて食べたチーズ、向田邦子との美味談義、海軍時代の食事話など、多彩な料理と交友を綴る、自叙伝的食随筆。〈巻末対談〉阿川佐和子〈解説〉奥本大三郎
206156-9

あ-13-7
乗りもの紳士録
阿川弘之
鉄道・自動車・飛行機・船。乗りもの博愛主義の著者が、車内で船上で、作家たちとの楽しい旅のエピソードを、ユーモアたっぷりに綴る。〈解説〉関川夏央
206396-9

あ-13-8
完全版 南蛮阿房列車（上）
阿川弘之
北杜夫ら珍友・奇人を道連れに、異国の鉄道を乗りまくる。ユーモアと臨場感が満載の鉄道紀行。上巻は「欧州畸人特急」から「最終オリエント急行」までの十篇。
206519-2

あ-13-9
完全版 南蛮阿房列車（下）
阿川弘之
ただ汽車に乗るためだけに、世界の隅々まで出かけた紀行文学の名作。下巻は「カンガルー阿房列車」から「ピラミッド阿房列車」までの十篇。〈解説〉関川夏央
206520-8

え-10-7
鉄の首枷 小西行長伝
遠藤周作
苛酷な権力者太閤秀吉の下、世俗的野望と信仰に引き裂かれ、無謀な朝鮮への侵略戦争で密かな和平工作を重ねたキリシタン武将の生涯。〈解説〉末國善己
206284-9

え-10-8
新装版 切支丹の里
遠藤周作
基督教禁止時代に棄教した宣教師や切支丹の心情に強く惹かれた著者が、その足跡を真摯に取材し考察した紀行作品集。〈文庫新装版刊行によせて〉三浦朱門
206307-5

各書目の下段の数字はISBNコードです。978－4－12が省略してあります。

ま-49-1	川の光	松浦寿輝	平和な川辺の暮らしは突然失われた。安住の地を求め、旅に出たチッチとタータを襲う試練、思いがけない出会い……小さなネズミ一家の大きな冒険譚！	206582-6
ま-49-2	月の光　川の光外伝	松浦寿輝	今日もどこかで彼らが、にぎやかなドラマを繰り広げている！　個性豊かな「川の光」の仲間が大活躍する、仕掛けに満ちた短篇集。『川の光 外伝』を改題。	206598-7
ま-49-3	タミーを救え！（上）　川の光2	松浦寿輝	みんなの人気者ゴールデン・レトリーバーのタミーが、悪徳業者にさらわれた！　救出のため、大小七匹の仲間が、迷宮都市・東京を横断する旅へ乗り出す。	206616-8
ま-49-4	タミーを救え！（下）　川の光2	松浦寿輝	スクランブル交差点でバラバラになってしまった救出チーム。謎の「タワー」を目指し必死の旅を続ける七匹が、再び集結し、タミーを見つけ出す日は来るか？	206617-5
ア-9-1	わが思索のあと	アラン　森有正 訳	『幸福論』で知られるフランスの哲学者は、いかにその健全な精神を形成したのか。円熟期に綴られた稀有な思想的自伝全34章。〈解説〉長谷川宏	206547-5
ウ-10-1	精神の政治学	ポール・ヴァレリー　吉田健一 訳	表題作ほか「知性に就て」「地中海の感興」「レオナルドと哲学者達」の全四篇を収める。巻末に吉田健一の単行本未収録エッセイを併録。〈解説〉四方田犬彦	206505-5
エ-6-1	荒地／文化の定義のための覚書	T・S・エリオット　深瀬基寛 訳	第一次大戦後のヨーロッパの精神的混迷を背景とした長篇詩「荒地」と鋭利な文化論を合わせた決定版。巻末に深瀬基寛による概説を併録。〈解説〉阿部公彦	206578-9
マ-15-1	五つの証言	トーマス・マン　渡辺一夫	第二次大戦前夜、戦闘的ユマニスムの必要を説いたマンへの共感から生まれた渡辺による渾身の訳業。寛容論ほか渡辺の代表エッセイを併録。〈解説〉山城むつみ	206445-4